VELTLINER-RAUSCH

Werner Baumüller stammt aus Kollerschlag in Oberösterreich. Er war lange als Texter und Konzeptionist in Werbeagenturen in Wien und Düsseldorf tätig, ehe er 1985 mit seinen beiden Brüdern die »Werkstatt Kollerschlag« gründete. Dort werden Kunstwerke und -projekte im öffentlichen Raum konzipiert und produziert, beispielsweise der einundzwanzig Meter hohe »Hammering Man« von Jonathan Borofsky vor dem Messeturm in Frankfurt. Mit »Die Essigmutter« trat er 2006 als Romanautor an die Öffentlichkeit, mit »Veltliner-Leich« veröffentlichte er 2017 seinen ersten Krimi.

WERNER BAUMÜLLER

VELTLINER-RAUSCH

Kriminalroman

emons:

Bibliografische Information der Deutschen Nationalbibliothek
Die Deutsche Nationalbibliothek verzeichnet diese Publikation
in der Deutschen Nationalbibliografie; detaillierte bibliografische
Daten sind im Internet über http://dnb.d-nb.de abrufbar.

MIX
Papier aus verantwortungsvollen Quellen
FSC® C083411

Umschlagmotiv: mauritius images/Westend61/Dieter Schewig
Umschlaggestaltung: Nina Schäfer, nach einem Konzept
von Leonardo Magrelli und Nina Schäfer
Umsetzung: Tobias Doetsch
Gestaltung Innenteil: César Satz & Grafik GmbH, Köln
Lektorat: Uta Rupprecht
Druck und Bindung: CPI – Clausen & Bosse, Leck
Printed in Germany 2018
ISBN 978-3-7408-0403-9
Originalausgabe

FaMilie

EINS

Seit der letzte Papst die Vorhölle abgeschafft hat, streiten sich die Geistlichen, was mit Babys passiert, die sterben, noch bevor sie getauft worden sind. Früher war die Sache klar, da kamen die ungetauften Neugeborenen in den Limbus, auch Vorhölle genannt, einen Ort zwischen dem Himmel und der eigentlichen Hölle. Man hätte ihn aber genauso gut oder noch besser Vorhimmel nennen können, denn so richtig gequält wurde dort niemand, den Seelen war höchstens dauernd fad. Der Limbus wurde nämlich auch als eine Art Warteraum beschrieben, und Warteräume sind nun einmal langweilig. Nachdem aber nie einer rauskam, der einmal drinnen saß, war auch schwer zu sagen, worauf die Seelen dort warteten. Wahrscheinlich auf einen starken Papst, der Manns genug war, die Vorhölle einfach abzuschaffen.

Es hat über zweitausend Jahre gedauert, bis endlich ein Nachfolger Petris auftauchte, der dieses Wunder zustande brachte. Während es Barack Obama nicht gelungen ist, Guantánamo – eigentlich eine echte Hölle – zuzumachen, schaffte es der letzte Papst, einen Teil des Limbus kurzerhand zu schließen. Ob er sich dabei gegen den Willen Gottes stemmte und deshalb früher abdanken musste, wissen wir natürlich nicht. Aber eins ist klar: Ein Pfundskerl war er allemal.

Eigentlich wäre es auch schon wurscht gewesen, wenn er die Vorhölle gleich ganz abgeschafft hätte. Hat er aber nicht, sondern nur den Limbus infantium, also jenen Ort, wo die ungetauften Kinder hinkamen. Den Limbus patrum gibt es noch immer. Angeblich steht er zwar leer, seit Christus in die Vorhölle hinabgestiegen ist, um die dort unschuldig brütenden, weil eigentlich doch braven Seelen von ihrer Warterei zu befreien. Abraham, Noah, Moses … wahrscheinlich konnten die danach allesamt in den Himmel aufsteigen. Aber die Betonung liegt auf »wahrscheinlich«. Tatsächlich gibt es keinen Beweis, dass der Limbus Patrum seit zweitausend Jahren leer steht. Niemand kann mit Sicherheit sagen, ob dort nicht doch nach wie vor die eine oder andere vergessene Seele schmort. Darum wäre es besser gewesen, der Papst hätte sicherheitshalber gleich die gesamte Vorhölle abgeschafft. Aber dazu fehlte ihm dann wohl doch der Mumm.

Man soll aber die Hoffnung nie aufgeben. Vielleicht kommt ja wieder mal einer, der das Zeug dazu hat. Ein noch Stärkerer und Mutigerer als der Letzte. Aber das müsste dann schon ein wirklich wilder Hund sein.

Die Diener der Kirche, allen voran Pfarrer Gruber aus Niederfeld, befanden sich aber nun in einem Dilemma. Die Frage, was mit toten Babyseelen jetzt tatsächlich geschieht, wurde nämlich bisher nicht genau geklärt. Kommen sie gleich in den Himmel, so wie die toten Moslemkinder? Das wäre zwar ein Indiz für einen barmherzigen Gott, aber es würde die Taufe schon ziemlich abwerten. Wer rennt schon mit seinem Neugeborenen gleich zum Pfarrer, wenn es eh nicht so pressiert?

Vielleicht kommen die Gschrappen, auch wenn man ihnen bis auf die Erbsünde nichts vorzuwerfen hat, nun doch noch ein bisschen ins Fegefeuer? Aber was zählt schon die Erbsünde? Bestimmt ist sie nur eine lässige Sünde. Blödsinn! Eine lässliche Sünde muss es natürlich heißen. Lässige Sünden gibt es nicht, zumindest nicht bei den zehn Geboten. Höchstens bei den sieben Todsünden ist die eine oder andere lässige Sünde dabei, wie etwa Wollust, Trägheit oder Völlerei. Aber bei den zehn Geboten nicht. Nicht einmal das neunte – Du sollst nicht begehren deines Nächsten Frau – kann man wirklich als lässig bezeichnen. Schon gar nicht, wenn man vielleicht selbst dieser Nächste ist.

Kein Wunder also, wenn der Pfarrer Gruber da hin- und hergerissen war. Ja, der letzte Papst war schon ein Genie. Aber hätte man ihn, den Pepperl Gruber, gefragt, er hätte dem Papst geraten, das mit dem Abschaffen der Vorhölle vielleicht doch besser bleiben zu lassen.

In Niederfeld fanden die Taufen meistens am Wochenende statt, also am Samstag kurz vor Mittag oder am Sonntag gleich nach dem Hochamt. Wobei dem Pfarrer die Samstagstaufen deutlich lieber waren, dann wurde sein Sonntagsfriede nicht gestört.

Es war also wieder einmal Samstag, kurz vor elf, als Hemma in die Sakristei hinüberging, um in gewohnter Manier eine Taufe vorzubereiten. Zwei ihrer Cowboys, wie sie die Ministranten liebevoll nannte, waren bereits beim Ankleiden, sie sollten dem Pfarrer bei der Feierlichkeit assistieren. Zwei Minuten vor elf kam dann auch ihr Bruder, der Herr Pfarrer, für den sie seinen weißen Talar bereitgelegt hatte. Wenn ein Kind getauft und somit in den Schoß der Mutter Kirche aufgenommen wurde, dann war Weiß die richtige Farbe, denn sie stand für Friede, Unschuld, Freude und Licht. Doch über den weißen Talar legte Pfarrer Gruber noch eine violette Stola, die er auch immer trug, wenn er den Leuten die Beichte abnahm. Um auszudrücken, dass der kleine Erbsündler vielleicht doch nicht ganz ungeschoren davonkommen würde.

Um Punkt elf legte Hemma einen kleinen Schalter um, und ein Glöckerl ertönte, das zwar dezent im Klang war, aber im ganzen Dorf gehört werden konnte. Es sollte sich doch deutlich von der kräftigeren Glocke unterscheiden, die eine Stunde später die Mittagszeit ankündigen würde.

In der Kirche versammelte sich unterdessen die Taufgesellschaft, alles Leute, die Hemma gut kannte. Sie begrüßte jeden Einzelnen herzlich per Handschlag, bevor sie sich wieder auf den Weg machte, um nun oben auf dem Chor hinter der Orgel Platz zu nehmen. Mit den ersten Orgeltönen betraten der Pfarrer und die Ministranten die Kirche. Aber anders als bei herkömmlichen Messen, wo Disziplin geboten war, benahm sich der Pfarrer bei einer Taufe eher leger. Auch er begrüßte sämtliche Anwesenden persönlich und überaus freundlich. Und mit einem Tütütü und einem Dadada auch den Täufling, der allerdings schon mindestens acht oder gar neun Monate auf dem Buckelchen hatte. So demonstrierte er, dass er auch mit Kindern gut konnte.

Vater des Kindes war der Beinhauser Bertl. Er kannte das ganze Tauf-Brimborium sehr gut, war er doch in seiner Kindheit selbst einer von Hemmas Cowboys gewesen. Außerdem war es bereits das dritte Mal, dass er ein Baby vor den Altar trug, um Gottes Segen dafür zu erbitten.

Als Kindsvater war er auch die zentrale Figur bei der ganzen Aktion. Das merkte man schon an seinem ganzen Gehabe. Aber auch am Styling, er trug nämlich einen neuen hellfliederfarbenen Anzug und ein neues dunkelfliederfarbenes Hemd mit etwas zu vielen offenen Knöpfen. Das goldene Ketterl, das seinen Hals schmückte, ließ schon von Weitem vermuten, dass er irgendwen oder irgendwas vertrat. In seinem Fall waren es Versicherungen. Die Frisur wurde von reichlich Pomade in Form gehalten. Vielleicht hatte er aber auch Speckschwarten dafür verwendet, denn er roch, wie Hemma zuvor bemerkt hatte, ein wenig nach Geräuchertem.

Bertl hatte an die zwanzig Personen dabei: seine Frau Luise, ihre und seine Eltern, Geschwister, Großeltern, Onkel, Tanten, Cousinen und auch einige wenige Freunde und Freundinnen, welche nun alle feierlich um das Taufbecken standen und mucksmäuschenstill wurden, als der Pfarrer mit seiner Rede begann.

Als Erstes richtete der Pepperl ein paar feierliche Worte an die gläubige Gemeinde. Das Wort Sünde kam mehrfach dabei vor, aber auch Vergebung, Gottes Liebe und Barmherzigkeit wurden erwähnt. Dann sprach er noch über die Geborgenheit im Schoß der heiligen Mutter Kirche, in welchen der Säugling gleich aufgenommen werden würde. Und schließlich fragte er die Eltern und den Taufpaten, ob sie auch bereit seien, das Kind nach den Werten der katholischen Kirche zu erziehen, was alle, ohne mit der Wimper zu zucken, sofort bestätigten.

Da während des Tauf-Zeremoniells keine Kirchenlieder gesungen oder gespielt wurden, stieg Hemma wieder von ihrem Chor herunter und stellte sich neben die aufgereihten Taufgäste.

Nun ging der Pfarrer auf das Baby beziehungsweise Kleinkind zu, das nun von den Armen der Mutter in jene des Taufpaten verfrachtet wurde, malte ihm ein Kreuzzeichen auf die Stirn und begann: »In nomine Patris et Filii et Spiritus Sancti …«

Doch da zupfte ihn Hemma schon am Ärmel seines Talars: »Deutsch, Pepperl … wir machen jetzt alles auf Deutsch.«

Dazu muss man wissen, dass der Pfarrer von Niederfeld im Grunde seines Herzens ein Verfechter der lateinischen Messe war. Dem Aufruf der Bischöfe, alle Messen und Feierlichkeiten in Deutsch zu gestalten, folgte er nur ungern. Für ihn war Latein nach wie vor die eigentliche Kirchensprache. Und wenn er in der Bibel las, dann immer nur im Originaltext des heiligen Hieronymus, der das Wort Gottes nachweislich an über dreitausend Stellen verfälscht und verdreht hatte, sodass man sich fragen musste, ob das alles ernst gemeint war oder nur hieronysch.

Wobei – ein paar Jahre zuvor war der Pfarrer schon so weit gewesen, dass er die Messen auf Deutsch las, ohne dies zu hinterfragen. Aber als der letzte Papst – jener, der auch die Kinder-Vorhölle abgeschafft hat – damit zu liebäugeln begann, die lateinischen Messen wieder zuzulassen, war Pfarrer Gruber einer der Ersten, der auf diesen Zug aufsprang. Und er würde immer noch darauf sitzen, wäre der Zug nicht wieder gestoppt worden.

Aber so hielt er nicht nur seine persönliche Ansprache auf Deutsch, was er übrigens auch in fehlerfreiem Latein geschafft hätte. Auch das Taufritual vollzog er in dieser Weise, sodass es nicht nur zu einer persönlichen Angelegenheit zwischen ihm und dem lieben Gott wurde, sondern auch von den anderen Anwesenden verstanden werden konnte.

Es war Brauch in Niederfeld, dass am Ende der Zeremonie der Kindsvater kurz das Wort ergriff, um sich beim Pfarrer für die Taufe und bei allen Gästen fürs Kommen zu bedanken und alle, einschließlich Hemma und den Pfarrer Gruber, zum Mittagessen in den Dorfheurigen einzuladen. Dann folgten in der Regel nur mehr ein »Dominus vobiscum …« – Pardon, ein »Der Herr sei mit euch« – und der Segen des Pfarrers, mit dem die Taufgemeinde endgültig wieder in die profane Welt entlassen wurde.

Doch dieses Mal wurden die letzten Worte des Pfarrers von einem furchtbaren Lärm übertönt. Als Pfarrer Gruber die Hand hob, um ein Kreuzzeichen in die Luft zu ritzen, jaulte die Sirene am nahe gelegenen Feuerwehrgebäude los. Lautstarkes Aufheulen, kurze Unterbrechung, wieder lautes Aufheulen ... das Ganze mehrmals hintereinander. Und im Nu wusste jeder im Umkreis von mehreren Kilometern, was geschehen war: Ein Feuer war ausgebrochen. Wahrscheinlich stand wieder irgendwo ein Hof in Flammen.

Ein Feuer in der Gemeinde Niederfeld war nicht nur eine Gefahr für alle und eine Katastrophe für die Betroffenen, sondern auch ein Ereignis, welches die ganze Bevölkerung in Bewegung setzte. Nicht bloß die Feuerwehrleute ließen auf der Stelle alles stehen und liegen, sondern ein jeder, der nur irgendwie konnte, nahm die Beine in die Hand, um dabei zu sein. Dass das Taufessen verschoben werden musste, verstand sich von selbst. Nicht zuletzt deshalb, weil Bertl, der Familienvorstand, selbst bei der Feuerwehr war.

In wenigen Sekunden hatte sich die Gesellschaft aufgelöst, der Pfarrer musste den Davoneilenden seinen Segen mehr oder minder hinterherschießen. Gleich darauf warf er selbst seinen Talar ab, während Hemma noch schnell die ganzen Tauf-Utensilien verstaute. Und schon saßen die beiden in Hemmas Kadett und fuhren eilig auf ein zunächst noch unbekanntes Ziel zu. Aber die riesige schwarze Rauchwolke war nicht zu verfehlen.

Es war übrigens nicht das erste Mal, dass dieses Jahr in der Gegend ein Hof brannte, sondern bereits das dritte. Und dabei war es gerade erst Anfang April. Schon nach wenigen Minuten, noch bevor sie ihn sahen, konnten Hemma und ihr Bruder bereits erahnen, welcher Hof es war, der dieses Mal in Flammen stand.

»Um Gottes willen, der Derflinger-Hof ...«, rief Hemma entsetzt. »Und natürlich ist es wieder ein Ackerbauer und Viehzüchter, der alles verliert, was er hat. Die Armen ...«

»Ackerbauern brennen nun einmal besser als Weinbauern«, erklärte ihr Bruder. »Was soll bei Wein in Stahltanks schon brennen?«

Als Hemma ihren Kadett abstellte, herrschte rund um den Hof bereits reges Treiben. Drei Feuerwehrautos waren zur Stelle, eines aus Niederfeld und zwei aus Nachbargemeinden. Jede Feuerwehr hatte natürlich ihren eigenen Kommandanten. Aber so richtig kommandierte hier nur einer, nämlich der Fritz, seines Zeichens Feuerwehrhauptmann von Niederfeld. Hemma war bei den letzten Bränden schon aufgefallen, dass der Fritz, sobald er seinen Feuerwehroverall anhatte, nicht wiederzuerkennen war. Sonst wirkte er nämlich eher bescheiden. Er war bei der Gemeinde angestellt und fuhr im Winter den Schneepflug, im Frühling die Straßenkehrmaschine. Im Sommer arbeitete er dann im Freibad als Badewaschl, wie man landauf, landab einen Bademeister etwas respektlos bezeichnete. Im täglichen Leben hielt sich der Fritz immer sehr im Hintergrund. Aber sobald er in seine Rolle als Feuerwehrkommandant schlüpfte, war er wie ausgewechselt.

»Vier Sauger!«, rief er. »Zwei Rohre! Wasser marsch!«

Und alle reagierten sofort. Fritz wusste genau, was getan werden musste.

Insgesamt waren sechs Schläuche auf den Hof gerichtet, die – aber das durfte man natürlich nicht laut sagen – eigentlich mehr Schaden anrichteten, als sie nutzten. Aber es war nun einmal die Aufgabe der Feuerwehr, einen Brand zu löschen. Und das ließen sich weder der Fritz noch die anderen Feuerwehrmänner nehmen.

Alles in allem waren bestimmt über hundert Leute anwesend. Viele halfen irgendwie mit, viele taten so, als ob sie helfen würden. Doch die meisten begnügten sich damit, einfach zuzusehen. War schon ein Sonnwendfeuer eine Sensation, wie sehr gingen dann die Augen auf, wenn ein ganzer Hof zu einer einzigen riesigen Flamme wurde.

Sämtliche Anwesenden, die natürlich alle aus der unmittelbaren Umgebung kamen, kannte die Hemma sehr gut, fast alle sogar mit Namen. Nur von einem Mann, der ebenfalls gebannt in der Nähe des brennenden Hofes stand, wusste sie so gut wie gar nichts. Hemma war schon aufgefallen, dass der Mann gelegentlich im Dorf auftauchte, wenige Tage blieb und dann wieder verschwand. Dabei wohnte er offenbar immer im Dorfheurigen, wo es ein paar Gästezimmer gab. Aber niemand hatte jemals gesehen, dass der Mann sich mit einem der Einheimischen unterhalten hätte. Und auch wenn er, was er gerne tat, abends ein Glas Veltliner trank, saß er immer allein am Tisch. Merkwürdig war jedoch, dass der Mann in diesem Jahr bei allen drei Bränden aufgetaucht war. Wie schon zuvor schaute er auch jetzt regungslos und scheinbar fasziniert ins Feuer. Und wie die anderen Male warf er auch dieses Mal plötzlich einen Blick auf seine Uhr, dann ging er zügig zu seinem Wagen und fuhr davon.

Die Frau vom Derflinger stand samt den drei Kindern in einiger Entfernung vor dem Flammenberg. Das Entsetzen stand allen ins Gesicht geschrieben. Der Derflinger hingegen rannte herum, aber nicht nur auf und ab, sondern in erster Linie rein und raus. Ihm ging es vor allem darum, seine Ziegen, Schafe und Schweine zu retten. Immer wieder zog er eines seiner Tiere durch die Flammen ins Freie, auch dann noch, als sich schon längst kein anderer mehr in den Stall hineingetraut hätte.

»Gerlinde, du Arme«, sagte Hemma, als sie sah, wie der Bäuerin die Tränen über die Wangen flossen. Die beiden kannten sich sehr gut vom Kirchenchor, außerdem war Gerlinde in der Schulzeit auch eine von Hemmas Mädchen-Cowboys gewesen. Sie umarmten sich, und Hemma hätte am liebsten mitgeheult.

»Was ist denn da passiert?«

»Ich weiß es nicht, Hemma. Der Otto sagt, dass er in der Früh noch nichts gemerkt hat. Dann haben wir alle gemütlich gefrühstückt. Und als ich so gegen zehn durch den Innenhof geh, seh ich plötzlich Rauch aus der Scheune kommen. Und wie ich das Tor aufmache, kommt mir eine riesige Rauchschwade entgegen. Ich hab dann gleich den Otto gerufen. Der hat erst versucht, selbst zu löschen, aber er hat es nicht mehr geschafft. Dann hat er mir zugeschrien, dass ich die Feuerwehr rufen soll. Seither rennt er immer wieder in den Stall, um die Viecher zu retten. Die meisten sind eh schon heraußen. Aber er muss jetzt aufhören damit, der Stall wird ja gleich einstürzen. Kannst du ihm das nicht sagen? Der hört einfach nicht mehr auf mich!«

»Warte!«, sagte Hemma. Sie überlegte und schaute sich um, bis sie Hubert sah, den Polizeichef von Niederfeld und, wie inzwischen das ganze Dorf wusste, ihren heimlichen Verehrer. Sofort stürzte sie auf ihn zu.

»Hubert, die Gerlinde sagt, dass der Otto immer wieder in den Stall rennt, um die Viecher zu retten. Jetzt ist er gerade wieder drinnen. Du musst ihn aufhalten, der bringt sich ja noch um!«

Mit einem kurzen Lächeln drückte Hubert aus, dass er sich freute, die Hemma zu sehen, dann reagierte er rasch. Er lief zur Stalltür, wo er aber sofort von Hitze und Rauch gestoppt wurde.

»Otto!«, rief er. »Komm raus. Sofort!«

Mehrmals musste er rufen, bis endlich der vom Rauch geschwärzte Otto mit einem Ferkel am Arm auftauchte.

»Halt das Ferkel«, sagte Otto, »ich muss noch mal hinein.«

»Mit Sicherheit nicht!«

Da der Otto aber nicht hören wollte, packte ihn der Hubert und hielt ihn mit aller Kraft fest. Womöglich rettete er ihm damit sogar das Leben. Denn wenige Minuten später fielen die ersten Balken von der Decke, und schließlich krachte der ganze Stall in sich zusammen.

Drei bis vier Stunden später hieß es endlich »Brand aus«. Die Feuerwehrleute verstauten die meisten ihrer Gerätschaften, nur ein Schlauch blieb ausgerollt, falls sich noch irgendwo ein Brandherd wieder entzünden sollte.

Der größte Teil der Schaulustigen war inzwischen abgezogen, das Feuer hatte den üblichen Samstagsrhythmus des Dorfes ohnehin ziemlich durcheinandergewirbelt. Üblicherweise aß das gesamte Dorf am Samstag um zwölf sein Geselchtes oder seine Fleischlaiberl, aber an diesem Tag hatte sich das alles verschoben. Manche kamen überhaupt nicht mehr zum Essen.

Der Pfarrer war inzwischen längst zu Hause in seinem Pfarrhof und hielt ein Mittagsschläfchen. Hemma hingegen war allein schon aus Solidarität mit Gerlinde noch geblieben und half ihr nun, für die Feuerwehrleute eine kräftige Jause herzurichten. Und auch der Hubert war noch da und begann bereits ein wenig nachzuforschen, was wohl die Ursache für den Brand gewesen sein könnte.

Bei den beiden anderen Bränden vor einem beziehungsweise zwei Monaten tappte er in dieser Hinsicht noch ziemlich im Dunkeln. Auch die Experten von der Kripo konnten nicht sicher sagen, wie die Feuer entstanden waren. Kurzschluss war eher auszuschließen, die Höfe waren relativ frisch renoviert und in gutem Zustand. Selbstentzündung gab es um diese Jahreszeit nicht, das konnte nur passieren, wenn feuchtes Heu eingefahren wurde, also nicht jetzt im Frühling. Und Gewitter hatte es auch nicht gegeben, somit konnte man auch keinen Blitz dafür verantwortlich machen. Blieb nur noch eine Möglichkeit, nämlich Brandstiftung. Aber auch dafür gab es kein einziges Indiz. Zumindest nicht offiziell. Inoffiziell ging die Polizei sehr wohl davon aus, dass hier immer einer gezündelt hatte.

Während Hemma Hausgeselchtes und Brot aufschnitt, brach Gerlinde immer wieder in Tränen aus. Hemma musste sie dauernd in den Arm nehmen und trösten.

»Seid ihr wenigstens gut versichert?«

»Das schon. Glaub ich zumindest. Der Otto weiß das sicher besser!«

Die Feuerwehrleute saßen inzwischen auf der Wiese vor dem Hof, jeder mit einer Flasche Bier in der Hand. Auch wenn man hier im Weinviertel war, nach einem Brand brauchte man ein Bier. Auch Otto befand sich unter ihnen, geschockt, aber auch ratlos, was nun zu tun war. Deshalb trank auch er erst einmal einen tiefen Schluck von seinem Bier.

Als Hemma und Gerlinde mit der Jause erschienen, gab es erst einmal ein allgemeines Juchhe. Die Männer stürzten sich auf die vollen Jausenbretter, die beiden Frauen konnten gar nicht so schnell schauen, wie alles verschwunden war.

Nun gönnte sich auch Hemma ein Bier. Und als sie unter den Feuerwehrmännern den Bertl ausmachte, setzte sie sich zu ihm und hielt ihm die Flasche entgegen, um mit ihm anzustoßen.

»Die Taufe von deinem Kind hast du dir sicher anders vorgestellt.«

»Darauf kannst du Gift nehmen. Eigentlich müssten wir jetzt beim Dorfheurigen sitzen und auf den Kleinen anstoßen. So sitzen wir halt hier.«

»Jetzt habt ihr euch so viel Mühe gegeben, das meiste habt ihr aber trotzdem nicht retten können. Bis auf den Wohntrakt kannst du hier alles vergessen.«

»Sieht ganz so aus. Da war nichts mehr zu machen. Armer Otto!«

»Weißt du, ob er wenigstens gut versichert ist?«

»Ja, Gott sei Dank. Vor drei Jahren konnte ich ihm noch eine ordentliche Brandversicherung verkaufen. War gar nicht so einfach. Aber jetzt wird er darüber saufroh sein.«

Während sich die anderen um ihr leibliches Wohl kümmerten, inspizierte Hubert alles, was es zu inspizieren gab. Viel war ja nicht übrig geblieben, was ihm Hinweise geben konnte. Nachdem er mehrmals ums Haus geschlurft war und die Brandstätte auch von innen abgegrast hatte, soweit ihm das möglich war, ging er zu seinem Wagen und deponierte dort ein weißes Plastiksackerl, das er schon länger mit sich herumtrug. Dann ging er noch kurz zu den anderen hinüber. Hier wurde ihm gleich ein Bier angeboten, doch er winkte ab, schließlich war er in Uniform. Er lehnte aber auch ein Schinkenbrot ab, was Hemma stutzig machte.

»Was ist los?«, fragte sie ihn so verstohlen, dass niemand mithören konnte.

»Sage ich dir später.«

Schließlich ging Hubert noch auf Otto zu und sagte in einem Ton, der nicht gerade tröstend klang: »Otto, ich habe zwei von meinen Leuten abkommandiert, dass sie die Brandstätte bewachen. Niemand darf hineingehen, bis ich mit der Kripo wiederkomme. Auch du nicht. Verstanden?«

Da kam auch schon die Streife angerast, und zwei von Huberts Buben, wie er seine jungen Polizisten nannte, stiegen aus. Sie grüßten freundlich in die Runde. Doch Hubert zog sie gleich zur Seite und gab ihnen seine Anweisungen.

»... niemand. Habt ihr verstanden?«

Einen letzten fragenden Blick richtete er auf Hemma, offenbar wollte er, dass sie ihn begleitete.

»Ich bin selber mit dem Auto da«, meinte sie aber. »Außerdem braucht mich die Gerlinde noch.«

Daraufhin verabschiedete sich Hubert von den Anwesenden. Mit ernster Miene stieg er in seinen Polizeiwagen und fuhr los.

ZWEI

Es gibt kaum eine schönere Zeit als Anfang April. Die Natur erwacht. Und man spürt, dass man selbst wieder so richtig in die Gänge kommt. Die Winzer hatten bereits ein gutes Stück Arbeit hinter sich, sämtliche Rebstöcke waren auf die passende Länge zurückgestutzt. Die Triebe konnten kommen.

Aber es gab auch Schattenseiten. Der Winter hatte nicht viel Gutes hinterlassen, sondern hauptsächlich Matsch und Dreck. Das bedeutete, dass jeder ordentlich vor und hinter seiner Türe zu kehren hatte. Zumindest jeder, der ein Haus besaß. Und Hemmas Haus war weit und breit das größte im Dorf. Ihres war schließlich die Kirche.

Bis Ostern waren noch fast zwei Wochen Zeit. Und in der Osterwoche, wo die Leute regelmäßig die Kirche stürmten, um zu beichten und zu büßen, ihre Ablässe zu beten und ihr Gewissen zu erforschen, da sollte sich die barocke Pfarrkirche von Niederfeld natürlich von ihrer schönsten Seite zeigen.

Dass der Kirchenboden geschrubbt wurde, war nichts Besonderes, das machte Hemma fast jede Woche. Aber einmal im Jahr sollte auch alles andere gereinigt werden, bis in die Ecken und Spalten, denen sie sonst weniger Beachtung schenkte.

Die Heiligen waren ziemlich verstaubt. Im Weinkrug der heiligen Notburga, die für den Dirndlgewand-Sonntag verantwortlich war, hatte sich der Lurch abgesetzt. In den Ritzen der heiligen Barbara, die sich geweigert hatte, Gott ihre Jungfräulichkeit zu opfern, nisteten die Spinnen. Auf den Kopf des heiligen Paulus hatten Vögel gekackt – niemand wusste, wie die in die Kirche gekommen waren. Das goldene Gewand des heiligen Bernhard, einer der Väter der christlichen Gewaltmission, begann schon ziemlich abzublättern, da half auch kein Putzmittel mehr, es müsste schon der Restaurator herkommen. Und die vier Evangelisten an der Kanzel gehörten überhaupt wieder einmal runderneuert.

So wie über die Heiligen wedelte und schrubbte Hemma auch über die Säulen des Hochaltars, über Konsolen, Kapitelle und Voluten. Sämtliche Messutensilien, wie die Monstranz und der goldene Hostienkelch, wurden mit Sidol poliert. Der Tabernakel wurde herausgewischt. Und sie wechselte nicht nur die weißen Tischdecken des Altars, sie öffnete sogar den darunter verborgenen Holzdeckel, hinter dem sich der Reliquienschrein verbarg. Darin wiederum befand sich einer der Nägel, mit denen Christus ans Kreuz geschlagen wurde. Diesen hatte der damalige Pfarrer vor circa zweihundert Jahren von einem Wandermönch gekauft. Für ein Vermögen, wie man sagte. Für Niederfeld jedoch bis heute eine Sensation.

Was Hemma bei all ihrer Putzarbeit dennoch stutzig machte, war, dass sie den Hubert in den letzten Tagen kaum erreichen konnte. Gleich am Tag nach dem Brand war sie zum Polizeirevier hinübergeradelt, schließlich wollte sie wissen, was sich Neues ergeben hatte. Man sagte ihr aber nur, dass der Herr Gruppeninspektor auf Außendienst sei. Auf ihre Anrufe reagierte er kaum, er wehrte sie immer nur mit der knappen Aussage ab, dass er sich melden werde, jetzt aber gerade nicht könne. Das Einzige, was Hemma erfuhr, war, dass zwei Kriminalinspektoren mit einem Brandspürhund im Dorf waren und permanent die Brandstätte durchsuchten.

Zwischendurch wurden auch immer wieder Leute befragt. Auch die Gerlinde musste mehrmals Auskunft geben. Am meisten beschäftigten sie sich aber mit Otto, dem Besitzer des abgebrannten Hofes. Er wurde immer wieder verhört und dabei heftig in die Mangel genommen. Im Dorf wurde bereits getuschelt.

Trotzdem glaubte Hemma, ihren Ohren nicht zu trauen, als Gerlinde sie anrief und mit verheulter Stimme ins Handy schrie: »Hemma, komm schnell, der Hubert hat den Otto verhaftet!«

Hemma erstarrte. Ausgerechnet den Otto? Ausgerechnet der Hubert? Das konnte doch gar nicht sein.

»Wo sind sie denn gerade?«, fragte sie Gerlinde. »Sind sie noch am Hof?«

»Ja. Sie lassen ihn noch ein paar Sachen zusammenpacken. Aber lange wird es nicht mehr dauern, bis sie ihn mitnehmen.«

»Wer sind ›sie‹?«

»Na, die Kriminaler.«

»Also haben die Kriminaler den Otto verhaftet.«

»Gesagt hat es der Hubert. Herr Derflinger, hat er gesagt, Sie müssen mitkommen, Sie sind verhaftet. Stell dir vor«, schluchzte Gerlinde, »so hat der Hubert mit dem Otto geredet.«

»Wart auf mich, ich bin schon unterwegs.«

Und schon warf Hemma den Kadett an und brauste wie ein roter Blitz durch die Landschaft.

Als sie die letzten hundert Meter auf den Hof zuraste, sah sie Hubert, die Kriminaler und zwei seiner Buben bei ihren Autos. Der Spürhund wurde gerade in seinen Zwinger im Kofferraum gepfercht. Zwischen den Männern stand Otto, frisch geduscht und ordentlich angezogen. Aber kreidebleich. In seinen Händen, die in Schellen lagen, hielt er eine kleine Reisetasche. Unmittelbar hinter ihm stand die flennende Gerlinde.

Hemma bremste sich ein, sprang aus dem Wagen und schrie in die Runde: »Seid ihr jetzt alle deppert worden?«

»Hemma«, versuchte Hubert sie zu beruhigen, »das ist eine Amtshandlung, da musst du dich jetzt raushalten.«

»Ah, die Hemma Thom«, mischte sich einer der Kriminaler ein. »Ich habe schon viel von Ihnen gehört.«

In dem Moment wurden Hemmas Augen so stählern, als ob sie damit schießen wollte. Sie ging auf den Mann zu und blickte ihm aus einer Distanz von weniger als zwanzig Zentimetern ins Gesicht.

»Gruber, Herr Kommissar. Gruber. Merken Sie sich das. Und das, was Sie von mir gehört haben, ist noch gar nichts im Vergleich dazu, was Sie von mir noch hören werden.«

Respekt! Das hatte aber gesessen. Als Nächstes wandte sie sich aber wieder an den Hubert.

»Das glaubst du doch selber nicht, Hubert, dass der Otto was mit dem Brand zu tun hat. Du kennst ihn doch. Das musst du doch spüren, dass du da einen Blödsinn machst.«

»Meine Gefühle spielen da überhaupt keine Rolle. Außerdem sind mir hier die Hände gebunden.«

»Was? Dir sind die Hände gebunden? Das wagst du zu sagen, während der Otto hier in Handschellen steht? Hubert! Tickst du noch richtig?«

»Ich hab eh gesagt, dass es ohne Handschellen geht. Aber ich bin hier nicht der Boss.«

Und dabei richtete er seinen Blick auf die Kriminaler. Noch einmal ging Hemma auf den Kommissar zu, mit dem sie gerade ihr Scharmützel gehabt hatte. Wieder auf knappste Distanz.

»Dieser Mann ist kein Verbrecher. Er wird ohne Widerstand mit Ihnen mitkommen, bis sich die Sache aufgeklärt hat. Mit Sicherheit wird er nicht vor der Polizei fliehen. Nehmen Sie ihm jetzt auf der Stelle die Handschellen ab.«

»Aber ich …«

»Jetzt auf der Stelle.«

Da nickte der Kommissar. Und einer von Huberts Buben zog einen Schlüssel aus der Tasche und öffnete die Schellen.

»So, und jetzt ist aber Schluss hier«, meinte der Kommissar mit dem letzten Anflug an Autorität. »Bringen Sie den Mann endlich rüber ins Bezirksgefängnis«, befahl er den Polizisten. »Wir werden ihn dort weiter verhören.«

Höflich und trotzdem deutlich wurde Otto nun von Hubert aufgefordert, in den Wagen zu steigen. Die Polizisten salutierten noch einmal kurz, dann fuhren sie los.

Gerlinde, die sich ohnehin kaum mehr einkriegte, begann nun auf Teufel komm raus zu schimpfen und zu toben: »Ihr Schweine, ihr dreckigen, ihr Dreckspolizisten, was hat er euch denn getan?«

Nur mit Mühe gelang es Hemma, Gerlinde zu beruhigen. Erst als sie sie fest in die Arme nahm, hörte sie auf zu schreien. Aber es schüttelte sie noch mächtig am ganzen Körper.

Auch die Kriminaler gingen jetzt zu ihrem Wagen. Beide

tippten sie noch einmal kurz mit dem Zeigefinger gegen die Schläfe, was ein knappes Habe-die-Ehre bedeutete. Zu Recht hatten sie das Gefühl, dass sie nun besser schweigen sollten.

Als sie weg waren, wandte sich Hubert an Hemma, die noch immer die schluchzende Gerlinde im Arm hielt.

»Ich muss jetzt auch los. Kannst du nachher bei mir vorbeikommen?«

Hemma nickte kurz. Und nachdem auch Hubert abgefahren war, nahm sie Gerlinde an der Hand und führte sie ins Haus. Beziehungsweise in das, was davon noch übrig war.

»Soll ich uns einen Kaffee machen?«, fragte Hemma.

»Mach nur«, würgte Gerlinde heraus. Dann hielt sie sich eine Hand vor die Augen, und wieder begann es sie zu schütteln.

Erst als beide am Ecktisch saßen und Hemma ihr eine Tasse Kaffee reichte, konnte Gerlinde wieder einigermaßen normal reden. »Wieso machen die das, Hemma? Der Otto hat doch gar nichts getan. Aber die Kriminaler hatten es offensichtlich von Anfang an auf ihn abgesehen. Sie haben sich so richtig in den Otto verbissen.«

»Die brauchen wohl einen Täter, sonst stehen sie ja blöd da. Soviel ich weiß, tappen sie auch bei den anderen Bränden noch im Dunkeln. Aber dass der Hubert da mitmacht …«

»Und dieser Fremde läuft immer noch frei herum. Den sollten sie sich einmal genauer ansehen!«

»Ich weiß nicht, Gerlinde … Nur weil er fremd ist, muss er noch lange kein Verbrecher sein.«

Das ließ Gerlinde erst einmal so stehen. Und wechselte das Thema.

»Weißt du, Hemma, momentan geht eh alles schief bei mir. Meine Mutter ist ganz arg krank geworden. Die kann nicht mehr aufstehen, obwohl sie vor zwei Wochen noch pumperlgsund war. Jetzt liegt sie nur mehr im Bett und schläft die meiste Zeit. Und wenn sie nicht schläft, dann liegt sie da, wie wenn sie sturzbesoffen wäre, und phantasiert vor sich hin. Dabei redet sie einen Scheiß zusammen, das glaubst du nicht!«

»So, was redet sie denn?«

»Das kann ich dir gar nicht sagen. Sie redet hauptsächlich über Sex. Sie hat ihr Lebtag nie über Sex gesprochen, zumindest nicht mit mir. Und jetzt dreht sich alles immer nur darum. Und Ausdrücke hat sie, das kannst du dir gar nicht vorstellen. Ich lauf jedes Mal rot an, wenn ich sie höre. Die Kinder kann ich gar nicht mehr zu ihr lassen. Der Peter ist doch erst neun. Trotzdem hat sie ihn gefragt, ob er sich jeden Tag einen … na ja, lassen wir das.«

»Das ist aber ungewöhnlich. So kenne ich deine Mutter gar nicht.«

»Ich auch nicht. Weißt du, wie peinlich das ist, wenn die Narrische Nani zu ihr kommt? Ich bin so froh, dass die Nani sich so um sie kümmert. Ich kann ja nicht dauernd bei der Mama sein, ich muss mich um meine Kinder und um alles hier kümmern. Und mein Vater ist auch schon alt und gebrechlich. Aber du weißt eh, die Nani ist furchtbar altvaterisch und so streng katholisch. Mit der redet sie aber genauso.«

»Und wie reagiert die Narrische Nani drauf?«

»Eh sehr gefasst. Sie faselt halt dann immer was vom Teufel, der in jedem von uns steckt …«

»Sag, und was sagt der Dr. Meindl, weiß er, was deiner Mutter fehlt?«

»Ehrlich gesagt haben wir den erst einmal geholt. Ich vertrau da lieber auf die Schneider Leni, die kommt ab und zu und legt der Mutter die Hand auf.«

»Bist du dir da sicher? Ich halte ja überhaupt nichts von ihren Wundertaten. Ich glaube eher, dass die ein ziemlicher Scharlatan ist.«

»Die kann was, da bin ich mir sicher. Die Narrische Nani meint das auch … Nein, nein, erst das mit meiner Mutter. Dann brennt der Hof ab. Und jetzt sperren sie auch noch den Otto ein. Ich halt das alles nicht mehr aus.«

Als es zu dämmern begann, beschloss Hemma, allmählich aufzubrechen. Sie drückte Gerlinde ein letztes Mal ganz fest, und Gerlinde hätte ihren Kopf wohl gerne noch einmal auf Hemmas

Schulter gelegt, wenn sich das von der Größe her ausgegangen wäre. Denn während der Otto ein durchaus groß gewachsener, hagerer Mann war, war seine Gerlinde eher klein und gedrungen. Die Natur hatte sie mit einem Speckbäuchlein, aber auch mit einer erstaunlichen Oberweite ausgestattet. Aber egal, auch wenn sie ihren Kopf nur an Hemmas Brust legen konnte. Wenn Hemmas Umarmung an ihrer Situation auch nicht viel ändern konnte, ein wenig ruhiger sah die Gerlinde nun doch aus.

Mehr noch als über den Brand und über Ottos Verhaftung dachte Hemma während ihrer Heimfahrt über Gerlindes Mutter nach. Vielleicht hat sie einen Gehirntumor, dachte sie. Irgendwie mussten bei der Frau ein paar Botenstoffe durcheinandergekommen sein. Ein eigenartiges, aber inzwischen nicht mehr unbekanntes Phänomen. Hemma erinnerte sich daran, dass es bei der alten Schneiderin kürzlich ja ähnlich gewesen war. Wobei alt vielleicht nicht ganz der richtige Begriff war. Die Schneiderin war erst knapp über siebzig gewesen. Und total fit bis vier Wochen vor ihrem Tod. Plötzlich war es mit ihr rapide bergab gegangen. Und auch sie, erinnerte sich Hemma, hatte in ihrer Trance einen furchtbaren Schwachsinn dahergeplappert, der alles andere als jugendfrei war.

Was Hemma aber nun doch ein wenig amüsierte, war, dass ausgerechnet die Narrische Nani sich den ganzen Mist anhören musste.

Offiziell wurde die Nani ja mit Schwester Nani angesprochen. Aber hinter ihrem Rücken nannte man sie in ganz Niederfeld die Narrische Nani. Narrisch deshalb, weil sie – und anders konnte man das kaum bezeichnen – einen sensationellen katholischen Vogel hatte. Da war selbst Hemmas Bruder, der Pfarrer, ein Waisenknabe dagegen.

Die Nani gehörte zu den immer seltener werdenden Menschen, welche die Bibel wirklich hundertprozentig wörtlich auslegen. Gott hat die Erde in sieben Tagen erschaffen. Adam wurde vor siebentausend Jahren aus Lehm geformt, also nicht geboren, und deshalb besaß er auch keinen Bauchnabel. Noah hat mit seiner Arche die Welt gerettet, ohne ihn gäbe es kein

Leben mehr auf Erden. Und Jesus ist wie ein Raketenmensch in den Himmel gefahren, der sich natürlich oberhalb befindet, während man in die Hölle kommt, wenn man sündigt und stirbt oder tief genug gräbt.

Die Existenz des Teufels stand für die Nani zweifelsfrei fest, mit ihm focht sie immer wieder ihre Strauße aus. Sie kannte so gut wie alle biblischen Engel mit Namen und konnte ihnen auch ihre Funktionen zuordnen. Und dass sie sich mit ihren Gebeten und Kirchenbesuchen einen festen Platz zur rechten Hand Gottes sicherte, davon war sie bombenfest überzeugt. Der Glaube war für sie der Sinn des Lebens.

Aber noch wichtiger als Altes und Neues Testament waren für die Narrische Nani die katholischen Dogmen. Insgesamt kennt die Kirche ja zweihundertfünfundvierzig Stück davon. Und nicht nur, dass die Nani die Dogmen als Richtschnur für ihr Leben betrachtete, sie kannte sie auch alle auswendig.

Fragte man sie zum Beispiel nach der Nummer vier, dann kam wie aus der Pistole geschossen: Die Seligen des Himmels besitzen eine unmittelbare, intuitive Erkenntnis des göttlichen Wesens. Einundsechzig: Die Stammeltern verloren durch die Sünde die heilig machende Gnade und zogen sich den Zorn und Unwillen Gottes zu. Oder einhundertvierundfünfzig: Es ist erlaubt und nützlich, die Heiligen im Himmel zu verehren und sie um Fürbitte anzurufen.

Doch so schrullig die Nani in Glaubensfragen auch war, im Grunde ihres Herzens war sie eine gute Haut. Sie half und spendete, wann immer es zu helfen und zu spenden galt. Von Beruf war sie ausgebildete Krankenschwester, bis zu ihrer Pensionierung hatte sie drüben im Bezirksspital gearbeitet. Aber die Pflege alter und kranker Leute betrieb sie auch noch über ihr aktives Berufsleben hinaus. Gerade in Niederfeld, wo auch der Gemeindearzt bereits zu den betagten Menschen zählte und deshalb weder der Schnellste war noch über sonderlich aktuelle medizinische Kenntnisse verfügte, waren die Leute froh, sie zu haben. Auch wenn der Schmäh über die Nani die Dankbarkeit überwog.

Die Hemma trank auch öfters einen Kaffee mit der Nani, wenn diese den Pfarrer besuchte, was sie gerne tat. Dieser allerdings war, was die Nani betraf, ziemlich hin- und hergerissen. Obwohl selbst ein bibeltreuer und konservativer katholischer Geistlicher, konnte er bei dem, was die Nani verzapfte, oft nicht mehr mithalten.

Eigentlich war die Nani schon länger nicht mehr im Pfarrhof gewesen, dachte Hemma. Bestimmt würde sie demnächst wieder einmal aufkreuzen.

Es war schon relativ spät, als Hemma ins Dorf zurückkam. Trotzdem ließ sie es sich nicht nehmen, noch ins Polizeirevier zu fahren, um nach dem Hubert zu schauen. Der war tatsächlich noch da. Er saß an seinem Computer und tippte an seinem Bericht.

»Muss der heute noch fertig werden?«, fragte Hemma.

»Nein, nicht unbedingt. Ich mach jetzt auch Schluss. Trinken wir doch noch einen miteinander.«

»Gerne. Ich wollte ohnehin noch ein wenig mit dir über den Brand reden.«

»Ich habe nichts anderes erwartet. Allerdings möchte ich erst noch nach Hause und mich umziehen.«

Da es bereits dunkel wurde und beide von dem anstrengenden Tag ein wenig gezeichnet waren, beschlossen sie, einfach in den Dorfheurigen zu gehen und sich bedienen zu lassen. Auf Einkaufen, Kochen und Abwaschen hatten sie alle zwei keine Lust. Im Dorfheurigen saß der Hubert aber nicht so gerne in Uniform, da fühlte er sich immer ein wenig eingeengt.

Rosl, die junge Heurigenwirtin, begrüßte die beiden freundlich, brachte sie zu einem freien Tisch und reichte ihnen die Speisekarte.

»Wollt ihr zwei Achterl Veltliner? Gell, der Heurige ist richtig gut. Schade, dass die Lese so gering ausgefallen ist.«

Hemma und Hubert mussten beide ein wenig schmunzeln. Das sagten die Winzer nämlich jedes Jahr, dass die Lese eine super Qualität ergebe, aber leider nur einen sehr geringen

Ertrag. Und schon kostete das Achterl wieder zehn Cent mehr.

Noch bevor Rosl die Gläser servierte, kam Hemma auf den Brand zu sprechen, vor allem auf Ottos Verhaftung.

»Das kannst du doch nicht ernst meinen, Hubert, dass der Otto sich selber den Hof angezündet haben soll. Weißt du, was der für eine Affenliebe zu seinen Viechern hat? Du hast doch gesehen, wie er sie aus dem brennenden Stall gezerrt hat.«

»Ich weiß eh, Hemma. Ich hab ja auch meine Zweifel. Aber ich hab noch an dem Tag, als es gebrannt hat, zwei Dosen mit Brandbeschleuniger hinter dem Haus entdeckt. Der Brandspürhund hat auch Spuren von Brandbeschleuniger geschnuppert. Das passt zusammen. Und auf den Dosen, das haben wir herausgefunden, da waren Ottos Fingerabdrücke drauf.«

»Und was sagt der Otto dazu?«

»Er sagt, dass er die Dosen entdeckt hat, als er seine Viecher retten wollte. Und damit sie nicht explodieren, hat er sie aus dem Fenster geschmissen.«

»Das kann doch stimmen. Waren auch noch andere Fingerabdrücke drauf?«

»Soviel ich weiß, nicht.«

»Aber so eine Dose haben doch eigentlich viele Leute in der Hand gehabt. Der Verkäufer zum Beispiel. Wenn sonst keine Fingerabdrücke mehr drauf waren, dann wurden sie irgendwann abgewischt. Bevor der Otto die Dosen aus dem Fenster geworfen hat. Ein Brandstifter beseitigt doch nicht erst die Fingerabdrücke, bevor er die Dose anfasst. Wenn schon, dann hinterher …«

»Ja, das leuchtet schon ein. Ich weiß auch nicht … Aber es kommt noch dazu, dass er ziemlich gut versichert ist. Einen finanziellen Schaden hat er durch den Brand bestimmt nicht, im Gegenteil. Mit dem, was die Versicherung zahlt, steht der Hof dann nämlich deutlich besser da als vorher.«

»Das mag ja sein. Aber schau, Hubert, jetzt ist das schon der dritte Brand in diesem Jahr. Da muss doch ein Feuerteufel umgehen, so ein Pyromandl, das ist doch kein Zufall mehr.«

»Wie die anderen Brände entstanden sind, wissen wir nicht genau. Das heißt, wir wissen es schon, es muss jedes Mal ein Brandstifter gewesen sein. Der Brandspürhund hat auch bei den anderen Höfen Brandbeschleuniger gerochen. Aber das ist noch inoffiziell, verstehst du?«

»Na bitte! Es kann doch nicht sein, dass drei Bauern mehr oder minder zur selben Zeit auf die Idee kommen, ihren Hof warm abzutragen. Waren die anderen eigentlich auch so gut versichert?«

»Ja, alle drei. Es kann schon sein, dass es da einen Zusammenhang gibt, aber der ist anderer Natur. Einer fängt an, und die anderen machen es nach. Nachahmungstäter, verstehst du? Bei Selbstmördern haben wir das häufig. Einer hängt sich auf, und die anderen hängen sich hinterher.«

»Ich weiß nicht. Ich glaube trotzdem eher, dass hier ein Pyromandl sein Unwesen treibt.«

»Mag eh sein. Aber das Pyromandl könnte genauso gut der Otto sein. Vielleicht hat er erst zwei andere Höfe angezündet, um von sich abzulenken …«

»Geh, Hubert, was hast denn du für eine Phantasie! Also ich kann mir echt kaum vorstellen, dass das der Otto war. Unmöglich!«

»Kaum, sagst du. Du kannst es dir kaum vorstellen. Also ein bisserl zweifelst du auch an seiner Unschuld.«

»Ich will es einfach nicht glauben. Natürlich, zu hundert Prozent weiß man es nie.«

Inzwischen hatten Hubert eine Brettljause und Hemma einen Ziegenfrischkäse mit Kernöl verzehrt. Vom Veltliner waren es jeweils vier Achtel gewesen.

Doch gerade, als sie um die Rechnung bitten wollten, betrat jener Fremde die Heurigenstube, der immer genau dann in Niederfeld war, wenn ein Brand ausbrach. Wie immer setzte er sich allein an einen Tisch und begann, die Speisekarte zu studieren.

»Habt ihr euch eigentlich mit dem da schon einmal unterhalten?«, wollte Hemma wissen. »Ich finde es zwar auch nicht so gut, ihn zu verdächtigen, nur weil er fremd ist. Aber müsste man nicht jeder Spur nachgehen?«

»Ich weiß zwar nicht, ob das eine Spur ist. Aber fragen kostet ja nichts.«

Und schon standen die beiden auf und gingen hinüber zum Tisch des einsamen Fremden.

»Grüß Gott«, sagte der Hubert. »Dürfen wir uns kurz zu Ihnen setzen?«

»Grüß Gott«, lautete auch die Antwort. »Sie sind doch der Polizist hier. Ich habe mich eh schon gewundert, warum mich die Polizei noch nicht angesprochen hat. Setzen Sie sich bitte.«

»Und warum wundert Sie das?«, wollte die Hemma gleich wissen. Denn im Nu war sie schon wieder in ihrem Element.

»Na ja, als ich die letzten Male da war, hat es hier immer gebrannt. Und ich bin offensichtlich der einzige Fremde im Dorf. Das macht einen doch verdächtig, oder?«

»So hinterwäldlerisch sind wir hier auch nicht«, meinte der Hubert. »Wir sind ein beliebter Heurigenort, da kommen immer wieder Fremde zu uns. Geh, Rosl, bring uns noch zwei Veltliner! Es ist nicht so, dass uns Fremde von vorneherein suspekt sind. Aber trotzdem: Darf ich fragen, was Sie hierherführt? Sie kommen doch regelmäßig zu uns, oder?«

»Ja, regelmäßig. Seit drei Monaten. Aber warum es immer brennt, wenn ich hier bin, das ist mir auch ein Rätsel.«

»Was machen Sie denn bei uns?«, wollte nun die Hemma wissen. »Man sieht Sie ja immer nur abends. Was machen Sie denn tagsüber?«

»Schauen Sie, ich bin Vertreter für Elektrogeräte und zuständig für alle Elektrohändler in Niederösterreich. Einmal im Monat schau ich bei fast jedem einmal vorbei. Und da beginne ich immer hier im unteren Weinviertel und wohne erst einmal fünf Tage hier in Niederfeld. Dann fahr ich für ein paar Tage in den Norden, danach geht es ins Waldviertel und so weiter. Am Ende des Monats habe ich alle meine Kunden durch. Und dann beginne ich wieder von vorne. Dass es aber ausgerechnet wenn ich da bin, hier immer brennt, das kommt mir auch komisch vor. Aber was soll ich tun, ich kann da echt nichts dafür!«

Hemma und Hubert sahen sich achselzuckend an. Es konnte durchaus stimmen, was der Mann sagte. Und dass ein Brandstifter so blöd wäre, alle paar Wochen ins selbe Dorf zu fahren, um einen Hof anzuzünden, das konnte man sich doch nicht so recht vorstellen. So beendeten die beiden ihre Fragerei und unterhielten sich noch ein bisschen mit dem Mann, bis sie endlich ausgetrunken hatten.

»Sagen Sie, würden Sie mir trotzdem Ihren Ausweis zeigen?«, fragte der Hubert, nachdem er sein Glas geleert hatte. »Sie wissen, ist alles nur Routine.«

»Kein Problem«, antwortete ihm der Vertreter und griff in seine Jackentasche. »Bitte sehr. Und hier noch meine Visitenkarte. Sie können das gerne nachprüfen.«

Otto warf einen kurzen Blick auf den Ausweis, die Karte steckte er ein.

»Schön übrigens, dass Sie sich mit mir unterhalten haben«, meinte der Vertreter schließlich, als die beiden sich bereits erhoben. »Sonst redet hier nämlich keiner mit mir.«

Nachdem sie das Lokal verlassen hatten, fragte Hubert, ob sie mit dem Fahrrad da sei.

»Du weißt schon, Hemma …«

Damit spielte Hubert auf die blöde Geschichte an, als Hemma einmal auf dem Heimweg vom Heurigen mit dem Rad gestürzt war und sich ein blaues Auge geholt hatte. Was die Niederfelder veranlasst hatte, sie seither Hemma Thom zu nennen. Was die Hemma furchtbar ärgerte.

»Nein, nein, ich bin eh nicht mit dem Rad da.«

»Sehr brav.«

Dann umarmte sie Hubert und gab ihm noch einen dicken Schmatz auf die Wange.

»Bin mit dem Auto da.«

DREI

Während der Karwoche herrschte reges Treiben in der Kirche, Pfarrer Gruber hätte da drinnen gleich ein Zelt aufschlagen können. Jeden Tag Frühmesse. Jeden Tag Beichte hören bis spät am Abend. Am Gründonnerstagabend die Abendmahlsmesse. Am Freitagnachmittag die Kreuzigungsandacht. Am Samstagabend die Feuersegnung und die Auferstehung. Und am Ostersonntag sowie am Ostermontag eine Frühmesse, ein Hochamt und noch eine Segenandacht am frühen Nachmittag.

Die kreuzbraven Christen, wie die Narrische Nani es war, nutzten die Gelegenheit, so oft wie möglich bei einer Messandacht dabei zu sein. Da die Nani dabei auch immer wieder der Hemma über den Weg lief, unterhielten sie sich in diesen Tagen auch öfter. Und eines dieser Gespräche endete schließlich damit, dass Hemma sie zu einem Kaffee einlud.

»Wann hätten Sie denn einmal Zeit, Schwester Nani?«

»Eigentlich gar nicht. Aber bei Ihrem Guglhupf werde selbst ich schwach. Passt es heute am Nachmittag? So gegen zwei?«

Das hatte der Hemma gerade noch gefehlt. Jetzt musste sie auch noch einen Guglhupf backen, obwohl sie eh schon nicht mehr wusste, wie sie zurande kommen sollte. Aber irgendwie versprach sie sich etwas von einem Gespräch mit der Nani. Was, das wusste sie zu diesem Zeitpunkt allerdings selbst noch nicht.

Geschickt, wie Hemma in der Küche war, rührte sie den Guglhupfteig so nebenbei, während sie für ihren Bruder Pepperl das Mittagessen zubereitete. Pünktlich um zwölf kam der Pfarrer zum Essen nach Hause, davon konnte ihn auch eine lange Menschenschlange vor dem Beichtstuhl nicht abhalten. Hemma merkte natürlich, wie gerädert der Pepperl war. Einen ganzen Vormittag Beichte zu hören, das war echte Knochenarbeit.

»Na Pepperl, du schaust ja total fertig aus. Kannst du überhaupt noch?«

»Du kannst dir gar nicht vorstellen, Hemma, was die Leute oft für einen Schwachsinn zusammenbeichten. Ich darf dir ja keine Details nennen, aber teilweise ist es himmelschreiend. Ich weiß wirklich nicht mehr, wie ich das durchstehen soll.«

»Warum hast du denn für die Karwoche keinen Kooperator angefordert? Der hätte dir die Hälfte von dem Schwachsinn abnehmen können.«

»Aber das geht doch nicht, Hemma! Ich bin hier der Pfarrer. Die Leute erwarten, dass ich sie losspreche.«

»Geh bitte, Pepperl! Ist es nicht eher so, dass du Angst hast, du könntest etwas verpassen?«

»Was? Ich habe schon einen wunden Hintern von dem harten Sitzbrettl im Beichtstuhl. Und du meinst, ich sitze bloß da drinnen, damit ich nichts verpasse? Das gibt es doch nicht.«

Etwas gekränkt verschlang der Pfarrer seinen gebackenen Leberkäse samt Petersilerdäpfel und Endiviensalat. Und ohne sich noch eine weitere Minute Ruhe zu gönnen, eilte er gleich wieder hinüber in die Kirche, wo die Schlange vor dem Beichtstuhl inzwischen deutlich länger geworden war.

Als die Hemma das Mittagsgeschirr sauber gespült verstaut hatte, konnte sie auch den Guglhupf aus dem Backrohr ziehen. Exakt zum richtigen Zeitpunkt. So konnte er noch leicht abkühlen, bis die Narrische Nani kam. Und trotzdem war er noch warm und flaumig.

Es war ziemlich genau zwei Uhr nachmittags, als es an der Pfarrhoftür klingelte. Hemma nahm ihre Haushaltsschürze ab, richtete sich noch kurz die Haare und öffnete. Mit einem freundlichen Lächeln bat sie Schwester Nani herein.

Anders als Hemma, die erst vor circa dreißig Jahren gemeinsam mit ihrem Bruder Pepperl nach Niederfeld gekommen war, war die Nani hier geboren und auch groß geworden. Allerdings nicht sehr groß, sie ging Hemma gerade einmal bis zu den Augen. Und da sie äußerst dürr war, angefangen von der schmalen Stirn über die kantige Nase und den taillenlosen Rumpf bis hin zu den Stäbchenbeinen, brachte sie wohl keine fünfundvierzig Kilo auf die Waage. Dass sie einen sehr flachen Hintern und kaum Brüste besaß, konnte man nur erahnen. Denn ganz ohne Gewand hatte sie bisher wahrscheinlich nur der Leibhaftige gesehen.

Die über sechzigjährige Nani war schon als Kind eine fleißige Kirchenbesucherin gewesen. Beim Faschingsumzug war sie immer als heilige Maria verkleidet, und ihr größter Wunsch war damals schon gewesen, einmal heiliggesprochen zu werden.

Gemeinsam mit ihrer Mutter hatte sie ihr Leben lang in einem kleinen Häuschen oberhalb der Weingärten von Niederfeld gewohnt, wo sie auch blieb, nachdem die Mutter verstorben war. Die beiden hatten dort sehr zurückgezogen gelebt, sodass Nani kaum Kontakte zu anderen Kindern hatte und ihre Kindheit ziemlich allein verbrachte. Nach der Schule machte sie dann eine Ausbildung zur Krankenschwester, und in ihrem Beruf fand sie dann auch ihre Erfüllung. Freundlich, hilfsbereit, aufopfernd, so beschrieb man sie im Dorf. Und natürlich narrisch.

»Kommen Sie herein, Schwester. Sind Sie wieder zu Fuß von zu Hause hergegangen?«

»Ja, wie immer. Über den alten Jägersteig.«

»Ehrlich? Gehen Sie immer noch dieses schmale Wegerl? Das ist doch sicher weiter als über den Güterweg. Und anstrengender ist es sicher auch.«

»Eng ist die Pforte und schmal der Weg, der zum Leben führt, und wenige sind, die ihn finden.«

»Verstehe. Johannes?«

»Matthäus!«

»Ja, genau. Der Matthäus. So, jetzt setzen Sie sich bitte. Der Guglhupf ist gerade fertig geworden.«

Die Nani nahm Platz, dankte für Kaffee und Kuchen und in den ersten Minuten kaute und schluckte sie, sodass kaum eine Unterhaltung möglich war. Erst nach dem letzten Bissen konnte das eigentliche Gespräch beginnen.

»Die Derflinger Gerlinde hat mir erzählt, dass Sie sich so aufopfernd um ihre Mutter kümmern. Wie geht es ihr denn?«

»Nicht so gut, fürchte ich. Ich glaube, dass sie bald die Stimme des Herrn hören wird.«

»Tatsächlich. Dabei war die Frau doch vor zwei Wochen noch völlig gesund. Wie so was nur passieren kann?«

»Ja, Gottes Wege sind unergründlich. Einmal kommt für jeden von uns der Gang durch die Pforte. Aber Sie haben schon recht, Fräulein Hemma, ein wenig plötzlich ist sie schon krank geworden.«

»Sagen Sie, stimmt das, dass sie ein – sagen wir – ein wenig verwirrt ist? Die Gerlinde sagt, dass sie nur dummes Zeug redet.«

»Dummes Zeug ist gar kein Ausdruck. Sie redet nur über das Leibliche. Und das in den schlimmsten Worten. Aber vielleicht ist das gar nicht so schlecht. Vielleicht will sich der Teufel ein letztes Mal bemerkbar machen, weil er weiß, dass er jetzt ausfahren muss. Ich bete ja dauernd für sie. Ich bring sie bestimmt sicher in den Himmel.«

»Davon bin ich überzeugt. Aber zuvor müssen Sie sich halt das ganze Geschwafel anhören.«

»Wenn man weiß, wofür es gut ist, ist es gleich viel erträglicher.«

»Bestimmt. Auf jeden Fall ist Ihnen die Gerlinde sehr dankbar. Jetzt, wo ihr Hof abgebrannt ist und auch noch ihr Mann verhaftet wurde, ist sie sowieso total verzweifelt. Da ist es ein großes Glück, dass Sie ihr die Sorge um die Mutter abnehmen.«

»Oder Gottes Wille. Übrigens: Ich glaube ja nicht, dass der Derflinger sich selber angezündet hat. Das ist bestimmt anders gelaufen.«

»Das glaube ich auch. Aber wie kommen Sie auf die Idee?«

»Ich sage Ihnen was, aber ganz im Vertrauen: Ich weiß, dass die Derflingerin ein Gspusi hat.«

»Die Gerlinde? Niemals. Wer sagt denn so was?«

»Im Vertrauen, Fräulein Hemma«, und damit begann die Nani, ihre Stimme deutlich herunterzudrehen, »ich hab sie selbst in flagranti erwischt. Die Derflingerin, zusammen mit dem Haidbacher.«

»Mit dem Haidbacher? Dem Roman? Das kann doch nicht sein, da müssen Sie sich geirrt haben.«

»Ich habe es mit meinen eigenen Augen gesehen, mitten auf der Straße.«

»Auf der Straße? Na, so viel flagranti kann da ja wohl nicht gewesen sein.«

»Ich hab deutlich gesehen, dass die beiden miteinander … geschmust haben.«

»Ehrlich? Ich kann es kaum glauben.«

»Ihre Freundin Gerlinde lebt total in Sünde. Drum ist ihr der Hof abgebrannt. Und drum haben sie ihren Mann eingesperrt. Das ist die Strafe Gottes.«

Nanis Schlussfolgerung war Hemma egal, mit so was musste man bei der Narrischen rechnen. Aber dass die Gerlinde außerehelich unterwegs sein sollte, das konnte sich Hemma einfach nicht vorstellen.

Nachdem Hemma ihr noch ein Stück vom Guglhupf eingepackt hatte, verabschiedete sich Nani. Nachdenklich brachte Hemma sie zur Haustür.

»Eines noch, Schwester Nani. Die Gerlinde ist jetzt eh schon gestraft genug. Das sollte doch reichen. Könnten Sie mir den Gefallen tun und es niemandem weitererzählen?«

»Gut, ist recht. Versprochen. Hab es eh noch niemandem erzählt. Dafür versprechen Sie mir, dass Sie mit ihr darüber reden. Sie müssen sie wieder auf den rechten Pfad bringen! Sagen Sie ihr, dass sie es beichten muss.«

»Gut, ebenfalls versprochen. Alles Gute, Schwester Nani.«

Die Karwoche lief auf vollen Touren. Und mit der Auferstehungsfeier am Karsamstagabend erreichte sie einen ihrer Höhepunkte. Die ganze Prozedur begann schon eine Stunde vor Beginn der Messe auf dem Kirchplatz, wo Hemma das Osterfeuer entzündete. Dieses Mal kam ihr das altehrwürdige Ritual ein wenig makaber vor, stand doch das Dorf noch immer im Banne der Brände, die es in der Umgebung gegeben hatte.

Kaum waren die Scheiter in Brand gesetzt, erschienen auch schon die ersten Dorfbewohner und scharten sich um das Feuer. Ständig wurden es mehr. Und als dann der Pfarrer mit zwei Ministranten auftauchte, um das Feuer zu weihen, war schon das halbe Dorf anwesend. Nach der Messe, wenn nur noch Glutstücke übrig geblieben waren, würden dann die Leute nach Hause gehen, um sich eiserne Töpfe zu holen. Damit trugen sie etwas von der geweihten Glut heim und steckten sie in den eigenen Ofen in der Hoffnung, dadurch vielleicht den nächsten Brand abwehren zu können. Vielleicht würde dann, nach dem Floriani-Prinzip, statt dem eigenen Hof ein anderer dran glauben müssen.

Doch bevor es so weit war, wurde die Auferstehungsmesse gefeiert. Hemma griff tief in die Tasten. Sie hatte mit dem Chor einige Lieder speziell für diesen Anlass geprobt, Höhepunkt war bestimmt »Der Heiland ist erstanden«.

»Der Heiland ist erstanden, befreit von Todesbanden, der als ein wahres Osterlamm, für uns den Tod zu leiden kam. Alleluja, alleluja!« Der Chor frohlockte. Die Ministranten rasselten mit ihren Klingeln. Die Kirchenglocken, die zwei Tage lang geschwiegen hatten, wurden geläutet. Alles juchzte und jauchzte und freute sich über die Auferstehung des Herrn. Hemma war mit sich und ihrem Chor voll zufrieden. Alles hatte gesessen.

Aber als zum Schluss der Pfarrer seinen Segen gab und die Gläubigen aus der Kirche entließ, drehten sich Hemmas Gedanken bereits wieder um andere Dinge. Sie dachte an die arme Gerlinde mit ihrem abgebrannten Hof, der kranken Mutter und dem eingesperrten Mann. Am meisten, dachte Hemma, könnte sie für Gerlinde tun, wenn sie den Otto wieder freibekäme. Aber dazu müsste erst einmal sie selbst nicht nur überzeugt, sondern hundertprozentig sicher sein, dass er unschuldig war. Nur dann könnte sie auch den Hubert überzeugen, denn ohne den ging da gar nichts.

Hemma wusste, was in diesem Fall zu tun war. Nämlich das, was sie immer tat, wenn sie Klarheit in ihrem Kopf schaffen wollte.

Noch während sich die Kirche leerte, noch während sich draußen vor dem Kirchentor die Leute um ein Stück Glut vom Osterfeuer anstellten, ließ Hemma die Musik, die sie für das Finale des Gottesdienstes einstudiert hatte, in eine ergreifende Monotonie übergehen. Ihre linke Hand übernahm immer mehr das Kommando, bis die rechte sich ganz aus dem Spiel nahm und nur noch lang gezogene Basstöne den Kirchenraum fluteten. Hemma merkte bereits, wie sie müde wurde, weil sie dabei war, sich selbst in Trance zu versetzen. Als sie die Orgel verließ und die Chortreppe hinunterstieg, war die Kirche bereits völlig leer. Hemma ging durch den Mittelgang vor bis zum Marienaltar, wo sie sich hinkniete und ihre innere Monotonie steigerte, indem sie einen Rosenkranz zu beten begann. »Gebenedeit ist die Frucht deines Leibes, Jesus, der von den Toten auferstanden ist.« Das war das Letzte, was ihr noch bewusst durch den Kopf ging.

Eine Viertelstunde später öffnete sie die Augen, und im Nu war sie hellwach. Hemma lächelte die Marienstatue an, ein kleines Dankeschön an die Mutter Gottes. Wie hatte sie nur blöd sein und an Ottos Unschuld den geringsten Zweifel haben können! Natürlich war er unschuldig, jetzt wusste sie es sicher. Und sie nahm sich vor, alles zu tun, um den Otto so rasch wie möglich wieder nach Hause zu bringen.

Tags drauf war Ostersonntag, und was für einer. Da es bereits Mitte April war, konnte man schon die Kraft der Sonne spüren, erst recht an einem Tag wie diesem. Keine einzige Wolke war am Himmel zu sehen.

Zu beiden Feiertagsmessen war die Kirche prall gefüllt. Hemma und ihr Chor funktionierten ähnlich perfekt wie am Vorabend. Vor der zweiten Messe hatte Hemma einen Lammbraten ins Rohr geschoben, den sie und der Pepperl zu Mittag genüsslich verzehrten.

Nun, am Nachmittag, sperrten nach einer langen Winterpause die ersten Heurigen in der Kellergasse wieder auf. Es waren zwar nur zwei oder drei, die ausgesteckt hatten, aber es hätten gut und gerne viel mehr sein können. Die Leute waren süchtig danach, endlich wieder draußen zu sein. Gegen drei Uhr nachmittags war kaum noch ein Tisch im Freien zu bekommen. Auch wenn man noch eine warme Jacke brauchte, die herrliche Luft, die blühenden Sträucher, der Blick über die Blumenwiesen und vor allem der wunderbare Veltliner taten alles dazu, dass sich alle hier sauwohl fühlten.

Auch wenn es die Spatzen bereits von den Dächern pfiffen, auch wenn es kaum noch einen Menschen im Dorf gab, der nicht ahnte, dass die Hemma und der Hubert etwas miteinander hatten, und auch wenn die beiden genau wussten, dass über sie geredet wurde – Hemma wollte trotzdem noch ein wenig den Schein waren. Ihre Beziehung war schließlich ja immer noch platonisch, wenn man von einer Rauschnacht vor ein paar Jahren einmal absah. Aber von diesem Vorfall wusste ja niemand außer ihnen, und Hemma wollte auch mit Hubert nicht mehr darüber reden.

Darum begaben sich die beiden wie üblich getrennt in die Kellergasse. Meist war Hubert bei solchen Festen schon ein wenig früher da, und wenn Hemma dann erschien, konnten sie immer so tun, als hätten sie sich zufällig getroffen. Für wen sie dieses Theater spielten, war niemandem so recht klar. Geglaubt hatte es ihnen sowieso keiner mehr.

So war es auch diesmal. Der Hubert saß bereits mit einigen Leuten an einem Tisch, hatte sein Weinglas vor sich stehen und biss heißhungrig in ein mit kaltem Surbraten belegtes Bauernbrot. Um sie herum drängten sich die Leute, aber wie durch ein Wunder blieb der Stuhl neben ihm frei, irgendwie wollte sich keiner da hinsetzen. So konnte Hemma, als sie endlich kam, diesen Platz einnehmen, nachdem sie alle Anwesenden mit breitem Lächeln begrüßt hatte.

Am Anfang sprach man, wohl aus Höflichkeit der Hemma gegenüber, noch ein wenig über die Messen der Ostertage, und Hemma erhielt ihr wohlverdientes Lob für Orgelspiel und Chorleitung. Aber bald wandte sich das Gespräch doch den aktuellen Ereignissen zu, was dem Hubert nicht ganz so angenehm war. Denn er hatte wegen der Verhaftung vom Derflinger Otto ein schlechtes Gewissen. Überzeugt war er von dessen Schuld weiß Gott nicht.

»Also, dass der Otto so was macht, hätte ich ihm niemals zugetraut«, erklärte Fritz, der Feuerwehrhauptmann von Niederfeld.

»Das brauchst du ihm auch nicht zutrauen«, entgegnete ihm die Hemma. »Der Otto ist unschuldig, so wahr ich hier sitze.«

»Aber das kannst du doch nicht einfach so behaupten«, meinte der Hubert, der sich von Hemmas Aussage persönlich angegriffen fühlte.

»Aber das sagt dir doch der gesunde Hausverstand«, erwiderte Hemma. »Nie und nimmer hätte der seine eigenen Viecher angezündet. Nie und nimmer!«

»Aber wir haben nun einmal Beweise bei ihm gefunden, das sind klare Indizien.«

»Also, dass die drei Brände der letzten Monate alle gelegt waren, davon bin ich fest überzeugt«, sagte nun wieder der Fritz. »Vielleicht hat der Otto erst die anderen Höfe angezündet, damit er später nicht in Verdacht gerät, wenn er sich dann selber anzündet. Was glaubst denn du, Hubert?«

»Ich glaube gar nichts, Fritz«, antwortete ihm der Hubert. »Aber die zwei von der Kripo denken ähnlich wie du. Und die sind im Rang deutlich höher als ich. Darum musste ich eben ihre Befehle ausführen und den Otto verhaften. Glaubst du, mir taugt das?«

»Seht ihr«, meinte der Fritz voller Stolz, »die glauben das auch.« Er fühlte sich eindeutig bestätigt.

Hemma schüttelte den Kopf. »Aber das ist doch logisch, die brauchten dringend einen Schuldigen. Denen war jeder recht. Seit Wochen fahnden sie nach einem Pyromandl, und die ganze Zeit haben sie nichts zustande gebracht. Jetzt haben sie eben den Erstbesten eingesperrt, der ihnen in die Finger gekommen ist.«

Hubert stöhnte nur noch, es fiel ihm sichtlich schwer, sich zu verteidigen. »Was soll ich denn tun?«

»Und wer denkt bei all dem an die arme Gerlinde?«, fuhr Hemma fort. »Ihre Mutter wird es nicht mehr lange machen. Wer hilft ihr dann mit dem Hof? Die ganzen Aufräumarbeiten, die Tiere, die überlebt haben, und dann auch noch die Kinder … wie soll denn die arme Frau das alles schaffen?«

Die versammelte Runde nickte, alle gaben ihr recht. Und die Zweifel, ob Otto wirklich der Brandstifter war, wurden am gesamten Tisch immer größer.

»Man müsste halt irgendwie seine Unschuld beweisen können. Aber wie?«, meinte einer.

»Dazu müssten wir den echten Schuldigen finden«, stellte Hubert fest. Und blickte dabei die Hemma an.

»Ja«, erwiderte diese. »Je früher, umso besser.«

»Was ist denn eigentlich mit diesem Fremden, der dauernd im Dorf ist?«, fragte nun ein anderer. »Der war bei jedem Brand dabei. Den solltet ihr einmal in die Mangel nehmen.«

Dieser Aussage stimmten natürlich sofort eine ganze Reihe der Anwesenden zu. Nur wenige waren der Meinung, dass einer nicht automatisch schuldig sein musste, nur weil er fremd ist.

Kurz vor Sonnenuntergang wurde es dann doch deutlich kühler. Die Tische leerten sich, und auch Hemma und Hubert verabschiedeten sich und machten sich auf den Heimweg.

»Hubert, weißt du eigentlich, wie es mit dem Otto jetzt weitergeht?«

»Nicht genau. Ich bin ja jetzt mehr oder minder draußen aus dem Fall. Ich weiß nur, dass er demnächst noch einmal dem Haftrichter vorgeführt wird. Und der wird dann entscheiden, ob er in Untersuchungshaft bleibt oder bis zu seiner Verhandlung wieder freigelassen wird.«

»Der Arme. Wir müssen uns was einfallen lassen.« Und nach einer kurzen Pause fuhr sie fort: »Es gibt da übrigens noch eine andere Sache, die mich nachdenklich stimmt. Die Krankheit von Gerlindes Mutter.«

»Wieso? Was findest du daran ungewöhnlich?«

»Wir haben jetzt schon zum zweiten Mal einen solchen Fall hier in der Gegend. Eine Frau, schon älter, aber noch sehr rüstig, wird plötzlich sehr krank. Sie ist bettlägerig und schläft ständig. Und wenn sie wach ist, redet sie nur peinliches Zeugs. Bei der alten Schneiderin war das genauso. Die ist dann einen Monat nach ihrem ersten Schwächeanfall gestorben. Und Gerlindes Mutter wird es angeblich auch nicht mehr lange machen, hat die Narrische Nani gesagt.«

»Komm, Hemma, phantasier da nicht schon wieder etwas hinein. Das ist doch bestimmt ein Zufall. Kümmere dich bitte jetzt nicht darum. Lass dir lieber etwas einfallen, wie wir die Unschuld vom Otto beweisen können, denn das hat Priorität.«

»Bist du also auch langsam von seiner Unschuld überzeugt? Hätte mich eh gewundert, wenn es nicht so wäre.«

VIER

Nachdem auch der Ostermontag trotz regem Betrieb in der Kellergasse einigermaßen glimpflich über die Bühne gegangen war, zog in Niederfeld wieder der Alltag ein. Die Leute gingen ihrer Arbeit nach, von Mittwoch an gingen die Kinder wieder in die Schule. Und auch für Hemma ließ der Stress etwas nach. Zu tun hatte sie nach wie vor sehr viel. Wenn man Messnerin, Organistin, Chorleiterin und Pfarrhaushälterin in einem ist, reißt die Arbeit niemals ab.

Für Hemma war es Routine, um sechs Uhr morgens aufzustehen und zuallererst den Kaffee aufzusetzen. Dann ging sie ins Bad. Sobald sie dort fertig war, weckte sie ihren Bruder, der nun im Bad verschwand. Hemma sperrte die Kirche auf und begann, die heilige Messe vorzubereiten: Kerzen anzünden, Wasser und Wein in die Kännchen füllen, kontrollieren, ob im Hostienkelch noch genug Oblaten lagen. Schließlich markierte sie im Gesangbuch des Pfarrers noch die Seiten mit den Liedern, die sie an diesem Tag orgeln wollte. Was die Musik anging, hatte sie völlig freie Hand.

In der Zwischenzeit trafen die ersten Cowboys ein, Buben und Mädchen, die sie für diesen Tag zum Ministrantendienst eingeteilt hatte. Schließlich erschien Hochwürden selbst, dem sie noch beim Ankleiden half. Dann verschwand sie aus der Sakristei, um oben am Chor hinter der Orgel wieder aufzutauchen.

Nach der Messe frühstückten die Hemma und der Pepperl noch gemeinsam. Dafür war reichlich Zeit, die manchmal mit Gesprächen, manchmal aber auch nur mit der Zeitung vorm Gesicht verbracht wurde. Erst um neun musste der Pfarrer drüben in der Schule seine erste Religionsstunde halten.

So lief es auch an diesem Tag. Die beiden saßen am gedeckten Frühstückstisch. Und gerade, als der Pepperl hinter seiner Zeitung verschwinden wollte, sagte Hemma: »Sag mal, der Schneiderin hast du doch auch die Letzte Ölung gegeben, oder?«

»Oja, und nicht nur einmal. Die wollte ja bei jedem Schnupfen die Letzte Ölung haben. Kannst du dich nicht mehr erinnern, wie sie sich einmal sogar von ihrer Tochter hat herbringen lassen, weil ich ihr gesagt habe, ich hätte keine Zeit, schon wieder wegen einer Ölung zu ihr zu fahren?«

»Stimmt, ich erinnere mich. Aber ich meine in dem letzten Monat, als sie nur noch gelegen ist. Da warst du sicher noch einmal bei ihr, oder?«

»Schon, ich habe sie auch dann noch einmal gesalbt. Aber sie hat sich gar nicht mehr dafür interessiert. Dafür hat sie mir Sachen erzählt, du lieber Gott, das kannst du dir gar nicht vorstellen.«

»Ja, ich hab gehört, dass die so viel Stuss geredet hat. Dauernd über Sex. Hat sie das bei dir auch gemacht?«

»Was heißt Stuss … die entwickelte dabei eine derartige Phantasie, da hat es dir die Schuhe ausgezogen. Ich hab noch nie einen Menschen derart garstig reden gehört.«

»Was hat sie denn gesagt?«

»Glaub mir, Hemma, das willst du nicht wissen. Mir hat der einmalige Besuch auch gereicht, ich bin dann nicht mehr zu ihr hingegangen. Aber die Schwester Nani hat sie noch öfters besucht. Die hat da echt Stehvermögen bewiesen, bei den Schweinereien, die sie sich da immer anhören musste. Aber warum willst du das denn alles wissen?«

»Irgendwie ist es bei der alten Maierhoferin, der Mutter von der Derflinger Gerlinde, nämlich ähnlich. Die liegt auch nur mehr im Bett und phantasiert in diese Richtung vor sich hin. Warst du bei der schon wegen der Ölung?«

»Solang mich keiner holt, muss ich da nicht hingehen. Die werden mir schon Bescheid geben, wenn es so weit ist.«

Obwohl der Hubert ihr gesagt hatte, dass sie sich darum nicht kümmern, sondern lieber schauen sollte, wie sie die Unschuld vom Derflinger Otto beweisen könne, bekam Hemma die

Sache mit den wild phantasierenden Weibern nicht aus dem Kopf. Aus diesem Grund, und vielleicht auch, um die Gerlinde ein wenig zu unterstützen, beschloss sie, der Maierhoferin einmal einen Besuch abzustatten. Da Hemma eine war, die immer gleich Nägel mit Köpfen machte, stieg sie noch am selben Nachmittag in ihren Kadett und fuhr hinüber zum kleinen Hof der alten Maierhofers.

Als sie ankam, sah sie Gerlindes alten Vater in eine warme Jacke gepackt auf der Sonnenbank vor dem Haus sitzen. Man konnte ihm anmerken, wie er die Strahlen der Frühlingssonne genoss.

»Grüß dich, Maierhofer. Wie geht es dir denn?« Hemma versuchte dabei, etwas lauter und möglichst deutlich zu sprechen, weil das Gehör des alten Mannes nicht mehr so besonders gut war.

»Ja, das Fräulein Hemma, grüß dich. Was machst denn du da?«

»Ich wollte mal nach deiner Frau schauen. Wie geht es ihr denn? Braucht sie irgendwas?«

»Nein, nein, die Narrische Nani kümmert sich eh so gut um sie. Aber geh ruhig hinauf ins Schlafzimmer, da liegt sie. Ich bleib hier sitzen, mir ist das zu anstrengend, so oft die Stiege hinaufzulaufen.«

Da auf Hemmas Klopfen keine Reaktion folgte, trat sie unaufgefordert ins Schlafzimmer, wo die alte Maierhoferin vor sich hin döste. Hemma setzte sich ans Bett, sie wusste nicht so recht, ob die Frau schlief oder doch ansprechbar war. So griff sie nach ihrer Hand und sagte: »Maierhoferin, grüß dich. Ich bin es. Die Hemma. Erkennst du mich?«

Da öffnete die Maierhoferin einen Spaltbreit die Augen. Sie atmete ein paarmal tief durch. Und es kostete sie viel Mühe, ein paar Worte zu hauchen: »Hemma … Hemma, du geile Schlampe!«

Hemma musste etwas schlucken, als sie das hörte, obwohl sie darauf eingestellt gewesen war. Aber dass die Alte gleich so loslegte, überraschte sie dann schon ein wenig.

Im Grunde konnte sie kein vernünftiges Wort mit Gerlindes Mutter wechseln. Auf alle Fragen Hemmas bekam sie nur blöde Antworten, die an Schlüpfrigkeit kaum zu überbieten waren. Sie gab den Versuch, herauszufinden, wann genau und wie das alles begonnen hatte, schließlich auf. Solche Fragen blieben genauso unbeantwortet wie die Erkundigung nach den Medikamenten, welche ihr zurzeit verabreicht wurden. So konnte Hemma nichts anderes tun, als sich bald wieder zu verabschieden.

Unten vor dem Haus saß immer noch der alte Ehemann der Patientin auf der Sonnenbank. Er erzählte Hemma, dass das Ganze nun schon seit über zwei Wochen so ging. Seine Frau werde immer schwächer und schwächer, seufzte er mit ziemlich verzagter Stimme.

»Was sagt denn der Dr. Meindl?«, wollte Hemma noch wissen.

»Ja, was soll er denn schon sagen? Dass sie halt schwach wär und dass das sehr anstrengend für ihr Herz ist. Einmal hat er ihr eine Spritze gegeben. Aber hauptsächlich kümmert sich die Narrische Nani um sie. Die weiß schon, was zu tun ist.«

»Ich glaube, ich werde aber trotzdem einmal mit dem Doktor reden. Was meinst du?«

»Wie du meinst, Fräulein Hemma, ich glaube aber kaum, dass ihr einer helfen kann.«

Mit einem mitleidvollen Lächeln verabschiedete sich die Hemma und stieg in ihren Kadett.

Sie war noch keine Minute unterwegs, da begegneten ihr fünf ihrer Cowboys auf der Straße, die ihr höflich zuwinkten. Drei Buben und zwei von ihren Mädchen. Hemma überlegte, was sie hier wohl taten, einfach spazieren zu gehen war für Kinder dieses Alters eher ungewöhnlich. Naheliegend war, dass sie irgendwo im Wald verschwanden, das machen ja viele elf- bis zwölfjährige Kinder so. Vielleicht wollten sie heimlich Zigaretten rauchen, dachte sie. Oder hatten gar eine Flasche Wein dabei, sie wusste, dass so etwas vorkam. Hemma mochte die Kinder eigentlich nicht bei ihrem Vorhaben stören, sie wollte ihnen auch nicht nachspionieren, oft war es besser, wenn man nicht wusste, was junge Menschen so trieben. Trotzdem hielt sie an und blickte den Kindern nach. Und sie staunte nicht wenig, als sie sah, dass sie zum Hof der Maierhofers abbogen.

Nun wollte sie der Sache aber doch auf den Grund gehen. Sie stieg aus, versteckte sich hinter einem Baum und beobachtete, wie die Kinder gelassen auf den alten Maierhofer zugingen, ihn nett begrüßten, ein paar Worte mit ihm wechselten und dann im Haus verschwanden.

Das kam Hemma nun doch spanisch vor. Sie stieg wieder in den Wagen und fuhr die paar hundert Meter zurück zum Hof.

»Ja, Fräulein Hemma, hast du was vergessen?«, wollte der alte Maierhofer wissen.

»Nein, das nicht, ich habe nur gesehen, wie da ein paar Kinder ins Haus gegangen sind. Was machen die da?«

»Ja, die Kinder. Die sind ja so lieb. Sie kommen oft zu meiner Frau, um ihr ein wenig die Zeit zu vertreiben.«

»Aha. Wenn es dir recht ist, schau ich da doch einmal nach.«

Ohne seine Reaktion abzuwarten, ging Hemma die Stiege hinauf bis zur Schlafzimmertür der Maierhoferin. Schon im Vorzimmer konnte sie Lärm vernehmen, der offensichtlich von den Kindern stammte. Daraufhin öffnete sie die Tür ein wenig, bis sie den Kopf ins Zimmer stecken konnte. Und sah, was sie bereits vermutet hatte: Die alte Maierhoferin plapperte ihren Sexstuss vor sich hin. Und rund um ihr Bett saßen die Kinder, die sich dabei so zerkugelten, dass ihnen fast die Luft wegblieb. Bei jedem Kraftausdruck gab es schallendes Gelächter.

»Darf ich fragen, was hier los ist?«

Den Kindern fiel fast das Herz in die Hose. Sie stammelten etwas von Krankenbesuchen, Hilfe für Alte und Notleidende und ähnlichen Mist.

Da baute sich Hemma vor den Kindern auf, stemmte die Fäuste in die Hüften und erhob die Stimme.

»Schauts, dass ihr weiterkommt. Abmarsch, aber sofort. Und lasst euch hier nicht mehr blicken.«

Reumütig und mit gesenktem Kopf gingen die fünf an

Hemma vorbei. Den Letzten hielt sie an und fragte ihn mit strenger Stimme: »Wie seid ihr denn überhaupt auf diese Idee gekommen?«

»Weiß nicht. Der Derflinger Peter hat gesagt, dass seine Großmutter im Bett liegt und lauter so lustige Geschichten erzählt. Und da sind wir sie halt besuchen gegangen.«

»Wart ihr schon öfter da?«

»Schon ein paarmal.«

»Aber damit ist jetzt Schluss. Verstanden?«

Da nickten alle noch einmal und machten sich auf den Heimweg.

Unten fragte Hemma den alten Maierhofer, wer denn seine Frau sonst noch besuchen würde.

»Eigentlich nur die Gerlinde. Und ab und zu kommt die Schneider Leni vorbei. Die kümmert sich auch ein wenig um sie.«

Das brachte die Hemma erneut ins Grübeln. Dass ausgerechnet die Schneider Leni die alte Maierhoferin besuchen kam, fand sie schon sehr seltsam. Immerhin hatte deren Mutter ja dieselben Symptome gehabt wie die alte Maierhoferin. Sie war immer schwächer geworden und hatte komisches Zeug geredet. Und dann war sie gestorben. Ob das ein Zufall war?

Hemmas Haltung der Schneider Leni gegenüber war eher ablehnend. Als Person war sie ihr zwar egal. Aber dass die Frau sich seit Jahren im Dorf als große Heilerin aufspielte, das machte sie äußerst skeptisch. Hemma hatte grundsätzlich nichts gegen Heiler und Heilerinnen, viele von ihnen vollbrachten Wunder, wo die Schulmedizin an ihre Grenzen stieß. Aber der Schneider Leni mit ihrem Handauflegen und mit ihren Salben und Tropfen traute sie nicht. Gerade auf dem Gebiet der Heilkunst gab es viele Scharlatane. Und die Leni gehörte nach Hemmas Meinung mit Sicherheit dazu. Seltsam, dachte sie, dass der Gerlinde das nicht auffällt.

Am Heimweg schaute Hemma noch am Polizeiposten vorbei, sie wollte von Hubert wissen, ob es in Sachen Otto schon etwas Neues gab. Wie immer stürzte sie ohne anzuklopfen in sein Zimmer. Hubert telefonierte gerade, er bedeutete Hemma, dass er gerade beschäftigt sei. Hemma verstand das als Aufforderung, sich hinzusetzen und ein wenig zu warten.

»Hemma«, meinte Hubert, als er aufgelegt hatte, »ich hab heute wirklich sehr viel zu tun. Wollen wir uns nicht später treffen?«

Aber darauf ging Hemma überhaupt nicht ein. Sie wollte gleich wissen, wie der Stand der Dinge war.

»Tja, ich habe da eine schlechte Nachricht. Der Staatsanwalt hat für den Otto eine weitere U-Haft beantragt. Und die zuständige Richterin hat dem offenbar zugestimmt. Sie meinen alle, dass Fluchtgefahr besteht. Das kann also noch ein wenig dauern, bis der Otto wieder freikommt.«

»So ein Mist. Der arme Otto. Und die arme Gerlinde. Weiß sie es schon?«

»Nein, ich habe es auch erst vor einer halben Stunde erfahren. Bin noch nicht dazu gekommen, sie anzurufen. Aber ich mach das dann gleich.«

»Lass es lieber. Vielleicht ist es besser, wenn ich ihr das sage.«

»Aber das geht nicht, die muss das von offizieller Seite erfahren. Und du bist keine offizielle Seite.«

»Das Wichtigste ist, dass ihr das jemand schonend beibringt. Und das kann ich sicher besser als du. Gib mir zumindest eine Stunde.«

»Klar, okay. Und heute Abend …?«

Aber schon war die Hemma wieder weg.

Auf dem Weg zur Gerlinde überlegte sie, wie sie es der guten Frau beibringen sollte. Doch apropos gute Frau, und da wurden ihre Gedanken nun doch etwas ironisch: Die Sache mit dem Haidbacher würde sie wohl auch ansprechen müssen.

Hemma konnte es ja noch immer nicht glauben, dass die Gerlinde etwas mit einem anderen hatte. Und ausgerechnet mit dem Haidbacher Roman. Ausgerechnet mit dem!

Der Roman war nicht nur um zehn Jahre jünger als die

Gerlinde, er hatte auch den Ruf, ein furchtbar aktiver Weiberer zu sein. An und für sich war er ja verheiratet, wobei man sagen musste, dass er von all seinen Eroberungen nicht unbedingt die Schönste geheiratet hatte. Auch er selbst war optisch nicht unbedingt der Attraktivste, sondern eher ein unscheinbares Männchen. Aber irgendwie hatte er offenbar den Dreh heraus. Dauernd war er hinter einem anderen Rock her. Auf jedem Ball machte er eine andere Eroberung. Das musste die Gerlinde doch wissen, dachte Hemma. Mit so einem lässt man sich doch nicht ein. Wenn überhaupt!

Als Hemma Gerlindes Stube betrat, war diese gerade dabei, einen Berg Wäsche zu bügeln. Ihre drei Kinder saßen am Esstisch und machten ihre Hausübungen. Hemma begrüßte sie mit einem Lächeln. Nur den Peter sah sie etwas böse an.

»Gerlinde, können wir uns unter vier Augen unterhalten?«

»Sicher. Trinken wir drüben in der Küche einen Kaffee. Und ihr«, wandte sie sich an die Kinder, »ihr steht mir nicht auf, bis die Hausübung fertig ist.«

Kaum saßen die beiden bei ihrem Kaffee, wollte Hemma zu reden beginnen. Aber Gerlinde kam ihr zuvor.

»Du machst ein ziemlich finsteres Gesicht. Ich nehme an, dass du keine guten Nachrichten für mich hast.«

»Es tut mir so leid, Gerlinde«, und dabei griff sie nach ihrer Hand, »aber die Haftrichterin hat Ottos U-Haft verlängert. Sie glauben, dass sonst Fluchtgefahr besteht.«

Hemma sah, wie Gerlinde erbleichte. Ohne etwas zu sagen, legte sie das Gesicht in die Hände und begann bitterlich zu weinen. Hemma stand auf und legte die Arme um sie. In dieser Stellung blieben sie minutenlang, bis Gerlinde endlich wieder ein Wort hervorbrachte.

»Was soll ich nur machen, Hemma. Nie hätte der Otto das getan!«

»Ich weiß, Gerlinde. In einer halben Stunde wird dich übrigens der Hubert anrufen, um es dir offiziell mitzuteilen. Aber ich dachte, es ist besser, wenn ich zu dir komme und es dir sage.«

»Ja, danke, Hemma, danke ...« Und noch einmal verkroch sie sich in Hemmas Armen.

Eigentlich fand es Hemma nun ziemlich unangebracht, die Gerlinde auf den Haidbacher anzusprechen. Aber vielleicht, dachte sie, könnte dies ja zu einer Spur führen.

Also nahm sie sich ein Herz und begann: »Du Gerlinde, darf ich dich etwas sehr Persönliches fragen?«

Gerlinde schaute ein wenig überrascht, aber sie nickte.

»Weißt du, ich kann dich das nur ganz direkt fragen: Hast du ein Gspusi?«

Gerlinde fiel die Kinnlade hinunter. Sie wusste im ersten Moment überhaupt nicht, wie sie reagieren sollte, und stammelte nur ungeordnetes Zeugs: »Spinnst? Was ... wie denn? Was geht denn dich das an? Ich ... Wie kommst du denn auf so was ... Ich ... Du spinnst ja total!«

»Schau, Gerlinde, ich bin deine Freundin und du kannst Vertrauen zu mir haben. Persönlich geht mich das wirklich nichts an. Aber wir müssen alles versuchen, dass der Otto wieder freikommt. Irgendwer hat euren Hof angezündet. Und wir müssen jedem Hinweis nachgehen. Es könnte ja sein, dass dies zu einer Spur führt. Gerlinde, noch einmal: Hast du ein Verhältnis? Mit dem Haidbacher Roman?«

Als Gerlinde nun auch noch diesen Namen hörte, schien sie erst recht von den Socken zu sein. Einen Moment lang überlegte sie noch und zögerte. Aber Hemma war ihr wirklich eine ganz enge Freundin.

Die Tränen wegen Ottos Haftverlängerung waren noch nicht getrocknet, schon kamen ein paar neue dazu. Sie wischte sich mit dem Ärmel übers Gesicht, zog noch zwei, drei Mal die verrotzte Nase hoch, und dann nickte sie so reumütig wie eine Taferlklasslerin, die ein Stück Kuchen gestohlen hat.

»Wieso weißt du denn das, Hemma? Reden die Leute im Dorf?«

»Nein, niemand redet. Und es wird auch niemand reden, dafür habe ich schon gesorgt. Aber es stimmt, oder?«

»Ein bisserl schon. Es ist halt passiert. Einmal, am Heimweg nach der Chorprobe, hat der Roman mich angesprochen. Er war irrsinnig nett. Dann hat er mich ein Stück begleitet und mir die Tasche getragen. Und beim Verabschieden hat er mir, zu meiner Überraschung, ein Busserl auf den Mund gegeben.«

»Und dann?«

»Dann war eh gar nichts mehr. Aber in den nächsten Wochen hat er mich immer nach der Chorprobe abgepasst und mich begleitet. Und dabei sind wir uns immer näher gekommen. Und dann ... dann haben wir halt so richtig geschmust, du weißt schon? Oder? Du weißt schon?«

»Ja, ich bin ja auch nicht auf der Nudelsuppe dahergeschwommen. Und dann?«

»Dann ging das halt ein paarmal so.«

»Nur geschmust? Nichts weiter?«

»Er hat halt dann ein bisserl, du weißt schon ... rumgegrapscht. Aber dann ist es mir eh zu viel geworden. Und dann hab ich ihm gesagt, dass das so nicht weitergeht und er nicht mehr nach der Chorprobe auf mich warten soll.«

»Okay, und wie ging es weiter?«

»Als ich nach der nächsten Chorprobe nach Hause ging, war er wieder da. Aber ich hab ihm gesagt, dass er eine Ruhe geben soll, sonst ...! Und er hat gemeint: ›Was sonst? Sonst sagst du es dem Otto?‹ Und dabei hat er nur gelacht. Dann hat er gemeint, dass ja eh nichts passiert ist. Aber wenn ich dem Otto etwas sage, dann würde er ihm sagen, dass ich freiwillig mit ihm geschmust habe. Und da hatte er schließlich recht. Aber beim nächsten Mal war er wieder da, weil er sich so sicher war, dass ich dem Otto nichts sagen würde. Nur, da hatte er sich getäuscht. Ich hab mir nämlich ein Herz genommen und hab dem Otto alles erzählt, genauso, wie es gewesen ist.«

»Und wie hat der Otto reagiert?«

»Sicher war er zuerst sauer. Und hat mir schwere Vorwürfe gemacht und hat gesagt, wie enttäuscht er von mir ist. Aber ich habe mich ganz aufrichtig bei ihm entschuldigt und hab gesagt, dass das ein ganz schwerer Fehler von mir gewesen ist und dass es bestimmt nie wieder vorkommen wird. Ich habe ihn um Verzeihung gebeten, und dann hat er mir auch tatsächlich verziehen.«

»Und was war mit dem Roman?«

»Beim Roman hat er sich nicht mehr einbremsen können. Auf den hat er wirklich eine Wut bekommen. Er ist gleich ins Auto gestiegen und ist zu ihm hinübergefahren. Hernach hat er mir gesagt, dass er den Roman ziemlich hergedroschen hat. Der müsste jetzt mit einem ganz blauen Gesicht durch die Gegend rennen. Hast ihn nie gesehen, mit seinem blauen Gesicht?«

»Nein, ich seh den nicht so oft. In die Kirche geht er ja nicht. Und wie ist es mit euch weitergegangen?«

»Der Arme!«, sagte sie, und da begann sie schon wieder zu weinen.

»Der arme Roman?«

»Blödsinn. Der arme Otto. Er ist so ein feiner Mensch ... und jetzt sitzt er im Gefängnis!«

»Ja, das ist er. Du, wann war denn das, wie du das dem Otto gestanden hast?«

Die Antwort kam nicht gleich, die Gerlinde musste sich erst beruhigen.

Dann sagte sie: »Irgendwann im März. Ja, so Mitte März, glaub ich.«

»Also etwa zwei Wochen vor eurem Brand? Verstehe! Übrigens, eines noch: Wenn du wieder einmal beichten gehst, dann erwähn die Sache besser nicht. Der Pepperl möchte sonst wieder alles genauer wissen, du kennst ihn ja. Wenn dir der Otto verziehen hat, dann der Herrgott erst recht.«

FÜNF

Hemmas Beziehung zu Hubert war nach wie vor unausgegoren. Sie war immer noch sehr zurückhaltend, um nicht zu sagen: verklemmt. Während Hubert ihr ohne zu zagen seine Liebe gestand, erwiderte Hemma darauf immer nur, dass sie noch etwas Zeit brauche.

Dabei hatte sie mit dem Hubert aber großes Glück, das wusste sie selbst. Seine Zuneigung zu ihr war aufrichtig, und sein Charakter war so nobel, dass er genau wusste, wie weit er bei ihr gehen konnte. Nämlich nicht sehr weit. Gegen ein wenig Hautkontakt wie umarmen oder Händchen halten hatte die Hemma aber nichts einzuwenden.

In der Zwischenzeit spielte sich dennoch so etwas wie eine Routine in ihrer Beziehung ein. Sie verbrachten mindestens einen Abend pro Woche miteinander. In den meisten Wochen trafen sie sich sogar zwei oder drei Mal, je nachdem, wie viel Zeit sie beide hatten.

Der Dienstagabend war zu ihrem Jour fixe geworden, da wollten sie auf jeden Fall ein paar Stunden miteinander verbringen. In der Regel bei Hubert, und immer in Verbindung mit Kochen und ein paar Gläsern Wein.

Beim Einkaufen wechselten sie sich ab. Hubert fuhr gerne zum größeren Supermarkt in die Bezirkshauptstadt hinüber, Hemma fand das zu aufwendig. Wenn sie einkaufen ging, dann meistens in den kleinen Dorfsupermarkt, der deutlich teurer war. Dafür war die Auswahl bei Weitem kleiner. Hemma verteidigte dies aber damit, dass man die örtliche Infrastruktur unterstützen müsse. Denn wenn der Dorfsupermarkt einmal zusperrt, dann muss man permanent in die Stadt zum Einkaufen fahren, selbst wenn man nur eine Tube Senf braucht.

So schlenderte Hemma auch dieses Mal mit ihrem Einkaufskörbchen unterm Arm durch den kleinen Laden. Ein Stückchen Huhn und ein wenig Gemüse fand sie auch hier. Zeit sparte sie dadurch allerdings nicht. Denn hier, wo jeder jeden kannte, ging es natürlich nicht ohne Tratsch ab.

Ortsgespräch waren immer noch die Brände. Aber als dann die Schneider Leni in den Laden kam, wurde rasch das Thema gewechselt. Man erkundigte sich gleich, wie es ihr denn nun so gehe, nach dem Tod ihrer Mutter. Und alle Anwesenden zeigten sich einig, dass die alte Schneiderin bestimmt in besten Händen gewesen sei. Schließlich verstehe ihre Tochter so viel vom Heilen. Allerdings glaubten nur wenige das, was sie da sagten, wirklich, sie konnten ihre Zweifel nur gut verbergen. Was Lenis Heilkräfte betraf, war sich das Dorf alles andere als einig.

An der Kasse stand die Schneider Leni unmittelbar vor der Hemma. Und weil die paar Lebensmittel schnell über den Kassentisch gezogen waren, schlug Hemma vor, draußen aufeinander zu warten, man könnte doch noch ein paar Schritte gemeinsam gehen.

So spazierten die beiden mit je einem Einkaufssackerl in der Hand über den Dorfplatz. Und Hemma hatte ein paar Minuten Zeit, alles zu erfragen, was sie wissen wollte.

»Wie lange war Ihre Mama denn eigentlich krank, Frau Leni?«

»Das werden so circa vier Wochen gewesen sein. Ich bin von einer Heilung nach Hause gekommen, und da lag sie auf dem Sofa und hat furchtbar geschwitzt und gezittert. Und ihr Herz war am Rasen …«

»Was hat denn der Doktor gesagt?«

»Wie bitte? Der Dr. Meindl? Der ist doch schon völlig senil, was will der noch sagen. Einmal hab ich ihn schon geholt, zur Sicherheit, damit mir niemand was anhängt, falls wirklich was Schlimmes passiert. Sie wissen ja, wie bösartig die Leute sein können, Fräulein Hemma. Aber gebraucht hätte ich ihn nicht, ich weiß selber, was zu tun ist. Es ging einfach zu Ende mit der Mama, so wie es mit jedem einmal zu Ende geht. Ich habe aber zumindest dafür sorgen können, dass sie dabei so gut wie keine Schmerzen hatte. Auf meine Hände kann ich mich ja verlassen.«

»Ich weiß!« Hemma sagte dies so, dass man die Ironie nur hören konnte, wenn man sie hören wollte. »Die Schwester Nani, hab ich gehört, hat aber auch sehr gut für Ihre Mutter gesorgt, stimmt's?«

»Ja, da war ich sehr froh darüber. Ich musste mich ja noch um so viele andere Kranke kümmern, da hätte ich das allein nicht geschafft. Ich hab mich um den Körper meiner Mutter gekümmert und die Schwester Nani um ihre Seele. Das kann sie wirklich gut. Gerade in der letzten Stunde war ich so froh, dass sie da war. Ich hab gar nicht gewusst, dass man einen Sterbenden so fürsorglich und aufopfernd hinüberbegleiten kann.«

Kurz bevor die beiden zum Pfarrhof kamen, griff Leni in die Tasche und kramte nach ihrem Autoschlüssel. Und Hemma staunte nicht schlecht, als sie sah, dass nach dem Druck auf die Fernbedienung ein silbergrauer Audi Q3 zu blinken begann.

»Na servus, das ist aber ein schickes Auto. Und funkeln tut er wie ein neuer Kreuzer. Haben Sie den schon lang?«

»Nein, der ist ganz neu.«

»Da muss man aber ganz schön viele Leute heilen, für so ein Auto, oder?«

»Davon hätte ich mir den bestimmt nicht kaufen können. Nein, die Mama hatte eine gute Lebensversicherung. Und mit der konnte ich mir den Wagen zulegen. Fesch, nicht?«

Hemma nickte, lächelte noch einmal, verabschiedete sich und ging weiter zum Pfarrhof. Nicht nur, dass die Frau einen sagenhaften Vogel hatte, jetzt hatte sie auch noch geerbt. Kein Wunder, wenn die nur so strotzt vor Selbstvertrauen, dachte Hemma.

Zu Hause begab sich Hemma noch kurz in die Küche, um ihrem Bruder das Nachtmahl zuzubereiten. Wenn sie abends wegging, bekam der Pfarrer immer etwas Kaltes. Denn zwei Mal an einem Abend zu kochen wäre der Hemma nun doch zu viel gewesen. Da half dem Pepperl auch kein Nasenrümpfen.

Dann machte sie sich auf den Weg zum Hubert.

Da Hemma inzwischen Stammgast in Huberts Haus war, hatte sie sich abgewöhnt, die Klingel zu drücken. Mit einem lauten »Servus, Hubert!«, kündigte sie ihr Kommen an. Meist ging sie gleich in die Küche und begann, die Lebensmittel auszupacken.

Gleich darauf erschien dann auch der Hubert. Ein liebes Lächeln, eine Umarmung, ein Bussi links, eines rechts, und die Zweisamkeit konnte beginnen.

An diesem Abend schob Hemma Hühnerkeulen mit Tomatensoße und Datteln ins Rohr. Ein herrliches Gericht, das wenig Arbeit machte, aber eine Weile brauchte. Diese Zeit wurde mit einem Glas Veltliner überbrückt. Und mit einem Gespräch, bei dem es natürlich um Ermittlungsfragen und nicht um Gott und die Welt ging, auch wenn das dem Hubert lieber gewesen wäre.

»Gibt es eigentlich etwas Neues vom Otto?«, wollte Hemma wissen, noch bevor das erste Glas Wein eingeschenkt war.

»Nicht wirklich. Für die Kriminaler ist der Fall ja jetzt abgeschlossen. Die warten nur mehr auf den Prozess und darauf, dass der Otto sein Schmalz bekommt. Das könnten dann schon fünf oder sechs Jahre werden, wenn sie ihn schuldig sprechen.«

»Daran darf ich gar nicht denken. Fällt dir nichts ein, wie man ihm helfen könnte? Wir wissen doch beide, dass er es nicht war. Was könnten wir jetzt tun, außer blöd schauen?«

»Ich denke eh dauernd nach. Glaub mir, es geht mir gar nicht gut, wenn ich an den Otto denke. Aber eigentlich bin ich ja gar nicht befugt, weiter zu ermitteln, nachdem die Sache offiziell abgeschlossen ist.«

»Gut, daran muss man sich ja nicht halten. Hast du nicht irgendeine Idee, irgendeinen Verdacht?«, fragte Hemma neugierig.

»Darüber hab ich mir echt den Kopf zerbrochen. Eine Idee hätte ich, aber ob die was bringt?«

»Na, sag schon!«

»Okay. Es ist dir ja aufgefallen, dass es immer die Viehbauern trifft, deren Höfe abbrennen. Noch nie hat es einen Winzer erwischt.«

»Das hab ich mir auch schon gedacht. Der Pepperl meint, dass halt Viehbauernhöfe besser brennen als die von den Winzern.«

»Das schon. Aber auch einen Winzer könnte man anzünden, wenn man möchte. Irgendwie geht es gegen die Viehbauern. Und da hab ich unlängst in der Zeitung gelesen, dass es zwischen Winzern und Viehbauern zu einem Streit gekommen ist, wegen der Agrarförderung. Die Winzer fühlen sich da irgendwie benachteiligt. Vielleicht, hab ich mir gedacht, könnte es etwas damit zu tun haben. Was meinst du?«

»Keine Ahnung. Eigentlich verstehen die sich sonst gar nicht so schlecht. Aber wenn's ums Geld geht, dann hört ja bekanntlich oft die Freundschaft auf. Außerdem widerspricht sich das gar nicht mit dem, was gerade in meinem geistigen Hinterstüberl vorgeht.«

»Hast du auch eine Idee, Hemma?«

»Na ja, vielleicht einen Ansatz. Der Haidbacher Roman ist ja ein Winzer. Vielleicht …?«

»Wie kommst du denn gerade auf den Roman?«

»Hast du den Roman in letzter Zeit einmal gesehen? Der muss gerade mit einem ziemlich blauen Gesicht durch die Gegend rennen.«

»Tatsächlich? Wieso das?«

»Muss aber unter uns bleiben, das hab ich versprochen. Der Otto muss ihn ziemlich verprügelt haben.«

»Der Otto? Der macht so was? Wieso das denn?«

»Keine Ahnung«, log Hemma. Gerlindes Geschichte wollte sie dem Hubert nun wirklich nicht weitererzählen.

»Und du meinst, der Roman hat sich beim Otto dafür revanchiert, indem er ihn angezündet hat?«

»Ganz logisch kommt mir das auch nicht vor. Aber wenn er als Winzer eh schon angefressen ist wegen der Agrarförderung für die Viehbauern … und dann noch die Schläge … Wer weiß, vielleicht hat das dann das Fass zum Überlaufen gebracht.«

»Das erklärt aber noch nicht die anderen Brände«, stellte Hubert fest.

»Stimmt. Aber vielleicht gibt es gar kein Pyromandl. Vielleicht haben sich wirklich alle selbst angezündet, schließlich war jeder von ihnen gut versichert. Du hast es ja selbst gesagt, einer fängt an und die anderen ahmen es nach.«

»Und beim Otto soll es anders gewesen sein?«

»Keine Ahnung. Ich schau jetzt einmal nach, ob das Hendl schon fertig ist.«

Tatsächlich war das Huhn vorzüglich gelungen. Und wie immer landeten die beiden nach dem Essen auf dem Sofa, wo Hubert sich in gewohnter Manier immer näher an Hemma heranpirschte, ihr schließlich den Arm um die Schulter legte, einen Kuss auf die Wange drückte und ihr sagte, wie gerne er sie doch habe. Und das war es dann auch schon wieder für diesen Abend. Irgendwann einmal würde es dann so weit sein, das wusste er. Irgendwann einmal.

So gegen halb elf brach Hemma schließlich auf. Beim Verabschieden kam sie allerdings noch einmal auf den Haidbacher Roman zu sprechen.

»Ich glaube, Hubert, wir müssen jetzt jede Spur verfolgen. Solltest du den Haidbacher nicht doch einmal einvernehmen?«

»Ich weiß nicht, Hemma. Besser wäre es, wenn du erst einmal mit ihm reden würdest. Einfach so, ganz formlos und unauffällig. Vielleicht erwischst du ihn demnächst einmal.«

Als Hemma vor mehr als dreißig Jahren mit ihrem Bruder nach Niederfeld übersiedelt war, waren ihr alle Leute natürlich erst einmal fremd gewesen. Darum hatte sie damals auch alle Erwachsenen gesiezt. Vorgestellt hatte sie sich immer mit Fräulein Hemma, und das hatte sich eingebürgert. Selbst von den alten Leuten, die prinzipiell nie jemanden siezten, wurde sie bis heute mit Fräulein Hemma angesprochen. »Du, Fräulein Hemma …«

Später, als die Hemma sich in Niederfeld schon besser auskannte und mit vielen Leuten näher zu tun hatte, änderte sich das ein wenig. Inzwischen war sie mit allen Mitgliedern des Kirchenchors per Du. Und auch mit sämtlichen Leuten, mit denen sie am Freitagabend im Dorfheurigen Karten spielte. Alte Leute, die sie duzten, duzte sie ebenfalls. Und bei jenen, die Kinder gewesen waren, als Hemma ins Dorf gezogen war, egal ob Cowboys oder nicht, blieb sie beim Du, auch wenn sie in der Zwischenzeit schon erwachsen waren. Diese jedoch sprachen das Fräulein Hemma nach wie vor mit Sie an.

Der Haidbacher Roman gehörte zu dieser Gruppe. Er war noch keine zehn gewesen, als Hemma ins Dorf kam. Seine Erziehung sagte ihm, dass er vor dieser Frau Respekt haben musste und dass Höflichkeit angebracht war. Und daran hatte sich auch nie wieder etwas geändert.

Darum kam auch sofort ein höfliches und freundliches »Grüß Gott, Fräulein Hemma«, als sie bereits am nächsten Tag, für Haidbacher völlig überraschend, in seinem Weinkeller auftauchte. Auf eine zufällige Begegnung zu warten war Hemma nämlich zu blöd.

»Was führt Sie denn her?«

»Grüß dich, Roman, deine Frau hat mir gesagt, dass ich dich hier finde.«

»Na so eine Überraschung. Trinken Sie ein Glaserl Veltliner mit mir?«

»Eigentlich wollte ich nur mit dir reden.«

»Aber das geht doch mit einem Schluck Wein viel leichter.« Und schon griff Roman nach zwei Gläsern und schenkte sie voll.

»Und worüber möchten Sie mit mir reden? Prost!«

»Prost! Ja, wo fang ich denn an? Wie geht es denn so? Ich habe gehört, dass euch die Viehbauern momentan ein wenig im Magen liegen?«

»Die Kollegen selber können nichts dafür. Ich nehme ja auch, was ich kriege. Aber dass die Politiker so blöd sind und uns bei den Agrarförderungen derart benachteiligen, das nervt schon gewaltig.«

»Apropos nehmen, was du kriegst. Dein Gesicht schaut ja

eh schon wieder ganz passabel aus. Ein bisserl blau ist es aber schon noch.«

»Nicht böse sein, Fräulein Hemma. Ich freue mich über Ihren Besuch, aber darüber möchte ich jetzt wirklich nicht mit Ihnen reden.«

»Du weißt, dass sie den Derflinger Otto eingesperrt haben.«

»Na sicher weiß ich das. Weil sich der Trottel selber angezündet hat. Aber was hat denn das mit mir zu tun?«

»Roman, um es direkt zu sagen, seit Jahren bist du bekannt dafür, dass du hinter jeder Schürze her bist. Das mag für dein Ego sehr wichtig sein, und deinen Freunden kannst du bestimmt damit auch imponieren. Leider hast du aber nicht damit aufgehört, als du geheiratet hast. Dass das deiner Frau gegenüber eine Riesensauerei ist, das weißt du hoffentlich selber.«

»Entschuldigung, Fräulein Hemma, das geht Sie jetzt aber echt nichts an. Und überhaupt, was soll das? Hat Ihr Bruder, der Pfarrer, Sie geschickt, um mich auf den rechten Pfad der Tugend zu bringen?«

»Roman, religionstechnisch ist mir das wirklich wurscht. Aber wenn du dich an verheiratete Frauen ranmachst, dann ist das nicht okay. Du kannst damit unter Umständen auch Beziehungen zerstören. Gute Beziehungen vielleicht. Und dass sich dann ein Ehemann rächt und dir die Visage poliert, das darf dich dann nicht wundern.«

Roman schaute Hemma an und wusste nicht so recht, was er sagen sollte. Darum stammelte er nur: »Aber das muss doch jede selber wissen …«

»Mir geht es um was anderes. Ich bin mir ziemlich sicher, dass der Otto unschuldig im Gefängnis sitzt. Der hat sich ganz bestimmt nicht selber angezündet. Irgendwer muss das getan haben, der einen Mordszorn auf ihn hat.«

»Nein, Fräulein Hemma, da gehen Sie jetzt aber zu weit. Ich war mit dem Otto immer gut. Und ja, er hat mich zusammengehaun. Natürlich bin ich sauer auf ihn. Aber umgekehrt hätte ich das an seiner Stelle auch getan. Dass ich ihn deswegen anzünde – nein, ehrlich, Fräulein Hemma, das würde ich nie tun, und da lass ich mir auch nichts anhängen.«

Hemma sah Roman in seine dunkelbraunen, dunkelblau umrandeten Augen. Vielleicht sagt er sogar die Wahrheit, dachte sie. Jedenfalls hatte sie weder eine Veranlassung noch das Recht dazu, ihn festzunageln. Sie stellte ihr leeres Glas ab und wollte sich schon verabschieden, dann konnte sie sich die Frage aber doch nicht verkneifen: »Eins noch, Roman, warum gerade die Gerlinde?«

»Wissen Sie, Fräulein Hemma, wenn ich das der Pfarrersköchin erzähle, dann ist es ja fast schon wie eine Beichte. Lassen wir das besser.«

Aber dieser Satz machte Hemma erst recht neugierig. Sie hielt Roman das leere Glas hin, der sah ihr in die Augen, lächelte ein wenig und schenkte ihr und sich selbst noch einmal ein.

»Wie genau wollen Sie's denn wissen, Fräulein Hemma?«

Da grinste auch Hemma, und plötzlich hing eine völlig neue Atmosphäre in der Luft. Indem sie die Gläser aneinanderstießen, schlossen sie einen Pakt. Der wilde Roman begann, der braven Hemma von seinen geheimsten Trieben zu erzählen. Und die brave Hemma fühlte sich dadurch nicht belästigt, im Gegenteil, sie wartete gespannt mit etwas erhöhten Puls. Es war auch beiden in diesem Moment klar, dass sie von nun an ein Geheimnis teilten.

»Na gut, wenn Sie es unbedingt wissen wollen«, begann Roman. »Ich hatte ja doch schon einige Frauen in meinem Leben. Ich schau mir Frauen immer genau an und stelle mir vor, wie es mit ihnen sein könnte.«

Roman wartete auf eine erste Reaktion, aber Hemma gab ihm zu verstehen, dass er einfach weiterreden sollte.

»Okay. Die Gerlinde hat ja einen unübersehbaren Busen, und auf das steh ich total.«

Wieder wartete Roman auf eine Reaktion, aber von Hemma kam nichts, nicht einmal ein Anflug von Gesichtsröte. Also fuhr er fort: »Gut, auf jeden Fall habe ich einmal auf die Gerlinde gewartet. Ich weiß ja, dass sie im Kirchenchor singt, und ich weiß auch, wann ihr ungefähr mit der Probe fertig seid. Schließlich war die Gerlinde ja nicht die Erste, die ich nach der Chorprobe … begleitet habe.«

»Aha, wen denn noch?«

»Nein, Fräulein Hemma, da schweigt der Gentleman. Aber okay, auf jeden Fall hab ich die Gerlinde angesprochen und bin dann ein Stückerl mit ihr gegangen. Beim ersten Mal ist noch gar nichts passiert, beim zweiten Mal auch nicht. Beim dritten Mal habe ich dann den Arm um sie gelegt und gemerkt, dass es ihr nichts ausmacht. Und dann sind wir stehen geblieben und haben uns lange in die Augen geschaut. Und ich habe ihr ein Busserl gegeben. Dann passierte das Unglaubliche.«

»Was denn?«

»Sie glauben es nicht, Fräulein Hemma, und ich hätte es auch nicht für möglich gehalten. Noch nie habe ich eine Frau erlebt, die so gut schmust. Ich hätte nie gedacht, dass es eine Frau gibt, die so gut schmusen kann.«

»Ehrlich?«

»Ja. Und zu mehr ist es auch nie gekommen. Aber das war egal. Allein mit ihr zu schmusen war ein unglaubliches Erlebnis. Aber irgendwann einmal wollte sie auch das nicht mehr. Sie wollte nicht einmal mehr, dass ich auf sie warte. Und weil ich das doch getan habe, ist auf einmal der Otto bei mir aufgetaucht. Den Rest wissen Sie ja eh.«

SECHS

Wenige Tage später saßen Hemma und ihr Bruder beim Frühstück. Wie immer gab es Kaffee, Kipferl und Marmeladensemmeln, wie immer teilten sie sich ihre Tageszeitung, die schon vor Beginn der Messe vor der Pfarrhoftür lag. Und wie immer bekam Hemma erst den politischen Teil und die Kultur, während der Pepperl sich zunächst mit der Chronik, dem Klatsch und dem Sport beschäftigte.

»Schau«, meinte der Pepperl, »da gibt es eine Untersuchung, dass fünfzig Prozent aller Pfarrer eine geschlechtliche Beziehung haben. Die spinnen ja total!« Entsetzt sah er auf. »Zehn Prozent vielleicht, wenn überhaupt. Wie kommen die überhaupt zu dieser Zahl? Reiner Populismus, sag ich dir. Immer geht es gegen die Kirche.«

»Tja, es ist halt doch nicht so einfach mit dem Zölibat!«

»Mit dem Zölibat hat das überhaupt nichts zu tun. Der Zölibat verbietet uns die Ehe. Wenn ein Priester eine geschlechtliche Beziehung hat, dann ist das so, wie wenn eine verheiratete Person außerehelichen Verkehr hat. Oder wie wenn es Unverheiratete miteinander tun.«

»Ah, so ist das? Das heißt aber, dass man damit ja ganz gut leben kann.«

»Das hängt von deinem Gewissen ab. Sünde ist es trotzdem.«

»Ja, aber nur eine kleinere. Nicht so schlimm, wie wenn du gegen den Zölibat verstößt.«

»Gegen den Zölibat kann ich gar nicht verstoßen, da schmeißen die mich eh raus.«

»Aber wenn du mit einer Frau ins Bett gehen würdest, dann wäre das nicht viel mehr Sünde, als wenn ich es mit einem Mann tun würde? Na, dann ist es ja wirklich nicht so tragisch. Kein Wunder, dass so viele Priester eine Freundin haben. Oder einen Freund …«

»Von solchen Sachen will ich ja überhaupt nicht reden.«

»Wieso nicht? Der Papst hat gesagt, dass er Homosexuelle nicht verurteilt. Also freispricht. Und da Homosexuelle gar nicht kirchlich heiraten können, gibt es automatisch nur außerehelichen Sex bei denen. Und wenn die den Segen des Papstes haben, dann wohl alle anderen auch.«

»Von einem Segen hat er kein Wort gesagt.«

»Aber er erlaubt es. Somit muss er es allen erlauben. Damit seid auch ihr Priester aus dem Schneider. Darum wundern mich auch die fünfzig Prozent nicht. So eine lässliche Sünde, die beichtet man schnell einmal, und die Sache ist erledigt.«

»Das ist absolut unmoralisch, was du da sagst.«

»Geh, Pepperl, sei doch nicht naiv. Die Klöster zahlen doch schon seit Generationen Unsummen von Alimenten. In letzter Zeit stellt man ihnen auch immer so große hölzerne Störche vor die Eingangstür. Das ist doch auch ein Zeichen, dass die Leute das alles eh mit Humor nehmen.«

»Also mit dir kann man sich überhaupt nicht unterhalten«, empörte sich der Pfarrer und versteckte etwas gekränkt sein Gesicht wieder hinter seiner Zeitung.

»Mit mir kann jeder und über alles reden. Aber du machst immer gleich zu, wenn es um etwas quasi Sündiges geht. Bei Sex überhaupt. Ich weiß gar nicht, was dich so verklemmt gemacht hat. So schlimm war ja nicht einmal unsere Mutter. Wahrscheinlich hast du dein Leben lang noch keinen nackerten Busen gesehen. Außer im Fernsehen.«

»Na ja, dass du dich da bloß nicht täuschst«, entgegnete ihr nun der Pepperl und legte mit einem verschmitzten Schmunzeln seine Zeitung auf den Tisch. »In meiner Jugend habe ich wahrscheinlich mehr nackerte Frauen gesehen als alle meine Freunde miteinander.«

Hemma hatte es offensichtlich geschafft, ihren Bruder zu provozieren. Und offenbar mehr, als sie vorgehabt hatte. Aber warum er nun gleich eine derart dreiste Behauptung aufstellen musste, konnte sie sich nun wirklich nicht erklären.

»Jaja, davon träumst du«, meinte Hemma. Eigentlich wollte sie damit das Gespräch beenden, aber der Schuss ging nach hinten los. Denn so lockte sie den Pepperl nun erst recht aus der Reserve.

»Nein, nein, Hemma, das ist kein Schmäh, ehrlich!«

Hemma sah ihn mit großen Augen an, und plötzlich wurde sie nun doch neugierig.

»Und ich hab auch gut damit verdient«, fuhr der Pfarrer fort, was Hemma einen Ausruf des Staunens entlockte.

»Erzähl schon«, forderte sie.

»Na gut, wenn du die Geschichte hören möchtest ... Hör zu: Du weißt ja, dass ich ursprünglich eine Kürschner-Lehre begonnen habe. Damals habe ich in Linz im Kolpinghaus gewohnt.«

»Okay. Und dann?«

»Dann habe ich beschlossen, die Abendmatura zu machen, weil ich studieren wollte. Was, das war mir damals noch nicht ganz klar. Die Entscheidung für das Priesterseminar kam ja erst später.«

»Das weiß ich. Aber was hat das alles mit den vielen nackerten Frauen zu tun?«

»Die Sache war so. Den ganzen Tag arbeiten gehen und danach noch in die Abendschule, das war mir einfach zu viel. Und weil ich mich mit dem Heimleiter gut verstanden habe, habe ich ihn gefragt, ob er nicht einen Job für mich hätte. So für circa fünfzehn Stunden die Woche. Und weil im Kolpinghaus gerade das neue Hallenbad fertig wurde, hat er mir angeboten, Bademeister zu werden.«

»Und dann sind die ganzen Linzerinnen nackert zu dir schwimmen gekommen. Ausgerechnet in einem Lehrlingsheim für Burschen. So einen Blödsinn brauchst du mir echt nicht erzählen.«

»Warte. Wir hatten ja auch eine Sauna dabei. Und ich war auch für die Aufgüsse zuständig. Und weil wir natürlich einen nach Geschlechtern getrennten Saunabetrieb hatten, gab es Damen- und Herrenabende. Montag, Mittwoch und Freitag kamen die Herren. Am Mittwoch kam zum Beispiel der einbeinige Gustl, der hat mir immer einen warmen Leberkäs mitgebracht. Aber am Dienstag und am Donnerstagabend durften nur die Frauen hinein. Und der Bademeister natürlich, zum Aufgießen. Glaub mir, da waren ganze Rudel von nackerten Frauen. Und zum Teil auch wirklich fesche. Wenn ich nur an die wunderschöne Frau Steinberger denke …«

»Ja Pepperl, ich erkenn dich ja kaum wieder! Sag, und war der Job so gut bezahlt? Du hast doch gesagt, dass du so gut damit verdient hast.«

»Das nicht. Aber ich habe damals doppelt verdient. Es war nämlich so, dass mich meine Freunde und die anderen Heimbewohner um den Job total beneidet haben. Und darum habe ich nach ein paar Monaten, als ich schon genug gesehen hatte, meinen Job an andere weiterverkauft. Hundertfünfzig Schilling habe ich damals pro Abend bekommen, damit ich meinen Job mache. Und dann weiter hundertfünfzig dafür, dass ihn ein anderer für mich gemacht hat. Macht dreihundert Schilling pro Abend. Fürs Nichtstun.«

»Na servus! Und was haben die Damen gesagt, dass da ständig ein neuer Bademeister am Werk war?«

»Die haben das verstanden. Ich musste ja immer wieder in die Abendschule.« Und dabei grinste er wie ein Ministrant, der gerade durch das Astloch einer Badekabine blickte.

»Pepperl, Pepperl! Das ist ja eine ganz neue Seite von dir. Eigentlich solltest du täglich beichten. Und das bis an dein Lebensende.«

Seit der Otto im Gefängnis saß und der Feuerteufel somit zumindest offiziell gefasst war, kehrte in Huberts Alltag wieder etwas Ruhe ein. Was bedeutete, dass er auch wieder mehr Zeit für die Hemma hatte. Daher wollte er nicht wieder bis Dienstag warten, um sie zu treffen, sondern schlug bereits am Freitag vor, statt der Schnapspartie im Dorfheurigen einen zusätzlichen Abend zu zweit einzuschieben. Hemma gefiel die Idee. So fuhr er mit seinem Dienstwagen hinüber in die Bezirkshauptstadt, um im Supermarkt einzukaufen. Die Einkaufsliste hatte er zuvor mit ihr telefonisch abgestimmt.

Wie es der Zufall wollte, traf er am Parkplatz vor dem Supermarkt den Dr. Brauner, einen jungen Arzt, der aus Niederfeld stammte und im Bezirkskrankenhaus die Interne leitete. Natürlich begrüßten sie sich freundlich und tauschten ein paar Sätze, wie man sie halt so austauscht, wenn man nichts Wichtiges zu sagen hat. Doch dann fiel Dr. Brauner ein, dass es ja in Niederfeld diesen merkwürdigen Todesfall gegeben hatte.

»Sag, Hubert, was ist denn da eigentlich mit der alten Schneiderin passiert? Ein eigenartiger Fall, was ich so mitbekommen habe.«

»Keine Ahnung, Kurtl, ob das wirklich eigenartig war. Ich habe mich aber auch nicht wirklich drum gekümmert. Ich war ja in letzter Zeit ziemlich viel mit diesen Bränden beschäftigt.«

»Davon habe ich auch gehört. Du hast den Derflinger Otto einsperren lassen …«

»Ich habe gar niemanden einsperren lassen. Aber die Kriminaler waren der Meinung, dass er es war. Und da hab ich ihn natürlich festnehmen müssen.«

»Und? War er es?«

»Je länger ich drüber nachdenke, umso mehr kommen mir die Zweifel. Die Hemma ist ohnehin fest davon überzeugt, dass er unschuldig ist.«

»Und auf die ist ja meistens Verlass«, ergänzte der Doktor. »Aber trotzdem, noch einmal, was war da los mit der alten Schneiderin?«

»Soviel ich weiß, war die meistens in einem ziemlichen Dämmerzustand. Und wenn sie dann zwischendurch aufgewacht ist, hat sie offenbar einen massiv pornografischen Scheiß geplappert.«

»Seltsam. War sie auf Drogen?«

»Keine Ahnung. Könnt schon sein, dass ihre Tochter Leni, die Wunderheilerin, ihr irgendwas in den Tee gegeben hat. Aber was Genaues ist da nie rausgekommen. Der Dr. Meindl hat dann ein Herzversagen festgestellt.«

»Ja, die Wunderheilerin. Mir wird ganz schlecht, wenn ich an die Schneider Leni denke. Ich schicke ja auch manchmal

Patienten zu Heilern, wenn wir mit der Schulmedizin nicht weiterkommen. Aber der Schneider Leni würde ich nicht mal meinen Hund anvertrauen. Eigentlich müsste man ihr das Handwerk legen. Und ihr die Konzession entziehen, wenn sie denn eine hätte ...«

»Schon wahr. Aber Handauflegen, Tee servieren, mit Salben einreiben, das kann man halt niemandem verbieten. Das Komische ist nur, dass die alte Maierhoferin jetzt auch krank geworden ist. Und die phantasiert genauso vor sich hin und erzählt denselben Schwachsinn.«

»Die Maierhoferin? Die Mutter von der Gerlinde? So ein Mist. Eigentlich würde ich sie mir gerne einmal anschauen. Aber leider kann ich dem alten Dr. Meindl nicht ins Handwerk pfuschen. Solange er sie nicht ins Spital einliefert, ist sie ja nicht meine Patientin.«

»Vielleicht war das alles eh nur ein Zufall. Wenn die Situation aber auffälliger wird, dann sag ich dir Bescheid. Einverstanden?«

»Mach das!«

So gegen sieben, nachdem Hemma ihrem Bruder eine Presswurst mit roter Zwiebel und Kernöl angerichtet hatte, verließ sie den Pfarrhof und radelte hinüber zu Huberts Haus. Dort fand sie, wie bestellt, frisches Sauerkraut und ein Stück Schweinsschulter vor, dazu süßes und scharfes Paprikapulver und einen Becher Sauerrahm. Damit kochte sie ein feuriges Szegediner Gulasch, eines von Huberts Lieblingsgerichten.

Sie hatte sich übrigens fest vorgenommen, dem Hubert Pepperls Saunageschichte nicht zu erzählen. So etwas hätte zu schnell die Dorfrunde gemacht, sie wusste ja, mit was für einem Affentempo sich Geschichten dieser Art in Niederfeld verbreiten konnten. Pepperl hätte dann sicher ein wenig an Respekt eingebüßt.

Als sämtliche Zutaten in der entsprechenden Menge und der richtigen Reihenfolge im Topf gelandet waren, öffnete Hubert traditionsgemäß die erste Flasche Veltliner. Und während sie in der Küche sitzend und Wein nippend darauf warteten, dass das Fleisch weich wurde und das Gulasch richtig eindickte, erzählte Hubert, dass er am Nachmittag den Kurtl Brauner getroffen hatte. Den kannte Hemma sehr gut, war er doch in seiner Jugend einmal einer von ihren Cowboys gewesen.

»Wie geht es dem Kurtl, was spricht er denn?«

»Macht eh einen guten Eindruck. Er hat sich nach der alten Schneiderin erkundigt, wollte wissen, was da los war. Und dann habe ich ihm von der Maierhoferin erzählt. Irgendwie kommt ihm das alles ein wenig seltsam vor.«

»Also, wenn du mich fragst, mir auch. Ich denke schon, dass da irgendwas nicht stimmt.«

»Er hat mich gefragt, ob die Leni ihrer Mutter Drogen gegeben hat. Auf die Schneider Leni ist er offensichtlich nicht gut zu sprechen.«

»Das kann ich mir vorstellen. Ich traue der Kurpfuscherin auch nicht über den Weg. Aber Drogen? Vielleicht hat sie irgendwelche Tropfen oder Tees, von denen sie gar nicht weiß, dass es Drogen sind.«

Und während sie sich so unterhielten und dabei die erste Flasche Wein zur Neige ging, wurden Kraut und Schweinefleisch butterweich und verbanden sich mit den anderen Zutaten und Gewürzen zu einem herrlichen Szegediner, von dem Hubert kaum genug bekommen konnte. Hemma aß ihre Portion und beobachtete genüsslich, mit welcher Hingabe Hubert einen Teller nach dem anderen verputzte.

»Übrigens«, meinte Hemma, nachdem sie das Geschirr weg- und die Küche aufgeräumt hatte, »was machen wir denn nun mit dem Otto? Der sitzt jetzt schon bald drei Wochen, und nichts passiert. Es muss doch irgendwie möglich sein, ihn da rauszuholen.«

»Ich kann schon gar nicht mehr schlafen, weil ich dauernd an den Otto denken muss«, gestand der Hubert. »Eigentlich bin ich ja gerne Polizist. Aber den Otto zu verhaften, das war wohl die beschissenste Amtshandlung, seit ich Uniform trage. Es ist halt schwierig, Hemma. Seine Unschuld könnten wir nur beweisen, wenn wir den echten Feuerteufel finden. Aber dazu müssten wir ermitteln. Und die Ermittlungen sind offiziell abgeschlossen.«

»Dann müssen wir es einfach auf eigene Faust versuchen.«

»Das darf ich gar nicht.«

»Gut, dann musst du die Kriminaler anrufen und ihnen sagen, dass du einen neuen Verdacht hast. Und dass du weiterermitteln willst.«

»Und welchen Verdacht soll ich haben?«

»Keine Ahnung. Sag einfach, der Haidbacher kommt dir verdächtig vor.«

»Aber Hemma, ich kann doch nicht so einfach irgendjemanden verdächtigen. Zum Schluss wollen die, dass ich den auch noch einsperre.«

»Geh, Blödsinn. Wir werden gegen den Haidbacher nichts herausfinden. Aber vielleicht über jemand anderen. Wir müssen jetzt alles versuchen. Ruf gleich morgen in der Früh an. Ich komme am Vormittag bei dir vorbei, und dann gehen wir die Sache so richtig an.«

Zum Schluss waren wieder drei Flaschen Veltliner durch ihre Kehlen geflossen. Wie üblich musste Hemma dem Hubert versprechen, dass sie ihr Fahrrad schieben würde. Und wie immer schob sie es tatsächlich, aber nur um die nächste Ecke. Dann trat sie wieder in die Pedale. Gott sei Dank passierte nichts.

In der darauffolgenden Nacht konnte Hemma kaum einschlafen. Sie hatte nämlich das Gefühl, dass sie wieder einen Fall hatte. Jede Viertelstunde hörte sie die Kirchturmglocke schlagen. Beim ewig langen Mitternachtsgeläute stand sie dann sogar noch einmal kurz auf. Nichts hatte sie dazu gezwungen. Aber sie stellte sich ans Fenster, um auf den menschenleeren Dorfplatz hinunterzuschauen, während sie darüber nachdachte, wie sie den Otto aus dem Gefängnis holen könnte.

Plötzlich fiel ein Schatten auf den Platz. Hemma erkannte schnell, dass er zu einer dunkel gekleideten Frau gehörte, die von links den Platz betrat und auf der rechten Seite wieder verschwand. Wer die Frau war, hatte sie nicht erkennen können, dafür war sie in der Dunkelheit zu weit weg gewesen. Die Sache mochte bedeutungslos sein. Aber dass eine Frau um diese Zeit allein über den Dorfplatz ging … Eigenartig war es allemal.

Nach einem ruhigen Wochenende begann der Montagmorgen wie gewohnt. Erst Kaffee, dann Messe, Frühstück und was so dazugehörte. Schnell überzog sie noch Pepperls und ihr eigenes Bett, aber dann wollte sie so schnell wie möglich zur Polizeistation radeln, um sich mit dem Hubert endlich an die Ermittlungen zu machen.

Als Hemma sein Büro betrat, telefonierte Hubert noch. Aber er lächelte sie an, als wenn er ihr gleich etwas Positives zu vermelden hätte.

»Stell dir vor, Hemma, die Kriminaler wirkten gar nicht so überrascht. Vielleicht sind sie ja selber nicht ganz von Ottos Schuld überzeugt. Jedenfalls haben sie gemeint, dass ich der Sache weiterhin nachgehen soll, wenn ich das Gefühl hätte, dass ich noch etwas finden könnte.«

»Na herrlich, dann legen wir gleich los. Und was machen wir jetzt?«

»Weißt du, Hemma, das mit dem Wir ist immer so eine Sache. Die Kriminaler haben mir das Okay gegeben, dass ich weiter ermittle. Von dir war eigentlich keine Rede.«

»Hubert, du spinnst wohl. Du weißt genau, dass wir zu zweit erfolgreicher sind. Das wäre nicht das erste Mal, dass wir gemeinsam einen Fall lösen. Also, wo fahren wir hin?«

Hubert wusste, dass seine Chance, die Hemma jetzt loszuwerden, sehr gering war. Eigentlich hatte er sie eh gerne mit dabei. Aber er tat sich halt immer wieder schwer, ihre Anwesenheit bei seinen Befragungen zu erklären.

»Fahren wir zu einem der Bauern, die zuvor abgebrannt sind. Was meinst du, zum Martl Schorsch oder zum Adlinger Raimund?«

»Fahren wir zum Raimund, den kenn ich gut. Mit dem spiel ich am Freitag immer Karten.«

Der Raimund war der erste Bauer, dessen Hof in diesem Jahr in Flammen gestanden hatte. Das war nun etwa zehn Wochen her. Natürlich hatten sich die Kriminaler eindringlich mit ihm beschäftigt, denn auch dort hatten sie Brandstiftung vermutet. Aber der Raimund hatte offenbar ein Alibi, und sonst war weit und breit niemand in Sicht, der als Täter in Frage kam.

Am Adlinger-Hof war ziemlich was los. Mehrere Maurer waren dabei, die Wände des neuen Heustadels zu verputzen, und Zimmerleute fertigten gerade den neuen Dachstuhl. Im fast fertigen Stall waren schon die Installateure und Elektriker am Werk. Ja, sogar die Maler trafen schon ihre Vorbereitungen.

»Servus, Raimund, das wird ja ein prächtiger Stall«, begrüßte Hubert den Bauern, der gerade von seinem Traktor abstieg.

»Ja servus. Mir hat der alte auch gereicht. Was glaubst du, was das jetzt für eine Arbeit ist, die ganze Bauerei. Zu meiner eigentlichen Arbeit komm ich kaum mehr. Grüß dich, Hemma, was machst denn du da? Kartenspielen kann ich jetzt leider wirklich nicht.«

Hubert und Hemma gingen erst gar nicht darauf ein. Wäre eh nur eine Peinlichkeit geworden, wenn sie Hemmas Anwesenheit jetzt gerechtfertigt hätten.

»Raimund«, fuhr der Hubert daher fort, »hast du fünf Minuten Zeit? Ich muss noch einmal wegen dem Brand mit dir reden.«

»Ich habe den Kriminalern eh schon alles erzählt. Aber kommt doch rein, setzen wir uns in die Stube. Wollt ihr ein Bier?«

Das Bier wurde natürlich aus dienstlichen Gründen abgelehnt. So setzten sie sich an den großen Bauerntisch, und Hubert begann ohne Umschweife mit seinen Fragen.

»Du weißt ja, Raimund, dass die Brandhunde bei dir Spuren von Brandbeschleuniger gefunden haben. So wie beim Otto. Hattest du mit dem Otto irgendeinen Ärger?«

»Aber kein bisschen. Mich wundert das eh total, dass ihr den Otto eingesperrt habt. Ich kann mir überhaupt nicht vorstellen, dass der das war. Aber die Kriminaler haben halt einen Erfolg gebraucht, stimmt's?«

»Was weiß ich. Irgendwie tappen wir, glaube ich, immer noch ziemlich im Dunkeln. Kannst du dir eigentlich erklären, warum ausgerechnet immer Viehbauern brennen? Nie brennt ein Winzer. Was glaubst du, wieso?«

»Viehbauern brennen halt besser«, erklärte der Raimund, ohne lange nachzudenken. Aber das war inzwischen eh allen klar.

»Weißt du, Raimund«, fragte nun der Hubert weiter, »ich will dir ja nicht zu nahe treten. Aber verdächtig ist es schon, dass ausgerechnet drei Bauern abbrennen, die erst vor wenigen Jahren den Hof hoch versichern haben lassen.«

»Gott sei Dank, kann ich nur sagen. Aber weißt eh, der Beinhauser Bertl ist halt ein fleißiger Agent. Ich hab mich ja lange gegen die Versicherung gewehrt. Aber alle paar Tage ist der auf meinem Hof gestanden und hat auf mich eingeredet. Dann hab ich halt irgendwann Ja gesagt. Übrigens habe ich mich gegen Brand und gegen Hagel versichern lassen. Wenn du schon so einen leisen Verdacht hast, dass ich mich selber angezündet habe – kannst du mir vielleicht auch sagen, wie ich das mit dem Hagel machen soll?«

Hemma hatte sich bei dem ganzen Gespräch sehr zurückgehalten, was an und für sich überhaupt nicht ihre Art war. Aber sie hatte wohl von Anfang an gemerkt, dass hier nichts zu erfahren war. Und Hubert wurde die Sinnlosigkeit des Gesprächs auch schnell klar.

»Nichts für ungut«, sagte der Hubert noch zum Raimund, als sie sich verabschiedeten. »Aber weißt eh, ich muss halt …«

»Passt schon, Hubert. Mit der Hemma als Assistentin wirst du schon noch den Richtigen finden.«

SIEBEN

Hemma konnte selbst nicht genau sagen, wieso, aber aus irgendeinem Grund war ihre Zuneigung zur Gerlinde gerade ein wenig im Sinken. Anlass war sicher ihre Unterhaltung mit dem Roman Haidbacher gewesen. Und es war weniger die Tatsache, dass ihre Freundin sich überhaupt zu so etwas hinreißen ließ. Vielmehr ging ihr immer wieder Romans Aussage durch den Kopf, dass die Gerlinde so eine begabte Schmuserin sei. Dauernd fragte sie sich, was die Gerlinde wohl besser machte als andere. Und dabei begann sie, auch ein wenig an sich selbst zu zweifeln. War sie etwa unbegabt auf diesem Gebiet? Unfähig? Zu ängstlich, zu lustlos oder gar zu verklemmt?

Natürlich fand Hemma ihre so unterschwellige Distanzierung von Gerlinde selbst ein wenig befremdlich, um nicht zu sagen absurd. Gerade in einer Zeit, wo die Gerlinde von so viel Unglück gepeinigt wurde, sollte eine Freundschaft eigentlich wachsen und nicht abflauen. Und trotzdem …

Da war etwas, irgendetwas, was sich zwischen sie und die Gerlinde schob. Und dieses Etwas konnte durchaus mit Eifersucht zu tun haben.

Gerlinde hatte einen liebenden Mann und im Großen und Ganzen eine glückliche Familie. Dabei war sie bei Gott nicht so etwas wie eine Traumfrau, sie entsprach weder äußerlich den üblichen Idealen noch tat sie sich geistig besonders hervor. Gut, sie war lieb und nett. Aber in Sachen Intelligenz hätte sie Hemma niemals das Wasser reichen können.

Trotzdem hatte sie gekriegt, was auch Hemma sich so oft gewünscht, aber nie gefunden hatte: eine gute, passende und auch funktionierende Beziehung.

Hemma hatte sich schon öfters gefragt, woran es lag, dass sie kaum jemals bei einem Mann so etwas wie körperlichen Magnetismus ausgelöst hatte. Sie war ein wunderhübsches Mädchen gewesen und galt auch jetzt noch als attraktive Frau. In jungen Jahren hatte es auch immer irgendwelche, wenn auch eher kürzere Beziehungen oder Affären gegeben, die dann auch im Bett geendet hatten. Aber offenbar hatte sie bei ihren Männern nie den Eindruck hinterlassen, dass gerade etwas Einmaliges, Besonderes passiert war. Etwas, das sie ausschließlich mit ihr erleben konnten.

Dabei war sie durchaus willig und aufgeschlossen, ihre Tabus setzten nicht gleich bei nullachtfünfzehn ein, und sie konnte wirklich Leidenschaft entwickeln. Sie glaubte auch, die nötigen Techniken im Großen und Ganzen zu beherrschen. Und oft hatte sie das Gefühl, dass ihr Partner wirklich Glück empfunden hatte, das war ihr auch immer wieder bestätigt worden.

Aber sie wusste auch, dass es Frauen gab, über die Männer, wenn sie irgendwann beim Bier ihre Erfahrungen austauschten, viel enthusiastischer redeten. Nicht, dass sie eine dieser Frauen sein wollte, die sich im Bett die Goldmedaillen erturnten. Trotzdem hätte sie gerne gewusst, was die denn wohl so anders machten.

Auch bei der Rauschgeschichte damals mit dem Hubert hatte sie das Gefühl gehabt, dass der Hubert sehr glücklich und zufrieden gewesen war. Nicht umsonst wäre er jederzeit wieder dazu bereit. Trotzdem hatte sie auch bei ihm nicht das Gefühl gehabt, dass er so richtig verblüfft gewesen war. Auch für ihn war es Routine gewesen. Eine schöne Routine, das bestimmt. Aber eben Routine.

Schon in ihrer Jugend hatte sie daher eine Abneigung gegen jene Akrobatinnen entwickelt, die so etwas offenbar mit viel mehr Hingabe und viel mehr Inbrunst konnten. Und ein bisschen erging es ihr jetzt auch mit der Gerlinde so. Dass selbst der Haidbacher, der Oberaufreißer von Niederfeld, ins Schwärmen kam, weil die Gerlinde so gut schmuste, dafür hatte sie eigentlich kein Verständnis.

Aber all diese Gedanken verflogen sofort, als ihr Handy klingelte und eine verheulte Gerlinde dran war.

»Hemma, der Pfarrer muss sofort kommen, die Mama stirbt.«

In diesem Moment genierte sich Hemma sogar ein wenig für die Gedanken, die ihr gerade durch den Kopf gegangen waren. Sofort stürzte sie ins Arbeitszimmer des Pfarrers, um ihm von Gerlindes Anruf zu erzählen. Pepperl holte umgehend seinen Talar aus dem Schrank und legte die entsprechende Stola um. Dann suchte er in Windeseile sämtliche Utensilien wie Chrisam, Weihwasser et cetera zusammen, die er für die Letzte Ölung brauchte. Obwohl die Letzte Ölung schon längst nicht mehr Letzte Ölung, sondern Krankensalbung hieß, aber das war dem Pepperl wurscht.

Normalerweise gab Hemma ihrem Bruder, wenn er dringend an ein Totenbett gerufen wurde, einfach die Autoschlüssel. In diesem Fall kutschierte sie ihn aber. Der Gerlinde, der gegenüber sie gerade ein kleines schlechtes Gewissen hatte, wollte sie nun unbedingt beistehen.

Rund um das Bett der alten Maierhoferin standen der alte Maierhofer, die Gerlinde und natürlich die Narrische Nani. Sterbebegleitung war schließlich ihre Spezialität, das konnte sie sich unmöglich entgehen lassen. Hemma merkte, wie sehr die Nani in ihrem Element war. Nur sie durfte die Hand der Sterbenden halten, nur sie, davon war sie überzeugt, konnte so beruhigend auf die halb tote Maierhoferin einwirken, dass ihr der Abschied um ein Vieles leichter fiel.

»Höchste Zeit, dass Sie kommen, Herr Pfarrer. Sie sieht bereits in der Ferne das Licht des Himmelreichs. Gleich wird sie vor das Antlitz Gottes treten.«

Sofort griff der Pfarrer nach seinen Ölen und begann mit der Salbung. Dazu murmelte er ein paar lateinische Gebete. Gerlinde hatte in der Zwischenzeit eine Kerze entzündet und nahm dann ganz fest die Hand ihres Vaters, der immer noch wie gelähmt dastand.

Die alte Maierhoferin bekam von dem Ganzen nichts mehr mit. Ihre schmutzigen Sprüche hatten sich schon längst in ihrer letzten Luft aufgelöst. Eine halbe Stunde später setzte ihr Atem aus, das Herz hörte auf zu schlagen. Und ihr Gesicht strahlte auf einmal so etwas wie Erleichterung aus.

»Sie hat es geschafft«, verkündete Schwester Nani. »Nun tritt sie vor den Herrn.«

Dies war das Zeichen, wo dem alten Maierhofer die Tränen über die Wangen zu kullern begannen. Er weinte nun still vor sich hin. Gerlinde hingegen begann es wieder zu schütteln. Erst versuchte sie noch, ihren Vater zu trösten. Doch dann brauchte sie selber Halt und fand ihn bei Hemma. Die beiden Frauen hielten sich fest in den Armen, und Hemma konnte nicht anders, als ein wenig mitzuweinen. Der Pfarrer senkte seinen Kopf und blickte ehrfurchtsvoll. Nur die Narrische Nani richtete ihren Blick gen Himmel.

»Alles Gute, Maierhoferin!«, rief sie nach oben und winkte ihr dabei sogar noch hinterher. »Wir sehen uns im Himmel wieder.«

Am nächsten Morgen, gleich im Anschluss an die Messe, ließ der Pfarrer für die Maierhoferin beten und die Sterbeglocke läuten. Und er wies darauf hin, dass am kommenden Donnerstag das Begräbnis stattfinden würde.

Für Hemma bedeutete dies wieder einiges an Organisation. Der Kirchenchor musste verständigt werden, vier ihrer Cowboys wurden benachrichtigt und auch der Leichengräber musste davon erfahren, schließlich musste er rechtzeitig das Grab ausheben. Darüber hinaus redete Hemma auch noch mit der Leichen-Loisi, der alten Friedhofsgärtnerin von Niederfeld, dass sie nach dem Begräbnis die Stelle rund um das Grab wieder in Ordnung bringen sollte. Aber das hätte die Loisi sowieso gewusst.

Am Tag der Beerdigung hielt Pfarrer Gruber nur einen verkürzten Mittagsschlaf. Im Anschluss machte er sich noch über seine Predigt Gedanken, bei der die Maierhoferin so gut wie möglich abschneiden sollte. Immerhin war sie immer brav in der Sonntagsmesse und regelmäßig beichten gewesen und die Letzte Ölung hatte sie auch bekommen. Was sollte da auf dem

Weg in den Himmel noch schiefgehen? Dass sie in den letzten Wochen so einen dreckigen Stuss geredet hatte, das wurde ihr natürlich verziehen, immerhin war sie nicht mehr ganz bei Trost gewesen.

Während Hemma die Kirche vorbereitete, fanden sich bereits die ersten Trauergäste ein, um der Toten im Leichenkammerl neben dem Friedhof die letzte Ehre zu erweisen. Schon früh traf auch Gerlinde ein, begleitet von ihrem Vater und den drei Kindern. Dass der Otto nicht dabei sein konnte, war nun doppelt tragisch.

Die fünf Angehörigen stellten sich neben dem Sarg auf, um die Gäste in Empfang zu nehmen. Und es kamen viele. Immer wieder spritzte jemand Weihwasser auf den Sarg, verneigte sich vor der Toten und drückte dann zuerst dem alten Maierhofer, dann der Gerlinde und schließlich auch den Kindern das Beileid aus.

Wer genau hinsah, konnte feststellen, dass es einigen Trauergästen gar nicht so leichtfiel, der Gerlinde voller Überzeugung die Hand zu geben. Es gab nämlich gar nicht so wenige im Dorf, die den Otto tatsächlich für den Brandstifter hielten. Und so sahen sie sich nicht nur einer trauernden Tochter gegenüber, sondern auch der Frau eines Verbrechers, der hinter Gittern saß. Fritz, der Feuerwehrhauptmann, tat sich besonders hervor, indem er Gerlinde nicht nur zum Tod der Mutter kondolierte, sondern auch noch zum Ausdruck brachte, wie leid ihm die Gerlinde tue, weil der Otto ihr das angetan hatte. Gerlinde musste sich sichtlich zurückhalten, um ihm nicht an die Gurgel zu gehen.

Kurz vor Beginn der Totenmesse wurde der Leichnam von den Trägern in die Kirche hinübergefahren und vor den Altar geschoben. Rund um den Sarg herum wurden Kränze und Buketts aufgebaut, die Schleifen mit letzten Grüßen trugen. Hemma an der Orgel stimmte schon beim Einzug ihr erstes Lied an: »Wohin soll ich mich wenden, wenn Gram und Schmerz mich drücken.«

Die Rede auf die Tote gelang dem Pepperl hervorragend,

so etwas konnte er wirklich gut. Er hatte sämtliche guten Seiten der Maierhoferin hervor- und die weniger guten unter den Teppich gekehrt. Das Bild, welches er von ihr zeichnete, rührte die Anwesenden zu Tränen. Es blieb kaum ein Auge trocken, und somit konnte man die Messe als wirklich gelungen bezeichnen.

Am Friedhof gab es noch die Segnung und ein Lied, welches der Chor a cappella vortrug. Schließlich wurde der Leichnam der Erde übergeben, begleitet von den Worten: »Asche zu Asche, Staub zu Staub.«

Im Namen der ganzen Familie bedankte sich nun Gerlinde bei den Trauergästen und wies darauf hin, dass es gleich im Anschluss einen Leichenschmaus im Dorfheurigen gäbe. Alle Verwandten, Nachbarn und Freunde seien dazu herzlich eingeladen.

So ein Leichenschmaus war eine feine Angelegenheit. Für die Angehörigen war dies meist der erste Moment, in dem sie sich von ihrer Trauer ablenken lassen und sie ein wenig vergessen können. Meistens kam nach einer Weile so etwas wie gute Stimmung auf, und auf manchen Feiern wurde sogar hinterher noch gesungen und gespielt.

Es war so gegen halb sechs Uhr abends, als der Leichenschmaus für die alte Maierhoferin offiziell für beendet erklärt wurde. Im Klartext hieß das, dass ab nun jeder seine Zeche wieder selbst bezahlen musste.

Es war zwar Donnerstag, doch dieser Donnerstag war so etwas wie ein falscher Samstag. Am nächsten Tag war nämlich Feiertag, der Tag der Arbeit, also der erste Mai. Und weil am nächsten Tag die meisten ausschlafen konnten, kamen die Anwesenden auf die Idee, die übliche freitägliche Schnapskartenpartie vorzuverlegen. Inzwischen hatte es sich nämlich auch auf dem Land eingebürgert, dass an diesem Feiertag, obwohl er nicht christlich war, nicht nur die Fabriken, Geschäfte und Schulen geschlossen waren, sondern auch die Bauern einen arbeitsfreien Tag einschoben. Man musste nicht einmal morgens aufstehen, um in die Kirche zu gehen. Es war also der ideale Abend, um ein wenig auf den Tisch zu hauen.

Und nachdem die trauernde Familie den Heurigen verlassen hatte, bestand auch kein Anlass mehr, die allgemeine Fröhlichkeit im Zaum zu halten.

Mit von der Partie waren auch Hemma und Hubert sowie Fritz, der Feuerwehrkommandant, der sich gefreut hatte, dass er den halben Nachmittag zechen konnte, ohne bezahlen zu müssen. Die Freude sollte allerdings nur kurz währen.

Hemma hatte nämlich inzwischen von Gerlinde erfahren, in welch fieser Art und Weise ihr Fritz sein Beileid ausgedrückt hatte. Das ärgerte auch sie maßlos. Und deshalb nahm sie sich den Fritz zur Seite, um ihm ordentlich die Leviten zu lesen.

»Das ist schon eine ziemliche Gemeinheit, was du da heute zur Gerlinde gesagt hast.«

»Wieso? Was habe ich denn gesagt?«

»Tu nicht so scheinheilig. Dass sie dir leidtäte, weil der Otto ihr das angetan hat. Der Otto hat ihr gar nichts angetan. Ihm wird etwas angetan. Nämlich dass er unschuldig sitzen muss, der arme Teufel. Und du zerreißt dir das Maul darüber und hast nichts Besseres zu tun, als ihn vorzuverurteilen.«

»Aber wenn es sonst keiner war?

»Irgendeiner war es. Aber nicht der Otto. Red in Zukunft bitte nie wieder so einen Schwachsinn.«

Da sagte der Fritz nichts mehr. Und weil Hemma nun ihren Dampf abgelassen hatte, nahm sie ihr Glas Veltliner und setzte sich zu drei Männern an einen Tisch, um eine Viererschnapspartie zu eröffnen.

»Herz!«, sagte sie. »Herz ist Trumpf.«

An diesem Abend dauerte das Kartenspielen deutlich länger als sonst. Und obwohl Hemma auch am ersten Mai wie gewohnt früh aufstehen musste, ging auch sie erst nach Hause, als Rosl, die Heurigenwirtin, bereits die Sperrstunde ankündigte.

Beim Hinausgehen fiel ihr auf, dass der Elektrogeräte-

Vertreter wieder im Lande war. Wie immer saß er einsam an einem kleinen Ecktisch bei einem Glas Veltliner. Da sie ohnehin an ihm vorbeigehen musste, begrüßte sie ihn auch noch kurz.

»Hallo. Ist es wieder einmal so weit? Aber morgen ist doch Feiertag, was machen Sie schon da?«

»Dasselbe wie alle anderen. Ich werde meinen freien Tag genießen. Schlafen Sie gut!«

Es war kurz vor Mitternacht, als Hemma aus dem Badezimmer kam und ins Bett steigen wollte. Von ihrem Fenster aus sah sie, dass im Dorfheurigen gerade die Lichter ausgingen. Fritz und zwei andere Männer unterhielten sich noch kurz auf der Straße, trennten sich dann und gingen ihrer Wege. Dann sah sie den Fritz in sein Auto steigen, das mit der Schnauze in Richtung seines Hauses stand. Doch zu ihrer Verblüffung wendete er und fuhr in die andere Richtung.

Das machte sie nachdenklich, und so stand sie noch ein paar Minuten am Fenster und blickte auf den menschenleeren Dorfplatz hinaus. Doch gerade, als sie sich endgültig wegdrehen wollte, marschierte jene schwarz gekleidete Frau durch ihr Blickfeld, die sie vor Kurzem schon einmal auf dem Dorfplatz gesehen hatte.

Seltsam, schon wieder die, dachte Hemma. Dann legte sie sich endlich hin.

Am Tag der Blasmusik spielen die Blasmusikkapellen. Am Beichttag geht man beichten. An Feiertagen wird gefeiert. Eigentlich seltsam, dass ausgerechnet am Tag der Arbeit nicht gearbeitet wird. Hemma hatte sich vorgenommen, nach der Messe den restlichen Tag arbeitsfrei zu nehmen, und auch Hubert wollte sein wohlverdientes Wochenende schon einen Tag früher anfangen. Alle in Niederfeld waren also auf einen ruhigen Feiertag eingestellt.

Wirklich alle?

Es war so gegen vier Uhr in der Früh, als ein Wagen so leise wie möglich auf einen der Höfe rund um Niederfeld zurollte. Das Scheinwerferlicht war ausgeschaltet. Circa zweihundert Meter vor dem Hof hielt der Wagen an. Eine Gestalt stieg aus, komplett in Schwarz gekleidet und mit einer ebenfalls schwarzen Wollmütze auf dem Kopf. Aus dem Kofferraum kramte sie eine kleine Tasche hervor. Erst noch ein paarmal kurz umgeblickt – es herrschte absolute Stille, alles schlief. Niemand ahnte etwas von dem teuflischen Plan.

Lautlos bewegte sich die fast unsichtbare Silhouette auf den Hof zu und öffnete ebenso geräuschlos den Riegel des Heuschobers. Der Holzboden ächzte, die nächsten Schritte folgten sehr langsam und vorsichtig. Durch eine weitere Tür ging es zum Geräteschuppen, wo neben einem alten Leiterwagen der Balkenmäher, der Kreiselheuer und der Traktor standen. Aber auch einige Kubikmeter Holzscheiter lagerten hier. Ein idealer Ort für die beabsichtigte Tat.

Das Feuer sollte sich zuverlässig, aber nicht zu schnell ausbreiten. Der Traktor sollte nicht gleich explodieren. Wenn die Menschen es bemerkten, sollte jede Hilfe zu spät kommen.

In der Tasche befanden sich zwei Dosen mit Brandbeschleuniger. Es reichte allerdings, eine halbe Dose über die Holzscheiter zu leeren, gerade so viel, dass die Scheiter weiterbrannten, wenn der Beschleuniger das Seinige getan hatte. Das Heu in der Scheune sollte noch nicht gleich anbrennen, sein Rauch könnte entdeckt werden, noch bevor das Gebälk in Flammen stand, was den Schaden begrenzen würde. Der Plan war gründlich durchdacht, eigentlich sollte nichts mehr schiefgehen.

Schließlich der Griff nach dem Feuerzeug. Schweiß auf der Stirn. Erhöhter Pulsschlag, leichtes Zittern. Der Daumen am Reibrad. Einmal kurz nach unten gedreht, und der Funken entzündet die Butanflamme.

Ja oder nein? Natürlich! Es war ganz einfach. Sobald die Flamme mit dem Brandbeschleuniger in Berührung kam, gab es kein Zurück mehr. Noch zweimal kurz durchgeatmet. Achtung, fertig … und im nächsten Moment standen die Scheiter in Flammen.

Nun begann das Herz erst so richtig zu rasen. Ein letzter Blick bestätigte, dass das Feuer sich so ausbreiten würde wie vorgesehen. Und jetzt nichts wie raus aus der Scheune, nichts wie weg hier vom Hof.

Es war so gegen halb sieben, der Bauer Josef Embacher und seine Frau Hannelore saßen bereits beim Frühstückskaffee. Sie waren trotz des Feiertags früh aufgestanden, schließlich wollten die Tiere gefüttert werden. Und es war Hannelore, die als Erste bemerkte, dass es nach Rauch stank. Doch noch ehe der Josef aufstehen und nachsehen konnte, hörten sie eine heftige Detonation. Den Traktor hatte es derart zerrissen, dass sogar die Dachziegel durch die Luft flogen. Und in diesem Moment standen Schober und Schuppen schon vollständig in Flammen.

Die beiden stürzten aus dem Haus. Und es wurde ihnen augenblicklich klar, dass sie nichts mehr tun konnten. Josef wies Hannelore an, sofort die Feuerwehr anzurufen. Er selbst rannte in den Stall, auf den die Flammen noch nicht ganz übergegriffen hatten, um seine Tiere ins Freie zu treiben. Anders als der Otto hatte er Gott sei Dank noch genug Zeit, um alle seine Viecher zu retten.

In Niederfeld und den umliegenden Gemeinden heulten wieder einmal die Sirenen. Egal, ob sich die Feuerwehrmänner noch im Bett, beim Frühstück oder gerade am Klo befanden, jetzt musste es schnell gehen. Nach wenigen Minuten waren alle, die verfügbar waren, beim Zeughaus eingetroffen. Overall, Stiefel, Helme … im Nu sahen sie wie richtige Feuerwehrleute aus. Und gleich darauf raste der rote Löschwagen mit lautem Folgeton durch das Dorf und weiter zum brennenden Hof.

Hemma und ihr Bruder, der Pfarrer, befanden sich nun in einem Dilemma. Sie war gerade mit den Vorbereitungen für die Messe fertig geworden, er zog sich eben sein Messgewand über und stimmte sich innerlich auf den Gottesdienst ein. Als Hemma zu ihrer Orgel hinaufging, waren etwa zwanzig Menschen in der Kirche versammelt. Doch das änderte sich schlagartig, als die Sirene einsetzte. Die meisten sprangen auf, um die Kirche so schnell wie möglich zu verlassen. Drei alte Frauen blieben jedoch sitzen. Scheiße, dachte Hemma. Wegen den drei derrischen Weibern müssen wir das Ganze jetzt hier durchziehen.

Pepperl, selbst wegen der Sirene wie auf Nadeln, schaffte es, eine seiner kürzesten Messen jemals zu lesen. Die Fürbitten ließ er einfach weg, genau wie die Lesung aus dem Evangelium, die drei Alten hätten sie sowieso nicht verstanden. Bei der Wandlung machte er einen kräftigen Abschneider. Und die Kommunion war an die drei Frauen schnell verteilt.

Kaum hatte der Pfarrer sein Messgewand abgestreift, saß er schon neben Hemma im Kadett. Und los ging es, auf die Rauchwolke zu, die bereits zig Meter hoch am Horizont stand.

Als Hemma und Pepperl bei dem brennenden Hof ankamen, sahen sie, dass Schuppen und Scheune vom Dach bis zur Grundfeste brannten. Am Stall kokelte es bereits am Dach, doch es sah so aus, als ob die Feuerwehr hier noch größeren Schaden verhindern könnte. Der Wohntrakt war unversehrt, er würde wohl bis auf die Wasserschäden verschont bleiben.

Die Situation war ähnlich wie beim letzten Brand. Fritz, der Feuerwehrhauptmann, war voll in seinem Element. Er kommandierte, was das Zeug hielt. Plötzlich war er wieder jemand.

Neben den Feuerwehrleuten versuchten auch viele Männer in Zivil zu retten, was zu retten war. Frauen und Kinder hingegen standen in einem Grüppchen beisammen, zurzeit konnten sie noch gar nichts tun. Neben ihnen befand sich der Vertreter, der diesmal nicht auf seine Uhr blickte. Heute hatte auch er es nicht eilig.

Auch Hubert war anwesend. Hemma sah, wie er ständig auf und ab ging. Am liebsten hätte er gleich den Tatort inspiziert, doch das ging nicht, die Flammen waren noch zu hoch. Hemma ging gleich auf ihn zu.

»Was sagst du jetzt, Hubert? Da glauben alle, das Pyromandl sitzt im Gefängnis. Und trotzdem geht es munter weiter mit der Anzünderei.«

»Ich weiß, Hemma. Aber was soll ich tun? Kannst du dich ein wenig um die Hannelore kümmern? Die macht einen ganz verzagten Eindruck.«

Die Bäuerin stand bei den anderen Frauen. Hemma sah, dass der Frau das Entsetzen über das Geschehen ins Gesicht geschrieben war. Sie ging auf Hannelore zu und wollte sie begrüßen. Aber diese reagierte gar nicht. Auch als Hemma die Hand auf ihre Schulter legte, hob sie nicht einmal den Kopf. Darum versuchte Hemma, die Frau ein wenig aus ihrer Trance zu rütteln.

»Hannelore, hallo. Ich bin es. Die Hemma. Hannelore …!«

Erst jetzt schien die Embacherin aufzuwachen.

»Ja Hemma, grüß dich. Unser Hof brennt …«

»Ja, ich seh, dass euer Hof brennt. Geht es dir nicht gut? Soll ich den Doktor holen?«

Doch Hannelore schaute Hemma nur mit großen Augen an und fragte: »Meinst du, dass der Hubert jetzt auch den Josef einsperrt?«

»Aber was redest du denn? Niemand wird eingesperrt. Alles wird wieder gut.«

Hemma bat zwei der anderen Frauen, der Hannelore ein wenig beizustehen. Es hielt sie nicht mehr, sie wollte gleich mit Hubert besprechen, wie es denn nun weitergehen sollte.

Als Hemma auf ihn zuging, sah sie, dass er sich gerade mit dem Beinhauser Bertl unterhielt, der offenbar die Löscharbeiten kurz unterbrochen hatte, um selbst einen Schluck Wasser zu tanken. Er konnte die Hemma aber nur kurz begrüßen, zurzeit war wirklich jeder Mann gefragt.

»Passt alles, Bertl?«

»Passt, Hemma. Das Taufessen werden wir demnächst nachholen. Aber jetzt muss ich wieder los …«

Hemma merkte, dass Hubert ziemlich angespannt war.

»Es ist echt zum Kotzen«, meinte er. »Mit Sicherheit haben wir den Falschen eingesperrt. Und vom richtigen Feuerteufel fehlt uns noch immer jede Spur.«

»Und was wirst du jetzt machen?«, fragte die Hemma.

»Ich kann jetzt hier gar nichts tun. Ich muss warten, bis die Kriminaler da sind, sie sind eh schon unterwegs.«

»Meinst du, dass die uns helfen können, den Otto freizubekommen?«

Hubert zuckte nur mit den Schultern.

Da kam schon ein dunkelgrauer BMW mit Blaulicht angebraust, aus dem jene beiden Kripobeamten stiegen, die auch schon beim letzten Brand aktiv gewesen waren und schließlich den Otto verhaften ließen. Auch derselbe Schnüffelhund saß wieder im Kofferraum. Hubert ging gleich auf die beiden zu. Und natürlich eilte Hemma ihm nach.

Man sah den Beamten an, dass sie von Hemmas Anwesenheit nicht besonders begeistert waren. Trotzdem begrüßte man sich höflich per Handschlag und dieses Mal mit einem ordentlichen »Grüß Gott, Frau Gruber«.

Als Erstes fragten die Männer, wer denn der Besitzer des Hofes sei, sie wollten ihn gleich einmal befragen. Doch bevor sie ihre Arbeit aufnehmen konnten, meldete sich noch einmal Hemma zu Wort.

»Moment noch. Was ist mit dem Derflinger Otto? Kommt der jetzt frei?«

»Na, automatisch bestimmt nicht. Wir wissen ja noch gar nicht, ob es hier einen Zusammenhang gibt. Außerdem entscheiden das nicht wir, das kann nur die Richterin entscheiden.«

»Dann rufen Sie die Richterin doch gleich einmal an!«, forderte Hemma.

»Entschuldigen Sie schon, erstens haben wir jetzt etwas anderes zu tun. Und außerdem geht das nicht so einfach, noch dazu an einem Feiertag.«

Hubert, der Hemma gut genug kannte, sah natürlich sofort,

dass sie nun einen ziemlichen Kropf bekam. Vorauseilend erklärte er ihr, dass auch er nun nicht wegkönne.

»Was ist wichtiger, ein paar brennende Holzprügel oder ein Mann, der unschuldig im Gefängnis sitzt?«

Da sie nicht sofort die gewünschte Antwort bekam, drehte sie sich einfach um.

»Komm, Pepperl, wir fahren!«

ACHT

Hemma hatte null Verständnis, dass jetzt, wo neuerlich ein Hof abbrannte, nicht sofort alles unternommen wurde, um den Otto zu befreien. Diesen Brand konnte ihm nun wirklich keiner in die Schuhe schieben, der Häfen ist auch dahingehend ein sicherer Ort, dass er als Alibi unumstößlich ist.

Am liebsten wäre Hemma direkt von der Brandstätte weg zum Gefängnis gefahren, sie musste aber noch einen Umweg über den Pfarrhof machen, um dort den Pepperl abzusetzen. In Situationen wie dieser war er nämlich echt nicht zu gebrauchen.

Hemma kannte das Bezirksgericht nur von außen. Auch Gefängniszellen hatte sie nur in Krimis und Fernsehdokumentationen gesehen. Eigentlich wusste sie gar nicht, wie solche Verfahren ablaufen, sie kannte keine Zuständigkeiten, kurz, sie hatte überhaupt keine Ahnung, wie das alles hier funktionierte.

Als sie beim Bezirksgericht ankam, stand sie vor einem verschlossenen Tor. Da es nur einen Klingelknopf gab, drückte sie ihn. Kurz darauf hörte sie ein Surren und stemmte sich gegen die große grüne Holztür.

Sie landete in einem Vorhaus mit einem alten Ziegelgewölbe. Nach zwei Metern war der Raum allerdings vorerst zu Ende. Denn hier stieß sie auf eine dicke Glaswand, die man nur durchschreiten konnte, wenn man sich in den Körperscanner stellte. Da Hemma sich hier so gar nicht zurechtfand, schaute sie sich erst ein wenig um.

Hinter der Glaswand stand ein Mann in Uniform. Der erklärte ihr über ein Mikrofon, dass sie in den Scanner treten müsse. Schlüssel und andere Metallgegenstände, so die weitere Anordnung, solle sie in eine kleine Box legen und durch die kleine Öffnung schieben.

»Und dann muss ich mich da hineinstellen?«

»Wenn Sie hier hereinkommen wollen, bleibt Ihnen nichts anderes über.«

Hemma zögerte erst. Und sie war immer noch skeptisch, als sie in den Glaszylinder stieg. Schließlich, als sich hinter ihr die Tür geschlossen hatte, wurde ihr sogar ein wenig mulmig zumute. Etwa eine halbe Minute lang konnte sie weder vor noch zurück, während der Uniformierte gespannt auf einen kleinen Bildschirm schaute. Permanent fuchtelte sie mit Armen und Händen in dem Versuch, etwas zu verbergen. Bis sich endlich die vordere Tür öffnete und sie die Schleuse passieren konnte.

»Haben Sie mich jetzt ...«

»Bitte?«, antwortete der Uniformierte.

»Haben Sie mich jetzt ... Ich meine, sehen Sie die Leute nackert, die hier durchgehen?«

Da musste der Uniformierte etwas schmunzeln. »Nein, gnädige Frau, ich sehe nur, ob Sie Metallgegenstände an sich tragen. Nacktscanner gibt es in österreichischen Behörden noch nicht. Was kann ich für Sie tun?«

»Sie haben hier einen Gefangenen, Derflinger heißt er, Otto. Und der sitzt erwiesenermaßen unschuldig. Was muss ich tun, damit ich den rausholen kann?«

»Aber wie stellen Sie sich denn das vor? Einfach mitnehmen? Dazu braucht es einen richterlichen Beschluss.«

»Und woher krieg ich den?«

»Sie müssten sich an die Staatsanwaltschaft wenden. Die könnten dann eventuell bei der Richterin einen Enthaftungsbeschluss erwirken. Aber heute, am Feiertag, erreichen Sie da sowieso nichts.«

»Aber Unschuld kennt keinen Feiertag. Kann ich nicht direkt mit der Richterin sprechen?«

»Ja, wie denn? Heute ist niemand da. Sie könnten nach nebenan ins Bezirkskommissariat gehen, aber da wird Ihnen wahrscheinlich auch niemand helfen.«

»Kann ich den Derflinger zumindest besuchen?«

»Sind Sie eine Verwandte? Haben Sie eine Besuchserlaubnis?«

So kam Hemma nicht weiter. Sie verabschiedete sich. Per Knopfdruck öffnete der Uniformierte den Scanner. Gott sei Dank gingen gleich beide Türen auf, und Hemma konnte ungehindert hinausgehen.

Aber aufgeben war Hemmas Sache nicht. Kaum war sie wieder auf der Straße, ging sie zur nächsten Tür hinein und landete im Bezirkskommissariat.

Ein junger Beamter fragte sie, was er für sie tun könne. Auch dem erklärte Hemma die ganze Geschichte. Und weil sie bei ihm ebenfalls auf Granit biss, wollte sie unbedingt den zuständigen Chef sprechen.

»Der könnte doch sicher die Richterin anrufen«, meinte sie. Aber wieder wurde sie nur abgewimmelt.

»Kommen Sie doch am Montag wieder. Heute können wir echt nichts für Sie tun.«

Da stand Hemma nun völlig zerknirscht vor dem Bezirksgericht. Das hatte sie sich wirklich viel einfacher vorgestellt. Da ist es ja schwieriger, einen Gauner hinter Gitter zu bringen als einen Unschuldigen zu befreien, dachte sie. Aber nein, nein und nochmals nein. Sie würde hier nicht wegfahren, ohne den Otto mitzunehmen. Darum griff sie zu ihrem Handy und wählte Huberts Nummer, der bestimmt noch mit den Kriminalern die Brandstätte inspizierte.

»Hallo, ich kann jetzt gerade nicht. Ich bin immer noch am Embacher-Hof mit den Kollegen von der Kripo.«

»Dann frag doch die Kollegen, wie die für den Otto zuständige Richterin heißt.«

»Wie? Moment.« Und an die beiden Kriminaler gerichtet: »Kollegen, wisst ihr, wie die Richterin heißt, die im Fall Derflinger zuständig ist?«

»Das ist die Frau Dr. Gerstlmayer. Wer lässt denn fragen?«

»Dr. Gerstlmayer. Du, ich muss jetzt auflegen. Mach's gut.« Und, wieder an die Kollegen gewandt: »Das war die Hemma.«

»Was? Und der hast du den Namen der Richterin genannt? Scheiße!«

Doch es war zu spät. Hemma wusste nun, wie die Richterin

hieß. Und es war nun ein Leichtes, in dieser kleinen Stadt die entsprechende Adresse herauszufinden.

Die Richterin wohnte in einem barocken Einfamilienhaus am Stadtrand. Mit Vorgärtchen und allem Drum und Dran. Hemma musste schon zweimal durchatmen, bevor sie die Klingel drückte, ganz ohne Schwammerl in den Knien ging die Sache ja nun doch nicht.

»Ja, bitte?« Es war erst einmal eine Männerstimme, die sich über die Sprechanlage meldete.

»Gruber, Grüß Gott. Kann ich die Frau Dr. Gerstlmayer sprechen?«

»Worum geht es denn?«

»Um einen Mann, der unschuldig im Gefängnis sitzt.«

Darauf herrschte vorerst einmal Stille. Hemma wartete zwei Minuten, bis sie erneut die Klingel drückte. Und noch einmal meldete sich die Männerstimme, jedoch schon etwas gereizt.

»Was wollen Sie denn?«

»Da sitzt ein Mann unschuldig im Gefängnis, und ich möchte bitte sofort die Frau Dr. Gerstlmayer sprechen.«

»Hören Sie, erstens ist hier nicht das Büro der Frau Doktor, sondern ihr privater Wohnsitz. Und zweitens hat die Frau Doktor gerade nicht Dienst. Es ist nämlich Feiertag. Kommen Sie doch am Montag in ihr Büro.«

Und wieder wurde es still am anderen Ende der Leitung.

Nein, dachte Hemma, nicht mit mir. Nun klingelte sie Sturm, so lange, bis die Haustür aufging und der Mann heraustrat.

»Was wollen Sie noch? Soll ich die Polizei rufen?«

»Kein Problem«, antwortete Hemma. »Wenn Ihre Frau berühmt werden möchte, kann sie das gerne haben. Schon am Montag wird sie auf den Titelblättern sämtlicher Zeitungen zu sehen sein. Unschuldiger im Gefängnis, weil Richterin am Feiertag nicht gestört werden will, wird dort stehen. Möchten Sie das?«

Plötzlich tauchte die Richterin auf. »Lass gut sein, Günther, ich regle das schon.« Die Richterin ging vor bis zur Gartentür, die sie vorerst aber nicht öffnete.

»Wer sind Sie und was wollen Sie?«

»Ich heiße Hemma Gruber. Messnerin und Organistin drüben in Niederfeld.«

»Ah, von dieser Hemma habe ich schon gehört. Gruber, sagten Sie? Ich dachte, die heißt Thom!«

»Nein, Gruber, Frau Doktor. So habe ich immer schon geheißen«, antwortete Hemma etwas mürrisch. Immer dieses verdammte Hemma Thom. »Frau Doktor, Euer Gnaden, vielleicht haben Sie es schon mitgekriegt, in Niederfeld ist heute früh wieder ein Hof abgebrannt. Bei uns geht noch immer ein Feuerteufel um. Der Mann, den Sie eingesperrt haben, kann es also nicht gewesen sein. Er ist unschuldig. Und ich bitte Sie, dass Sie ihn unverzüglich freilassen.«

Die Richterin blickte etwas skeptisch. Schließlich drückte sie den Türöffner und bat Hemma, einzutreten.

»Sie sind doch die Frau, die den letzten Mord in Niederfeld mehr oder minder im Alleingang aufgeklärt hat.«

»Na ja, das war schon zusammen mit dem Gruppeninspektor Güntschl. Aber der verlässt sich halt gerne ein wenig auf meine Intuition.«

»Aha. Und Ihre Intuition sagt Ihnen, dass der Dings ... Na, wie heißt er ...?«

»Derflinger!«

»Genau. Dass der Derflinger nicht der Feuerteufel von Niederfeld ist?«

»Hundertprozentig nicht. Die Kriminaler haben ihn bestimmt nur mitgenommen, weil sie dringend einen Erfolg vorweisen mussten.«

»Das ist eine harte Anschuldigung!«

»Wurscht. Seit vier Wochen unschuldig im Gefängnis zu hocken ist noch viel härter.«

»Dass es heute schon wieder gebrannt hat, passt natürlich überhaupt nicht in die Geschichte«, sagte die Richterin nachdenklich. »Aber hundertprozentig entlastet ihn das auch nicht.

Was, wenn es gar keinen Feuerteufel gibt, wenn die Brände von verschiedenen Tätern gelegt worden sind?«

»Selbst wenn es so wäre, dann heißt das noch immer nicht, dass der Derflinger einer von den vier Tätern ist. Ich kenne ihn persönlich sehr gut. Ihm hat es das Herz gebrochen, als er gesehen hat, wie ein paar von seinen Viechern verbrannt sind. Er hat sein Leben dafür eingesetzt, um sie zu retten. Der Gruppeninspektor Güntschl hat ihn mit Gewalt zurückhalten müssen, dass er nicht noch in den Stall gerannt ist, als schon die ersten Balken zu Boden gefallen sind. Glauben Sie mir: nie und nimmer.«

Hemma konnte sehen, wie die Richterin immer nachdenklicher wurde.

»In Wirklichkeit haben Sie doch kaum Beweise. Fingerabdrücke auf einer Dose Brandbeschleuniger. Er hat doch erklärt, wie die draufgekommen sind. Das kann wirklich kein Beweis sein.«

»Ich werde darüber nachdenken. Kommen Sie doch am Montag noch einmal in mein Büro.«

Hemmas Gesicht erstarrte bei dieser Aussage.

»Ist Ihnen klar, was Sie da machen?«, sagte sie. »Glauben Sie, der sitzt eh schon vier Wochen, da kommt es auf zwei, drei Tage auch nicht mehr an? Jede Stunde, die er gefangen ist, ist eine bittere Qual für ihn. Und für seine Frau und für die Kinder genauso.«

Nun sah Hemma, wie die Richterin langsam weich wurde.

»Eines noch, Frau Richterin. Sie haben es selbst gesagt, ich habe einen guten Instinkt, auf den ich mich verlassen kann. Vielleicht wird es in Niederfeld noch einmal brennen. Geben Sie mir jetzt den Otto. Und ich verspreche Ihnen, dass ich Ihnen spätestens nach dem nächsten Brand den richtigen Täter serviere.«

Die Richterin verzog ein wenig die Mundwinkel. Sie sah Hemma nun tief in die Augen.

»Wehe, Sie lügen mich an!«

»Ich bin die Schwester des Pfarrers, seine Haushälterin, Organistin, Messnerin …«

»Wenn Sie jetzt sagen, dass Sie deswegen zu keiner Lüge fähig wären, lügen Sie.«

Da lächelte Hemma. Sie wusste, dass sie gewonnen hatte. »Wie machen wir es nun?«

»Fahren Sie wieder rüber zum Gefängnis. Und warten Sie dort auf Ihren Schützling. Ich werde inzwischen bei denen anrufen, das wird dann schon klappen. Die Formalitäten regle ich dann am Montag.«

Während Hemma zu Beginn des Gesprächs als kleine Bittstellerin vor der großen Richterin gestanden hatte, verabschiedete sie sich jetzt auf Augenhöhe.

»Und Sie liefern mir den Feuerteufel!«, rief die Richterin ihr noch nach, als Hemma bereits ins Auto stieg.

»Alles klar. Versprochen ist versprochen.«

Zehn Minuten später klingelte Hemma wieder am Tor des Bezirksgerichts. Der Uniformierte schmunzelte, als er Hemma sah. Offensichtlich war er von der Richterin bereits instruiert worden. Damit hatte er wohl nicht gerechnet, dass die Hemma sich mit ihrem Anliegen durchsetzen würde. Noch dazu am Feiertag.

»Möchten Sie wieder hereinkommen?«, fragte die Stimme, die synchron zu den Lippen des Beamten ertönte, aber aus dem kleinen Lautsprecher drang.

»Muss ich dann wieder in den Glaszylinder? Irgendwie traue ich dem Gerät nicht so ganz.«

Da drückte der Wachmann einen Knopf, und beide Türen des Scanners schoben sich auf. Hemma trat durch. So einfach konnte es gehen.

»Wissen Sie schon Bescheid, dass ich den Derflinger Otto mitnehmen werde?«

»Die Richterin hat uns verständigt. Er packt gerade seine Sachen. Ein paar Formulare müssen noch ausgefüllt werden, dann ist er frei.«

So setzte sich Hemma auf eine Besucherbank. Und es dauerte noch eine geschlagene halbe Stunde, bis eine Tür aufging und Otto endlich auf sie zueilte. Im ersten Moment schien er gar nicht zu wissen, wie ihm geschah.

»Hemma, du? Man hat mir nur gesagt, dass ich abgeholt werde. Aber nicht von wem. Hemma!«

Und sofort kam es zu einer festen und ausdauernden Umarmung. Otto konnte sein Glück gar nicht fassen. Immer wieder drückte er die Hemma an sich. Und allmählich rollten ihm auch einige Tränen über die Wangen.

»Komm, Otto, verlieren wir keine Zeit. Warst eh lang genug da.«

Beim Rausgehen wies der Beamte noch darauf hin, dass der Otto sich für die Polizei zur Verfügung halten müsse. Aber viel Aufmerksamkeit erzielte er nicht mehr. Hemma und Otto waren schneller weg, als er sich vorstellen konnte.

Im Auto herrschte Hochstimmung, Otto juchzte und jaulte, schrie, lachte und tobte. Es musste ein unbändiges Gefühl für ihn sein, endlich wieder die Freiheit zu spüren. Und Hemma freute sich einfach mit dem Otto mit.

Zum ersten Mal seit vier Wochen schaltete er auch sein Handy wieder ein, das ihm abgenommen worden war und das er gerade zurückbekommen hatte.

»Ich rufe gleich die Gerlinde an, dass wir auf dem Weg sind.«

»Warte lieber«, meinte jedoch die Hemma. »Willst du sie nicht überraschen?«

»Wieso? Weiß sie denn nicht, dass ich nach Hause komme?«

»Aber woher denn? Niemand weiß etwas. Das war eine Spontanidee von mir. Hätte übrigens auch leicht schiefgehen können.«

»Mensch, Hemma, du bist echt ein Wahnsinn. Na, die Gerlinde und die Kinder werden Augen machen. Wahnsinn!«

Auf dem Nachhauseweg redete Otto unentwegt über seine Gerlinde. Was für eine tolle Frau sie sei, wie sie sich liebevoll um alles kümmere, wie herrlich sie kochen könne. Und weil Otto voll in seiner Euphorie war, wollte er Hemma unbedingt auch noch erzählen, wie er sich in sie verliebt hatte.

»Weißt du, da haben wir einen ganzen Abend miteinander getanzt. Und ich habe mir die ganze Zeit gedacht, dass mir die gefallen würde. Dann sind wir Arm in Arm vom Jägerball nach Hause gegangen, also zu ihr nach Hause, ich habe sie nämlich heimgebracht. Und beim Verabschieden haben wir das erste Mal miteinander geschmust. Und du glaubst es nicht: Ich habe noch nie eine Frau erlebt, die so wunderbar geschmust hat. Ich habe gar nicht gewusst, dass man so gut schmusen kann.«

Und dieser blöden Kuh, dachte Hemma, bringe ich jetzt auch noch den Mann heim. Die hat das gar nicht verdient. Deppertes Hendl. Ich hab gar nicht gewusst, dass man so gut schmusen kann, äffte sie den Otto in Gedanken nach. Es war kein Laut von ihr zu hören, aber das Gesicht verbog sie dabei ordentlich.

Auf Ottos Hof war ebenfalls Feiertag, das hieß, dass weit und breit niemand arbeitete. Das Gebäude lag größtenteils noch in Schutt und Asche. Otto sah als Erstes, wie viel Arbeit da noch auf ihn zukam, seine Vorfreude auf seine Familie wurde dadurch aber keineswegs getrübt.

»Komm doch mit rein«, forderte Otto die Hemma auf. »Willst du nicht Gerlindes Gesicht sehen?«

»Das ist jetzt eure Privatangelegenheit«, meinte Hemma. »Ich schaue am Montag einmal bei euch vorbei.«

»Ja, unbedingt. Und, Hemma: Danke für alles.«

»Keine Ursache.«

Sie sah noch, wie Otto zur Haustür hineinging. Dann stieg sie aufs Gas.

NEUN

Der erste Mai war ja nur der Anfang des verlängerten Wochenendes. Es folgten noch der Samstag und der Sonntag, zwei Tage, die von Hemma und Hubert auch zu entspannten Ausflügen in die Kellergasse genutzt wurden. Das Wetter war nämlich so prächtig, dass sie über Alternativen gar nicht erst nachgedacht hatten.

Wieder geschah es, dass man mit einigen Leuten aus dem Dorf bei einem Glas Veltliner beisammensaß. Das Hauptgesprächsthema war diesmal Hemmas Befreiungsaktion, alle wollten von ihr wissen, wie sie es geschafft hatte, den Otto aus dem Bau zu holen.

Hemma genoss es natürlich, dass ihr wieder einmal alle auf die Schultern klopften.

»Aber leider weiß noch niemand, wer nun wirklich das Pyromandl ist, stimmt's, Hubert?« Dies war ein kleiner Seitenhieb Hemmas, weil Hubert ihr bei der Befreiung nicht behilflich gewesen war. Hubert zuckte nur etwas resigniert mit den Schultern.

Anwesend war auch wieder Fritz, der Feuerwehrhauptmann. Und weil die Rede von den Bränden war, fühlte er sich bemüßigt, möglichst viel von seinem Senf dazuzugeben.

»Ich hab ja immer gewusst, dass der Otto unschuldig ist. Ich verstehe überhaupt nicht, Hubert, wie ihr auf die Idee gekommen seid!«

»Aber hallo«, fuhr nun gleich die Hemma auf. »Das hat sich aber unlängst noch ganz anders angehört. Du warst doch der Erste, der den Otto vorverurteilt hat.«

»So ein Blödsinn …!«

»Was? Du hast doch beim Begräbnis der alten Maierhoferin zur Gerlinde gesagt, dass du nicht verstehst, wie ihr der Otto das antun konnte. Erst warst du am meisten von Ottos Schuld überzeugt. Und jetzt sagst du, dass du schon immer gewusst hast, dass er unschuldig ist. Ich glaube, du solltest dich allmählich entscheiden.«

»Was ist denn heute mit dir los?«, wollte nun der Hubert wissen. »Warum bist du denn so angriffslustig?«

»Na, weil's wahr ist. Außerdem will ich jetzt heim. Kommst du mit, Hubert?«

Daran bestand wohl kein Zweifel. So bezahlten sie ihre Rechnung und machten sich zu Fuß auf den Weg in den Ort.

»Warum bist du denn wirklich so gereizt auf den Fritz? Gibt es da noch etwas?«

»Ich fand sein Benehmen total daneben. Aber was anderes ist da tatsächlich noch. In der Nacht nach dem Leichenschmaus, also in der, als es beim Embacher gebrannt hat, da habe ich noch aus dem Fenster beobachtet, wie der Fritz in sein Auto gestiegen ist. Und ich habe gesehen, dass er bewusst nicht nach Hause gefahren ist, sondern genau in die andere Richtung. Und du weißt, was in der anderen Richtung ist: der Embacher-Hof.«

»Das ist aber komisch. Warum hast du mir denn davon nichts gesagt?«

»Weil das noch kein Beweis ist. Es ist höchstens ein Verdacht. Aber wenn man drüber nachdenkt: Erstens hat der Fritz sofort den Otto vorverurteilt. Und zweitens ist es ja so, dass Feuerteufel oft selber bei der Feuerwehr sind. Das ist überhaupt nichts Ungewöhnliches, im Gegenteil, das kommt schon öfter einmal vor.«

»Na ja, unlogisch wäre das ja nicht. Aber es kommt noch ein Drittens hinzu. Nämlich, dass du den Fritz einfach nicht magst.«

»Das spielt doch überhaupt keine Rolle. Außerdem sag ich ja nicht, dass er es war. Ich sage nur, dass er sich verdächtig macht. Übrigens habe ich der Richterin versprochen, dass wir ihr bald den Feuerteufel liefern werden. Wir müssen da jetzt so richtig dranbleiben. Jede Spur kann zum Ziel führen. Wollen wir uns den Fritz nicht doch morgen einmal ein wenig zur Brust nehmen?«

Inzwischen waren sie vor dem Pfarrhof angekommen. Hubert sah sich noch kurz um, ob eh niemand in der Nähe war. Dann gab er Hemma zum Abschied noch links und rechts ein Busserl auf die Wange.

»Wann hast du denn morgen Zeit? Wir könnten ihn ja einmal ein wenig befragen. Befragen kostet ja nichts.«

Gleich nachdem am nächsten Morgen die Messe gelesen und das Frühstücksgeschirr weggeräumt waren und der Pfarrer zur Schule hinüberging, um seine erste Religionsstunde zu halten, schwang sich Hemma aufs Fahrrad und fuhr hinüber zum Polizeiposten. Traditionsgemäß murmelte sie nur ein »Guten Morgen«, als sie die Wachstube betrat, und ging schnurstracks auf Huberts Büro zu, wo sie wie immer ohne zu klopfen eintrat. Hubert las noch seine Zeitung und hielt ein Kaffeehäferl in der Hand. So richtig eilig hatte er es um diese Zeit noch nicht.

»Morgen!«

»Morgen. Gut geschlafen? Ja? Dann gehen wir es gleich an!«

Hubert nahm noch einen letzten, kräftigen Schluck Kaffee, zog seine Jacke an und meinte: »Wo finden wir den Fritz überhaupt? Wir wissen ja gar nicht, wo er gerade arbeitet.«

Aber dafür genügte ein kurzer Anruf im Gemeindesekretariat, wo Hubert erfuhr, dass der Fritz an diesem Tag im Freibad beschäftigt war. In drei Wochen sollte ja die Badesaison wieder losgehen.

Als Hemma und Hubert dort ankamen, fanden sie Fritz im großen, leeren Schwimmbecken vor. Er war gerade dabei, den Boden zu schrubben. Man begrüßte sich freundlicher, als man sich am Vortag verabschiedet hatte. Und schon begann der Fritz, sich über Hemmas Angriffe in der Kellergasse zu beklagen.

»Ich verstehe überhaupt nicht, was da gestern mit dir los war. Wieso hast du dich denn so aufgeführt?«

»Weil es mich einfach genervt hat, wie die Leute über den Otto geredet haben. Und du warst einer davon.«

»Halt, stopp!«, fuhr Hubert nun dazwischen. »Deshalb sind wir nicht da. Fritz, wir müssen nun einfach jeden befragen. Wenn wir nicht bald draufkommen, wer hier die Brände legt, dann zündet der uns noch die ganze Gegend an. Also fangen wir mit dir an. Wo warst du denn in der Nacht von Donnerstag auf Freitag? Spät in der Nacht?«

»Na, zu Hause im Bett. Aber so wirst du nicht weiterkommen. Das wird dir wahrscheinlich jeder sagen.«

»Gut. Zeuge?«

»Meine Frau. Aber das wird dir wahrscheinlich auch jeder sagen.«

»Wann bist du denn nach Hause gekommen?«, wollte nun die Hemma wissen.

»Ah, hat dich der Hubert wieder einmal zum Hilfssheriff ernannt. Aber das kennen wir ja eh schon. Also, gleich nach dem Leichenschmaus bin ich nach Hause gefahren.«

»Wer lügt, Fritz, macht sich verdächtig«, erwiderte nun Hubert wieder. »Die Hemma hat gesehen, dass du nicht gleich nach Hause gefahren bist, sondern in die andere Richtung. Zufällig dorthin, wo der Embacher-Hof liegt.«

Da blickte der Fritz die Hemma etwas ratlos an.

»Spionierst du mir nach, Hemma?«

»Nein, Fritz, ich stand halt am Fenster und habe es zufällig gesehen. Wo bist du denn hingefahren?«

»Ehrlich gesagt … mir war halt klar, dass es bald wieder brennen würde. Wenn nicht der Otto der Brandstifter war, dann eben ein anderer. Aber ich wusste ja, dass der nächste Brand unmittelbar bevorstand. Und da hab ich mir gedacht, schaust halt einmal ein wenig herum in der Gegend. Vielleicht fällt dir was auf.«

»Und dann bist du direkt zum Embacher-Hof gefahren? Das klingt schon ein wenig ungewöhnlich, findest du nicht?«, fragte nun wieder der Hubert.

»Ich bin nicht direkt zum Embacher-Hof gefahren. Ich bin mehrere Höfe abgefahren. Der Embacher war schon auch dabei. Aber aufgefallen ist mir zu dem Zeitpunkt noch nichts.«

Hemma war nur noch skeptisch. »Sag einmal«, meinte sie, »wieso hast du gedacht, dass es nun bald wieder brennen müsste?«

»Aber ist euch nicht aufgefallen, dass es immer am Ersten brennt? Erster Februar der Raimund, erster März der Schorsch. Und jetzt wieder am ersten Mai der Josef. Nur beim Otto hat es am Vierten gebrannt.«

Hemma und Hubert sahen sich fragend an.

»Haben das die Kriminaler nicht gemerkt?«, wiederholte der Fritz. »Das hat doch ein System!«

»Wir haben schon von regelmäßigen Abständen gesprochen. Aber so genau haben wir das noch nie betrachtet. Warum hast du uns denn davon nichts gesagt, Fritz?«

»Na, erstens hat mich keiner gefragt. Und dann hab ich mir schon gedacht, dass die Kriminaler das mitkriegen. Ich meine … wozu haben die ihre Ausbildung?«

Hemma und Hubert verabschiedeten sich und verließen das Freibad. Eigentlich war es beiden ein wenig peinlich, dass sie nicht selbst draufgekommen waren, dass die Brände einen so exakten Rhythmus hatten.

»Und was hältst du jetzt vom Fritz?«, wollte Hubert noch wissen.

»Na ja, das könnte schon alles stimmen. Andererseits denkt sich jeder Täter eine Geschichte aus, um von sich abzulenken. Das liegt in der Natur der Sache. Aber eigenartig kommt mir das Ganze allemal vor«, überlegte Hemma. »Immer am Ersten. Nur im April am Vierten, warum da nicht am Ersten?«

Da holte der Hubert sein Handy aus der Tasche und öffnete den Kalender. »Der erste April war ein Mittwoch. Ein ganz normaler Arbeitstag. Sicher auch für Pyromandl …«

Am Nachmittag hatte sich Hemma vorgenommen, wie versprochen bei Gerlinde und Otto vorbeizuschauen. Irgendwie zögerte sie aber ein wenig, ins Auto zu steigen. Darum musste sie sich nun selbst bei der Nase nehmen und sich zureden, dass es überhaupt keinen Grund gab, auf die Gerlinde eifersüchtig oder gar böse zu sein. Nur weil jetzt gleich zwei Männer behauptet hatten, dass sie besser schmuste als jede andere, machte sie das weder schlechter noch unsympathischer. Alles, was sich diesbezüglich in Hemmas Kopf abspielte, hing ausschließlich mit ihr selbst zusammen, Gerlinde konnte man da überhaupt keine Schuld geben.

So rührte sie gleich nach dem Mittagessen den Teig für einen Guglhupf an, den sie als Gastgeschenk mitbringen wollte. Gleich, nachdem sie ihn aus dem Rohr gezogen hatte, schob sie ihn in ein Papiersackerl und fuhr damit zu den Derflingers hinüber.

Gerlinde machte ein derart erfreutes Gesicht, als Hemma zur Tür hereinkam, dass sofort jeder negative Gedanke an sie verflogen war. Sie herzte und umarmte die Hemma, legte beide Arme um ihren Bauch – höher kam sie nicht hinauf – und drückte die Hemma, so fest sie nur konnte.

Auch der Otto war in der Stube, auch er umarmte die Hemma, nachdem die Gerlinde sie wieder freigegeben hatte. Auch er floss über vor Glück.

Doch da war noch ein weiterer Gast anwesend: Der Beinhauser Bertl saß mit einem Häferl Kaffee in der Hand am Küchentisch. Als Hemma hereinkam, stand er auf, um sie dann ebenfalls zu begrüßen. Und höflich, wie er war, meinte er schließlich: »So, Otto, wir haben eh alles besprochen.« Und mit Blick auf die Hemma sagte er: »Ich geh jetzt, ich will nicht mehr weiter stören.«

»Also, mich störst du nicht«, entgegnete ihm die Hemma. Aber da stapelte der Bertl bereits seine Unterlagen aufeinander, verabschiedete sich von allen und ging aus der Stube.

»Schaut«, sagte Hemma, »ich habe euch einen Guglhupf mitgebracht.«

»So was«, meinte darauf die Gerlinde, »ich hab auch einen gebacken. Essen wir halt von jedem ein Stück, dann können wir sie vergleichen.«

So setzten sich alle an den Tisch, Kaffee wurde eingeschenkt, Kuchen wurde ausgeteilt, aber dabei verging nicht eine Sekunde, in der die Gerlinde nicht von ihrem Glück erzählte, dass der Otto wieder bei ihr war.

»Wie war es denn da im Gefängnis?«, wollte die Hemma nun vom Otto wissen. »Hält man das überhaupt aus?«

»Du kannst dir das überhaupt nicht vorstellen. Eigentlich hält man es schon nach einem Tag nicht mehr aus. Aber was willst du machen, du musst es aushalten, du kannst ja nichts dagegen tun. Das Einzige, was mir Mut gemacht hat, war die Tatsache, dass ich unschuldig bin. Irgendwann, da war ich mir sicher, muss ja die Wahrheit ans Licht kommen. Ja, und natürlich hat mir die Gerlinde Hoffnung gegeben. Ich habe gewusst, dass sie zu Hause auf mich warten wird. Irgendwann, habe ich mir gedacht, werde ich sie wieder ganz fest umarmen.«

Und kräftig mit ihr schmusen, dachte die Hemma. Sagen tat sie es aber nicht.

Otto erzählte noch einige Zeit ungebremst von seinen vier Wochen im Bau, und zwischendurch warf Gerlinde auch ihre Geschichten ein. Für sie war diese Zeit ja ähnlich schwierig gewesen, mit dem Riesenunterschied, dass sie sich frei bewegen konnte.

Es dauerte fast zwei Stunden, bis Hemma aufstand, um sich allmählich zu verabschieden. Aber bevor sie endgültig ging, kam sie noch auf den Besuch von Bertl zu sprechen.

»Hat er eh alles regeln können mit der Feuerversicherung?«

»Das ist nicht ganz so einfach«, meinte der Otto. »Ich bin zwar jetzt frei, aber das Verfahren gegen mich ist noch nicht offiziell eingestellt. Solange das nicht geschehen ist, will die Versicherung nichts auszahlen. Aber jetzt mach ich mir da keine Sorgen mehr, das ist nur noch eine Frage der Zeit. Und dann kommt das Geld, mit dem wir alles wieder aufbauen können.«

»Zum Glück haben wir aber auch noch die Lebensversicherung von meiner Mutter«, setzte Gerlinde nun fort. »Der Bertl hat uns gesagt, dass wir jetzt hundertfünfzigtausend Euro bekommen. Ich bin so froh, dass er uns allen diese Lebensversicherung eingeredet hat. Man kann ja echt nie wissen …«

»Das ist ja richtig viel Geld«, meinte nun die Hemma wieder. »Wenigstens kommt bei allem Unglück, das ihr in der letzten Zeit gehabt habt, noch richtig Zaster ins Haus. Gratuliere!«

»Dabei hätte es durchaus noch mehr sein können«, sagte der Otto nun etwas wehmütig. »Aber Gerlindes Mutter hat noch einmal so richtig den Sack der Wohlfahrt ausgeschüttet. Stell dir vor, fünfzigtausend Euro hat sie gespendet. Eigentlich ein Wahnsinn. Auch die hätten wir noch gut brauchen können.«

»Was? Fünfzigtausend? Das ist ja verrückt. An wen hat die so viel Geld gespendet?«

»Offenbar an ein Krankenhaus in Kolumbien«, erklärte ihr die Gerlinde. »Keine Ahnung, wie sie auf das gekommen ist.«

Es wunderte nicht, dass Hemma diese noble Spende etwas seltsam fand. Gut, wenn man viel hat, kann man auch viel spenden. Aber gleich so viel? Und für ein Projekt, von dem keiner so richtig etwas weiß? Sehr merkwürdig, dachte Hemma. Dann verabschiedete sie sich mit großer Herzenswärme und engen Umarmungen. Schließlich stieg sie in ihren Kadett.

Als Hemma zurückkam nach Niederfeld, war es schon früher Abend. Die Tage hatten aber mittlerweile wieder eine erfreuliche Länge erreicht, und die Luft war immer noch lau. Der Mai war eben wirklich einer der angenehmsten Monate.

Bevor sie nach Hause ging, machte sie noch einen kleinen Abstecher in den Dorfsupermarkt. Ihr fiel nämlich ein, dass sie den Pepperl in letzter Zeit doch etwas vernachlässigt hatte. Und das wollte sie nun gutmachen, indem sie ihn nicht nur mit Essen versorgte, sondern ihm wieder einmal etwas richtig Gutes kochte.

Sie erinnerte sich, dass sie ihren Bruder einmal mit einem Huhn mit Gorgonzolasoße und gebackener Birne sehr beeindruckt hatte. Damit wollte sie ihn auch an diesem Abend beglücken. Und das gelang ihr so vorzüglich, dass der Pepperl nach dem Abendessen nicht gleich aufstand, um sich vor den

Fernseher zu setzten, sondern für sich und Hemma noch ein Glas Veltliner einschenkte und damit Bereitschaft für ein Plauderstündchen andeutete.

»Du bist ja jetzt die große Heldin hier in Niederfeld, seit du es geschafft hast, den Derflinger aus dem Gefängnis zu holen.«

»Der hat mir schon sehr leidgetan. Und die Gerlinde erst recht. Ich konnte gar nicht anders, als ihn rauszuholen. Dazu kommt, dass die Kriminaler ja wirklich kaum handfeste Beweise gegen ihn hatten. Nur ein paar Fingerabdrücke. Aber offensichtlich waren die schon ziemlich unter Zugzwang. Wenn sie monatelang keinen Verdächtigen haben, stehen sie natürlich ziemlich blöd da. Aber deswegen gleich einen Unschuldigen einzusperren, das ist schon arg.«

»Denen ist es eben völlig egal, ob sie jemandem wehtun oder ihn ungerecht behandeln. Solche Leute gibt es leider. Habt ihr in der Zwischenzeit schon jemand anderen in Verdacht?«

»Der Hubert und ich machen uns so unsere Gedanken. Aber etwas Handfestes haben wir noch nicht. Wo ich mir aber sicher bin, ist, dass der Feuerteufel unmittelbar aus der Umgebung stammt. Der sitzt mitten unter uns. Vielleicht habe ich sogar schon mit ihm Karten gespielt, bestimmt hat er schon öfters bei dir gebeichtet. Da kann man wirklich Zustände kriegen, wenn man sich das vorstellt.«

»Und hast du schon jemand Konkreten in Verdacht?«

Aber darauf wollte sich die Hemma nicht einlassen. Davon, dass jemand unschuldig verdächtigt wurde, davon hatte sie genug. Darum zog sie sich die Arbeitsschürze über und ging in die Küche, um das Geschirr zu verräumen.

Als sie wieder zurückkam, saß der Pepperl in seinem Lehnstuhl und blätterte noch einmal die Tageszeitung durch, die er eigentlich schon morgens studiert hatte.

»Das ist interessant«, meinte er, ohne aufzuschauen. »Das ist aber sehr interessant!«

»Was denn, Pepperl?«

»Du kennst doch die ISS. Die internationale Raumstation.«

»Na sicher. Was ist mit der?«

»Da steht, dass sie nächsten Montag über Niederfeld fliegen wird. Und zwar so tief, dass man ihr zuwinken kann. Das ist interessant!«

»Ja, das ist wirklich interessant.«

ZEHN

Wenige Tage später wurde Hemma von einem Anruf überrascht. Es war der Beinhauser Bertl, der die Hemma nur ganz selten anrief. Höchstens, wenn wieder einmal eine Taufe vorzubereiten war.

»Hallo, Hemma, könnten wir uns kurz einmal treffen? Ich müsste dich dringend was fragen.«

»Natürlich, der Pepperl ist eh für die nächsten zwei Stunden im Religionsunterricht. Magst du auf einen Kaffee vorbeischauen?«

Darauf konnte man sich sofort einigen.

Es dauerte keine Viertelstunde, bis es an der Pfarrhoftür klingelte und der Bertl etwas blass davorstand.

Hemma führte ihn gleich ins Wohnzimmer, wo bereits zwei Tassen und eine dampfende Kanne auf dem Tisch warteten. Sie bot ihm an, sich zu setzen, schenkte die Tassen voll und wollte sofort auf das Wesentliche kommen.

»Erzähl schon, Bertl. Was betrübt dich?«

»Ich wollte es dir ja schon unlängst erzählen, als wir uns bei der Gerlinde getroffen haben. Aber ich habe mir gedacht, die Gerlinde hat eh so viele Sorgen, da will ich sie mit meinen nicht auch noch belasten.«

»Das ist nett von dir. Also, was ist passiert?«

»Es geht um meine Mutter. Stell dir vor, Hemma, seit einer Woche ist sie schwer krank. Sie liegt nur im Bett und schläft die halbe Zeit. Und die andere Zeit wirkt sie wie im Vollrausch und phantasiert nur dummes Zeug. Nur Bettgeschichten und so. So richtig pornografischen Stuss.«

»Oje, so was hab ich schon einmal gehört.«

»Eben. Ich glaube auch, dass sie dasselbe hat wie die Schneiderin und die Maierhoferin. Bei denen war es genauso. Die haben ja auch die wildesten Geschichten erzählt, was mir ja wurscht wäre, wenn nicht gerade Leute zu Besuch sind. Aber wie wir wissen, sind die beiden anderen nach wenigen Wochen gestorben.«

»Und jetzt fürchtest du, dass es deiner Mutter genauso ergehen könnte!«

»Ja, sicher. Sie hat dieselben Symptome wie die andern. Und die haben es gerade einmal vier Wochen geschafft.«

»Ich verstehe, dass du dir Sorgen machst. Das ist ja schrecklich. Was sagt denn der Arzt?«

»Das ist ja gerade mein Problem. Meine Mutter war ja mit dem Dr. Meindl immer sehr gut. Ab und zu ist er sogar auf einen Kaffee zu ihr gekommen, da haben sie halt miteinander getratscht. Aber meine Frau, die Luise, ist sehr eng mit der Schneider Leni befreundet. Und die Leni kann sagen, was sie will, die Luise glaubt ihr jedes Wort. Sie glaubt auch, dass die Leni eine große Heilerin ist, und meint, ich müsste ihr vertrauen, sie sei die Einzige, die meiner Mutter helfen kann.«

»Und was meinst du?«

»Ich denke, dass die Leni eh eine ganz nette Person ist. Aber von Heilen versteht sie bestimmt nichts. Also ich würde nie zu ihr gehen, wenn ich was Ernstes hätte.«

»So würde ich das auch sehen. Aber selbst wenn die Leni glaubt, dass sie deiner Mama helfen kann, es würde ja nicht schaden, wenn der Dr. Meindl trotzdem einmal vorbeischauen würde.«

»Da sind die beiden strikt dagegen. Sie halten den Dr. Meindl für einen absoluten Pfuscher. Und für einen Angeber, der herumprotzt, nur weil er der Gemeindearzt ist. Die Leni geht sogar so weit, dass sie behauptet, die Schneiderin und die Maierhoferin könnten noch leben, wenn ihr der Dr. Meindl nicht ins Handwerk gepfuscht hätte.«

»Na servus, die traut sich was. Dabei hat sich der Dr. Meindl eh kaum um die beiden Frauen gekümmert. Während die Leni dauernd bei ihnen aufgetaucht ist. Und was meinst du, was nun ich für dich tun könnte?«

»Ich weiß es auch nicht so genau. Ich hätte gehofft, dass du da vielleicht eine Idee hast?«

»Was würde denn passieren, wenn du den Dr. Meindl einfach einmal holen würdest?«

»Ich glaube, dass die Luise dann fuchsteufelswild auf mich wäre. Bei solchen Sachen verlangt sie immer absolute Solidarität von mir. Sie wäre tief getroffen, wenn ich hinter ihrem Rücken so etwas machen würde.«

»Blöde Geschichte. Kümmert sich eigentlich sonst noch wer um deine Mutter?«

»Na, wer glaubst du wohl? Die Narrische Nani war immer schon sehr gut mit meiner Mama, die hat sie auch immer wieder auf einen Kaffee besucht. Da lässt sie es sich jetzt natürlich nicht nehmen, jeden Tag ein bis zwei Mal vorbeizuschauen. Umgekehrt muss ich sagen, dass sie die Mama auch wirklich ausgezeichnet pflegt. Die hat da schon ein ganz besonderes Händchen …«

»Es sind immer dieselben im Spiel. Das kann doch einfach kein Zufall mehr sein.«

»Wie bitte? Wie meinst du das?«

»Ich meine eh nichts.« Hemma fand es noch zu früh, einen Verdacht zu äußern. »Aber eigenartig ist die Sache allemal. Sei's drum. Ich werde mir auf jeden Fall überlegen, wie wir den Doktor miteinbeziehen können, ohne dass du Ärger bekommst.«

Hemma versprach Bertl, die Sache vorrangig zu behandeln, wofür Bertl ihr sehr dankbar war. Morgen, versprach sie, würde sie ihn anrufen.

Eigentlich war Hemma selbst nicht gerade von Dr. Meindls ärztlichen Qualitäten überzeugt. In einer Hinsicht hatte die Leni bestimmt recht: Rumprotzen war dem Doktor mit Sicherheit wichtiger als die Gesundheit seiner Patienten.

Vielleicht war dies auch der Grund, warum der Dr. Meindl überhaupt noch arbeitete. Man erzählte sich, er sei bereits knapp über siebzig, da könnte er doch auch seine Pension genießen. Aber vielleicht würde er sich das Protzen dann nicht mehr so leisten können.

Andererseits hätte ein Pensionistenleben auch gar nicht zu

ihm gepasst. Er legte immer sehr viel Wert darauf, jünger und frischer zu wirken, als er war. Dazu gehörte ein Porsche, und Designerklamotten mussten es natürlich auch sein. Und offensichtlich stand in seiner Villa auch irgendwo ein Solarium. Der Dr. Meindl war zwar viel auf Urlaub und häufig in wärmeren Gegenden, wenn es hier in Niederfeld Winter hatte. Aber auch wenn er nicht verreist war, war sein Gesicht immer braun gebrannt, mehr als die Niederfelder Sonne das jemals vermocht hätte.

Aber egal, er war der Gemeindearzt. Und eine Frau lag schwer krank im Bett und würde es nicht mehr lange machen. Vermutlich mit oder ohne ärztliche Hilfe.

Die Tatsache, dass die Leni allein für den Gesundheitszustand von Bertls Mutter verantwortlich sein sollte, beschäftigte Hemma auch am nächsten Morgen noch. Und weil sie unsicher war, wie sie vorgehen sollte, beschloss sie, erst einmal den Hubert zu fragen. Vielleicht hatte der eine Idee, dachte sie. Außerdem hatte sie ihn schon seit zwei Tagen nicht mehr gesehen.

Wie immer betrat sie den Polizeiposten, ohne sich zuvor anzumelden und ohne Huberts Buben allzu viel Aufmerksamkeit zu schenken. Als sie in Huberts Büro eintrat, saß dieser gerade über einigen Akten. Er lächelte zwar freundlich, als er Hemma sah, machte aber einen eher angestrengten Eindruck. Zumindest sah er nicht besonders fröhlich drein.

»Servus, Hubert. Ist was? Warum schaust du denn so ernst?«

»Hallo, Hemma. Ich bin noch immer mit den Bränden beschäftigt. Und es ärgert mich einfach, dass ich nicht selber draufgekommen bin, dass die Brände immer so um den Monatsersten gelegt wurden. Dazu habe ich erst diesen depperten Fritz gebraucht … das ist eigentlich richtig peinlich.«

»Ja, mir war das auch nicht so bewusst. Und den Kriminalern ja auch nicht. Es muss dir also nicht peinlich sein …«

»Ist es aber. Und vor allem wurmt mich, dass ich nicht weiß, wieso. Warum gerade immer am Ersten? Was ist am Ersten anders als an anderen Tagen?«

»Keine Ahnung. Vielleicht hängt es damit zusammen, dass die Leute um den Ersten mehr Geld haben!«

Hubert zuckte mit den Schultern und sah Hemma etwas ratlos an. »Meinst du das ernst? Das kann es doch wohl nicht sein.«

»Wer weiß? Aber was Besseres fällt mir gerade auch nicht ein.«

»Ich weiß nicht, Hemma. Wenn wir einen Mord haben, dann schaltest du immer deinen Instinkt ein. Und dann kommen wir bei unseren Ermittlungen immer gut weiter. Wieso verlässt dich denn bei den Bränden dein Instinkt? Bemüh dich doch einmal ein bisserl.«

»Ehrlich gesagt, Hubert, diese andere Sache beschäftigt mich zurzeit noch mehr als die Brände.«

»Du meinst die Schneiderin und die Maierhoferin?«

»Genau. Und stell dir vor, jetzt hat es auch noch die Frau Beinhauser erwischt, die Mutter vom Bertl.«

»Ehrlich? Was hat sie denn genau?«

»Offenbar exakt dieselben Symptome wie die anderen zwei. Fieber, Dämmerzustand. Und herumferkeln, sagt der Bertl, sobald sie den Mund aufmacht.«

»Das ist schon seltsam. Und der Dr. Meindl kann da gar nichts tun?«

»Der Bertl sagt, dass der Dr. Meindl noch gar nicht bei ihr war. Seine Frau, die Luise, ist nämlich mit der Schneider Leni so gut befreundet. Die Leni hat wohl den totalen Einfluss auf die Luise und sagt, dass die ihrer Schwiegermutter nur helfen kann, wenn sie den Doktor außen vor lässt.«

»Aber die Luise kann doch nichts dagegen haben, wenn der Doktor einmal vorbeischaut. Schaden kann das bestimmt nicht.«

»Offenbar gibt es da eine ziemliche Konkurrenz zwischen den beiden. Die Leni will wahrscheinlich beweisen, dass sie die großen Heilerfolge hat, während dem Dr. Meindl die Patienten unter der Hand wegsterben. Gestern hab ich übrigens länger mit dem Bertl gesprochen. Der möchte natürlich, dass der

Doktor kommt. Aber irgendwie kann und will er sich gegen die Luise nicht durchsetzen.«

»Das geht nicht. Man kann diese Frau nicht einfach einer Scharlatanin überlassen. Wahrscheinlich müsste sie sogar ins Spital. Vielleicht könnte ihr der Kurtl Brauner helfen?«

»Das wäre auch eine Möglichkeit. Aber wer soll sie einliefern? Das kann nur der Dr. Meindl veranlassen, und den lassen sie ja an die Patientin nicht heran.«

»Du musst ihnen klarmachen, dass sie ganz schön in die Bredouille kommen können, wenn sie keinen Arzt holen. Wenn die Frau Beinhauser stirbt und sie zuvor keinen Arzt verständigt haben, obwohl die Frau schon offensichtlich sterbenskrank war, dann ist das unterlassene Hilfeleistung. Das kann sie teuer zu stehen kommen. Und die Leni mit ihrer Pfuscherei ist dann aber auch sauber dran.«

»Meinst du?«

»Was heißt, meinst du? Sicher ist das so. Du kannst die zwei nur warnen.«

»Weißt du was, dann ruf ich gleich den Dr. Meindl an, dass er zur Frau Beinhauser kommen soll. Oder ich hol ihn besser gleich selber ab. Dann fahre ich mit ihm mit und kann der Luise gleich erklären, was ihr wegen unterlassener Hilfeleistung blühen kann. Super, Hubert, mach's gut!«

»Warte, ich muss eh noch in den Supermarkt, ich begleite dich ein Stückerl.«

Hubert setzte sein Kapperl auf, kontrollierte sich noch rasch im Spiegel, dann öffnete er die Bürotür, um Hemma den Vortritt zu lassen.

Seinen beiden Buben sagte Hubert, dass er in zehn Minuten wieder da sei. Doch bevor sie den Posten verließen, wollte Hemma noch ihr neuestes Wissen loswerden.

»Hast du übrigens gehört, Hubert, dass am kommenden Montag die ISS, weißt eh, die Raumstation, so knapp über Niederfeld fliegt, dass man ihr zuwinken kann?«

In diesem Moment schloss Hubert die Tür zum Kommissariat hinter sich, daher konnten er und die Hemma nicht mehr sehen, wie erstaunt sich die jungen Inspektoren ansahen. Diese wiederum konnten nicht mehr hören, wie Hubert zu Hemma sagte: »Was ist denn das wieder für ein Blödsinn. Woher hast du denn diesen Stuss?«

»Der Pepperl hat mir das erzählt.«

»Wann wirst du endlich einmal aufhören, deinem Bruder seine Geschichterln zu glauben? Der verarscht dich doch nach Strich und Faden.«

»Ah, du meinst, das stimmt gar nicht?«

»Das ist ein absoluter Schmäh. Vergiss das gleich wieder.« Darauf verabschiedete sich Hubert und bog zum Supermarkt ein. Wahrscheinlich besorgte er sich eine Frühstückswurstsemmel.

Hemma allerdings schwang sich auf ihr Fahrrad und fuhr zur Villa des Gemeindearztes Dr. Michael Meindl. Natürlich war ihr das Haus gut bekannt, befanden sich doch darin nicht nur die Wohnräume des Arztes, sondern auch seine Praxis. Das großzügige Vorzimmer diente zugleich als Warteraum. Außerdem führte der Doktor zusätzlich eine kleine Notapotheke.

Da sowohl die Leute in Niederfeld als auch der Doktor selbst immer sehr früh auf den Beinen waren – viele wollten oft schnell zum Arzt, bevor sie in die Arbeit gingen –, war das Wartezimmer schon ziemlich leer, als Hemma so gegen halb elf am Vormittag dort ankam. Es waren gerade noch zwei Patienten vor ihr, das hieß, dass sie nicht viel länger als eine Viertelstunde warten musste. Diese Zeit verbrachte sie damit, die barocken Bilder in ihren handgeschnitzten, vergoldeten Rahmen zu betrachten. Und die paar Antiquitäten, die an der Wand hingen oder herumstanden. Es waren vielleicht nicht die allerteuersten, sonst hätte der Doktor sie nicht ins Wartezimmer gestellt, aber sie sollten doch zeigen, dass der Besitzer ein wohlhabender Mann war, für den Geld keine große Rolle spielte. Schließlich verließ die letzte Patientin die Ordination, und der Doktor bat Hemma herein.

»Ja, Fräulein Hemma, grüß Gott. Was haben wir denn für ein Wehwehchen?«

»Grüß Gott, Herr Doktor, ich selbst hab eigentlich eh keines. Aber ich muss Sie dringend sprechen. Es geht um die Frau Beinhauser. Die ist offensichtlich ziemlich krank.«

»So? Und warum kommt sie dann nicht zu mir?«

»Na ja, dafür gibt es zwei Gründe. Erstens ist sie bettlägerig, sie kann gar nicht zu Ihnen kommen. Und dann ist da noch eine andere Geschichte. Die Luise, ihre Schwiegertochter, ist nämlich eine sehr enge Freundin von der Schneider Leni …«

»Oh Gott, die! Die große Heilerin!«, meinte der Arzt ironisch.

»Genau. Die Luise glaubt, dass die Leni die Heilkunde mit dem Löffel gefressen hat und nur sie ihrer Schwiegermutter helfen kann. Und darum hat sie nicht nach Ihnen geschickt.«

»Die spinnen doch alle miteinander. Aber was sollen wir jetzt tun? Wenn die mich nicht holen, kann ich doch nicht so mir nichts, dir nichts dort auftauchen.«

»Darum bin ich ja jetzt hier. Ich hole Sie gerade.«

»Im Auftrag der Schwiegertochter?«

»Natürlich nicht. In meinem Auftrag, aber das sollte reichen.«

»Ich weiß nicht. Und wenn die mich gar nicht erst hineinlassen?«

»Deshalb fahr ich ja mit Ihnen mit. Ich werde das schon regeln.«

Da zuckte der Arzt mit den Schultern. »Also, wenn Sie meinen! Auf Ihre Verantwortung, Fräulein Hemma.« Darauf griff er nach seinem Ärztekoffer, und die beiden verließen die Ordination.

»Darf ich gleich mit Ihnen mitfahren, Herr Doktor? Dann können wir noch ein wenig miteinander reden. Das Fahrrad lass ich hier, Sie fahren ja eh wieder zurück, oder?«

Höflich und zuvorkommend, wie der Doktor war, hielt er Hemma die Tür seines Porsche auf. Hemma stieg ein, sah sich um und wusste gleich, dass sie noch nie in so einem teuren Wagen gesessen hatte.

»Wissen Sie, Herr Doktor«, begann sie gleich das Gespräch, ohne zuvor auf den noblen Wagen einzugehen, »die Frau Beinhauser zeigt dieselben Symptome, wie sie auch bei der alten Maierhoferin und der Schneiderin aufgetreten sind. Meistens, sagt der Bertl, ist sie ganz weggetreten. Und wenn sie dann wieder einmal da ist, dann redet sie nur so peinliches Zeug.«

»Oje, das heißt, dass die sich auch bald verabschieden wird.«

»Aber können Sie da nichts dagegen tun? Was ist es denn Ihrer Meinung nach, was diese Frauen haben?«

»Medizinisch betrachtet ist es einfach hohes Fieber. Ich kann ihr nur eine fiebersenkende Spritze geben. Warum die so einen Quatsch daherreden, das weiß ich selber nicht. Ich weiß nur, dass sie das nicht umbringt. Darum konzentriere ich mich eben auf das Fieber.«

Zwei Minuten später klingelte Hemma an der Haustür der Familie Beinhauser. Und Luise, die die Tür öffnete, fiel fast die Kinnlade hinunter, als sie sah, dass Hemma und der Dr. Meindl davorstanden. Sie sah die beiden nur mit großen Augen an. Und weil sie auch kein Wort hervorbrachte, übernahm Hemma gleich das Reden.

»Luise, der Bertl hat mir erzählt, dass seine Mutter so schwer krank ist. Der Herr Dr. Meindl wird sich deine Schwiegermutter jetzt anschauen. Wir beide gehen inzwischen ins Wohnzimmer, ich muss dir was sagen. Kommen Sie, Herr Doktor.«

Ohne irgendeinen Widerstand geschah alles so, wie Hemma es eben angekündigt hatte. Luise zeigte dem Doktor wortlos, wo das Zimmer der Frau Beinhauser war. Dann bat sie Hemma in das Wohnzimmer, noch immer entsetzt über deren Aktion.

»Hemma, bitte, was soll das? Hat der Bertl dir gesagt, dass du mit dem Doktor kommen sollst? Der weiß genau, dass ich das nicht will. Die Leni wird die Mama schon wieder auf die Füße bringen, aber nicht, wenn ihr der Doktor da hineinpfuscht.«

»Jetzt pass einmal auf, Luise«, hob Hemma an. »Erstens, wenn hier wer pfuscht, dann ist das die Leni. Zweitens hat nicht der Bertl mich gebeten, den Arzt zu holen, das war meine Idee. Und drittens: Weißt du, was passiert, wenn deine Schwiegermutter stirbt und ihr keinen Arzt geholt habt? Das wäre unterlassene Hilfeleistung. Da würdet ihr, du und der Bertl, vor dem Richter stehen. Also sei gescheit und lass den Doktor einmal machen.«

Auch Luise wusste, dass man der Hemma besser nicht widersprach, es wäre ohnehin sinnlos gewesen.

»Wenn du meinst …«

Hemmas Aufgabe war somit erledigt. Und weil sie mit dem Doktor wieder zurückfahren wollte, steckte sie den Kopf ins Schlafzimmer der Frau Beinhauser, um zu sehen, wie lange sie noch warten musste.

Der Doktor war gerade dabei, seinen Koffer zu schließen. Er drehte sich noch einmal zur Patientin um, um sich zu verabschieden.

»Alles Gute, Frau Beinhauser. Die Spritze wird bestimmt bald wirken.«

»Gehst du schon, du alter Schlappschwanz«, keuchte die Frau Beinhauser, die sonst immer so nobel gewesen war. Dann schloss sie die Augen, um wieder ein wenig zu schlafen.

Auf der Rückfahrt wollte die Hemma vom Doktor noch wissen, wie es denn nun weitergehen würde.

»Ich weiß nicht, Fräulein Hemma. Ich denke, die Frau wird auch bald das Zeitliche segnen. Viel werden wir da wohl nicht mehr machen können.«

»Warum überweisen Sie sie nicht einfach ins Spital? Ich habe mich schon bei den anderen beiden Fällen gefragt, warum die nicht ins Spital gekommen sind.«

»Schauen Sie, die können im Spital auch nichts anderes tun. So liegen die Patienten zumindest zu Hause in ihrer gewohnten Umgebung. Bei ihren Familien. Und außerdem kommt eh dauernd die Schwester Nani. Im ganzen Krankenhaus gibt es keine einzige Schwester, die so genau weiß, was da zu tun ist, wie die Schwester Nani.«

ELF

Am darauffolgenden Montag lag etwas Seltsames in der Niederfelder Luft. Hemma merkte schon während der Messe, dass die Leute vermehrt miteinander tuschelten. Vor allem die Jüngeren steckten permanent ihre Köpfe zusammen, so als hätten sie etwas Wichtiges zu besprechen.

Auch auf der Straße sah man die Leute beieinanderstehen und reden. Das war ungewöhnlich, denn meistens waren die Straßen eher leer.

Auf dem Postamt sah Hemma zwei junge Briefträger, ins Gespräch vertieft. Und im Supermarkt wurde sie schon ein wenig ungeduldig, weil sich das Mädchen an der Kasse länger mit einem jungen Mann unterhielt, bevor es seine Artikel über den Scanner zog.

»Was ist denn eigentlich los heute?«, fragte Hemma die junge Verkäuferin. »Worüber tratscht ihr denn alle miteinander?«

»Guten Morgen, Fräulein Hemma. Es ist nur wegen der ISS heute Abend.«

»Was ist mit der ISS heute Abend?«

»Na, angeblich fliegt sie heute so tief über Niederfeld, dass man ihr zuwinken kann.«

»Ehrlich?«

»Die Leute sagen es. Und drum treffen sich heute am Abend alle in der Kellergasse. Ein paar Heurige werden extra aufsperren. Zum ISS-Winken werden sicher ziemlich viele Menschen kommen.«

»Interessant«, meinte Hemma, packte ihre Waren ein und verließ den Supermarkt. Aber nicht, um nach Hause zu gehen, ihr Weg führte sie nun direkt ins Polizeikommissariat.

»Morgen!«

»Morgen, Fräulein Hemma!«

Und schon stand Hemma in Huberts Büro, der gerade mit

seinem Computer beschäftigt war. Was er genau tat, konnte Hemma nicht sehen, weil er sofort die Seite schloss, als sie eintrat.

»Servus, Hubert. Hast du schon gehört? Das mit der ISS war kein blöder Schmäh vom Pepperl. Die Leute reden alle davon, dass die ISS heute Abend so tief über Niederfeld fliegt, dass man ihr zuwinken kann.«

»Geh, Hemma, das ist doch ein totaler Blödsinn, wie stellst du dir das denn vor?«

»Keine Ahnung. Aber wenn so viele Leute das wissen, dann wird schon was dran sein. Die treffen sich alle am Abend in der Kellergasse zum ISS-Winken.«

Hubert schüttelte nur den Kopf.

»Möchtest du denn da jetzt auch hingehen?«

»Wieso nicht? Ein paar Heurige werden heute aufsperren, das kann ja ganz lustig werden. Und außerdem: Wann hat man schon so eine Gelegenheit?«

»Was für eine Gelegenheit?«

»Na, die mit der ISS.«

Hubert hielt das Ganze einfach nur für verrückt. Aber da er kein Spielverderber sein wollte, war er natürlich bereit, mitzukommen. Ein außertourliches Kellergassentreffen am Montagabend? Warum nicht? Könnte ja wirklich nett werden. Hemma war sogar bereit, zu fahren, weil sie eh nicht vorhatte, zu viel zu trinken. Sie vereinbarten, dass sie ihn gegen acht von zu Hause abholen würde.

Am Abend kochte die Hemma noch ein Reisfleisch mit Gurken-Rahm-Salat, das sie etwas hastig mit ihrem Bruder einnahm. Während der Pepperl noch beim Essen war, begann sie schon, den Geschirrspüler einzuräumen.

»Hast du es eilig?«, fragte ihr Bruder sie. »Heute ist ja gar nicht Dienstag. Oder hast du einen zusätzlichen Güntschl-Abend?«

»Nein, es ist nur wegen der ISS. Du hast es mir ja selber erzählt, dass die heute so tief über Niederfeld fliegt. Und jetzt treffen sich halt alle in der Kellergasse. Wieso gehst du eigentlich nicht hin?«

»Wie bitte? Die gehen alle ISS schauen?« Da brach der Pfarrer in ein schallendes Gelächter aus. »Aber Hemma, meine Liebe, das war doch nur ein Schmäh. Hast du das etwa im ganzen Dorf rumerzählt?«

»Ein Schmäh? Spinnst du? Ich hab das nur dem Hubert erzählt. Aber jetzt redet das ganze Dorf davon, das kann ja doch kein Schmäh sein.«

»Dann hat es halt der Hubert rumerzählt.«

»Das kann ich mir nicht vorstellen. Der glaubt ja selber nicht, dass das funktioniert!«

»Wie auch immer. Ich werde jedenfalls nicht hinfahren. Erzähl mir halt morgen, wie es war.«

Kurz vor acht stand Hemma wie verabredet vor Huberts Haus, um ihn abzuholen. Gemeinsam fuhren sie in die Kellergasse hinüber, wobei Hemma auf der Fahrt ungewöhnlich maulfaul war. Hubert sah sie zwischendurch immer wieder ein wenig fragend an. Fragend und schmunzelnd, weil er das ganze Vorhaben ohnehin für ziemlich absurd hielt.

»Sag, Hubert, nachdem ich dir die Sache mit der ISS letzte Woche erzählt habe, hast du das dann weitererzählt?«

»Bist narrisch? Ich verbreite doch nicht solche Geschichten.«

»Aber wie konnte sich das dann so schnell herumsprechen? Irgendwoher müssen es die Leute ja haben. Dann muss es doch in irgendeiner Zeitung gestanden sein.«

»Hemma, ich habe keine Ahnung.«

Als die beiden die Kellergasse erreichten, war schon allerhand los. Tatsächlich hatten drei Heurige extra wegen der ISS aufgesperrt. Wahrscheinlich waren an die hundert Menschen anwesend. Meist eher jüngere.

Die Laune der Anwesenden war schon etwas vom Wein dominiert, alle lachten und waren gut drauf. Hemma und Hubert gesellten sich zu einem Stehtisch, an dem bereits drei Männer ihrer Generation standen. Beide bestellten sich ein Glas Veltliner.

Während sie anstießen und ihren ersten Schluck genossen, fiel Huberts Blick auf einen seiner Buben, der mit ein paar anderen jungen Leuten auf einer Heurigenbank saß. In dem Moment dämmerte es ihm. Er rief dem jungen Mann zu und winkte ihn zu sich her.

»Servus, Gerhard. Sag, weißt du, wieso heute so viele Leute da sind?«

»Grüß euch. Grüß Gott, Fräulein Hemma. Na, wegen der ISS halt.«

»Und woher wissen die Leute, dass die ISS heute so tief über Niederfeld fliegt?«

»Na ja, ich hab das am Freitagabend im Dorfheurigen meinen Freunden erzählt. Und da hat es sich halt recht schnell herumgesprochen.«

»Und woher weißt du das?«

»Na, eh von dir.«

»Was, von mir?«

»Na sicher! Ihr … du und das Fräulein Hemma … ihr habt unlängst darüber gesprochen, als ihr durch die Wachstube gegangen seid. Ich hatte nicht das Gefühl, dass ich da nicht zuhören dürfte oder dass das geheim wäre.«

Da musste der Hubert wieder schmunzeln. »Na, dann wink schön!« Und schließlich wieder an Hemma gewandt: »Und wir winken einfach mit.«

Gegen halb zehn war es schon ziemlich finster, und es waren auch bereits die Sterne zu sehen. Die Spannung wuchs, bisher war noch nichts am Himmel auszumachen, was sich bewegte. Die Leute hielten ihre Veltliner-Gläser in der Hand, und einige litten bereits an Nackenschmerzen wegen der ständigen Blicke nach oben. Einzig die Heurigenwirte und die Kellnerinnen waren anderweitig beschäftigt, sie sorgten dafür, dass niemand allzu lang mit einem leeren Glas in der Hand dastand.

Es war schon kurz nach zehn, als plötzlich ein Raunen durch die Menge ging. Ein Stern ging auf, aber nicht wie üblich am östlichen Horizont, sondern im Westen. Wer ihn sah, erkannte auch, dass er sich ziemlich rasant bewegte. Und auf einmal schrien alle durcheinander.

»Schau, da ist sie!«

»Wo denn?«

»Na dort!«

»Ich seh sie nicht.«

»Na schau, dort!«

Plötzlich rief einer: »Wir müssen die Lichter ausdrehen, damit man sie besser sieht.«

Und kaum waren die Lichter aus, gab es ein allgemeines: »Ahhhh, da schau, ja wirklich!«

Und schon begannen alle zu winken.

»Glaubst du wirklich, dass man denen jetzt zuwinken kann?«

»Na sicher, wir winken doch!«

»Aber ob die uns auch sehen können?« Und nun etwas lauter, damit alle es hörten: »Wir müssen die Laternen wieder einschalten, im Dunkeln können die uns unmöglich sehen.«

Plötzlich wurde es wieder hell in der Kellergasse, doch da kamen schon wieder die ersten Beschwerden: »Wo ist sie denn jetzt? Ich seh sie nicht mehr.«

»Dafür sehen die jetzt uns. Wink einfach.«

»Aber da komm ich mir jetzt schon ein bisserl blöd vor.«

Und irgendwie begann nun die Stimmung ein wenig zu schwanken.

»Das ist doch ein absoluter Schwachsinn, was wir da jetzt machen. Wie sollen wir wissen, ob die uns überhaupt gesehen haben?«

»Vielleich schlafen sie auch gerade, wer weiß!«

»Zumindest hab ich nicht gesehen, dass irgendwer zurückgewinkt hätte.«

»Na wie denn, die sind doch viel zu weit weg.«

Da schauten sich alle ein wenig verdattert an. Bis schließlich, wie erwartet, die Frage aller Fragen auftauchte: »Wer ist denn überhaupt auf diesen Blödsinn gekommen?«

In den nächsten Minuten waren alle damit beschäftigt, zu rekonstruieren, wer die Geschichte nun in den Umlauf gebracht hatte. Nachdem eine Reihe von Namen genannt worden war, kam auch der Gerhard, der junge Inspektor, ins Visier. Doch da griff endlich der Hubert ein: »Was wollt ihr denn? Ist doch wurscht, ob die uns gesehen haben oder nicht. Auf alle Fälle haben wir jetzt hier einen wunderbaren Abend, den wir ohne die ISS nicht gehabt hätten. Prost!«

»Prost, prost …« Alle hoben die Gläser, und schon entspannte sich die Stimmung wieder.

»Prost Hemma«, meinte Hubert schließlich noch und hielt seiner Begleiterin das Glas entgegen. Ihre Reaktion war erst ein wenig mürrisch: »Ja, ist schon gut.« Schließlich stieß sie doch noch mit ihm an.

Es war schon gegen Mitternacht, als Hemma und Hubert die Kellergasse verließen. Und das noch etwas früher als die meisten. Es sah nicht so aus, als wenn die anderen eine ISS gebraucht hätten, um in dieser wunderbar lauen Nacht noch ein wenig weiterzufeiern.

Hemmas Alkoholkonsum war bestimmt grenzwertig, aber wahrscheinlich noch im Rahmen. Und es war schließlich ein Unterschied, ob jemand, der geeicht war, drei oder vier Gläser trank, oder jemand, der da völlig unbedarft war. Hubert wusste, dass sie niemand kontrollieren würde. Er wusste aber auch, dass er gerade dabei war, ein wenig seine Pflichten zu verletzen.

»Pass gut auf«, sagte er daher zu Hemma, als er nun vor seiner Haustür abgesetzt wurde. »Besser wäre es, du würdest den Wagen hier stehen lassen.«

»Mach dir keine Sorgen, Hubert«, versuchte Hemma ihn zu beruhigen. Sie drückte ihm noch je ein Busserl auf beide Wangen und wartete, bis Hubert ausstieg.

»Morgen ist übrigens wieder Dienstag, bleibt es eh bei unserem gemeinsamen Abend?«, fragte er sie noch, mit der offenen Wagentür in der Hand.

»Sicher. Diesmal bin ich dran mit dem Einkauf. Bis morgen.« Und während Hubert die Stufen zu seiner Haustür hinaufstieg, rollte Hemmas Kadett bereits über die Dorfstraße.

Mit dem Auto war es nicht einmal eine Minute von Huberts Haus bis zum Pfarrhof. Aber exakt in dieser Minute passierte es, dass Hemma jene schwarze Frau entgegenkam, die sie schon einige Male von ihrem Schlafzimmerfenster aus beobachtet hatte. Als Hemma die Frau kommen sah, reduzierte sie ihre ohnehin schon niedrige Geschwindigkeit noch einmal. Und weil sie meinte, dass dies eine vielleicht einmalige Chance war, das Gesicht der Frau zu sehen, schaltete sie jetzt mitten im Ortsgebiet das Fernlicht an.

Das gibt es doch nicht, dachte Hemma, als sie sah, wer da im Lichtkegel ihres Wagens stand. Die Narrische Nani. Was macht denn die immer hier, mitten in der Nacht? Seltsam! Dem wollte sie nun schon gerne auf den Grund gehen.

Am nächsten Morgen ging Hemma wieder in den Dorfsupermarkt, um unter anderem auch für das Abendessen mit Hubert einzukaufen. Zufällig gab es frische Blunzen. Die nahm sie und kaufte noch ein Packerl Sauerkraut, Erdäpfel, Speck zum Würfeln und eine Krenwurzel dazu. Ein Blunzengröstl würde dem Hubert bestimmt schmecken.

Wie es der Zufall so wollte, traf Hemma die Schneider Leni, die zur selben Zeit ihre Lebensmittel einkaufte. Da Hemma ohnehin vorhatte, mit der Leni noch einmal das Gespräch zu suchen, trödelte sie so lange vor sich hin, bis sie sah, dass die Leni sich an der Kasse anstellte. Dann nahm sie Schwung, um gleich hinter ihr in der ohnehin kurzen Kassenschlange zum Stehen zu kommen.

»Guten Morgen, Frau Leni, wie geht es denn so?«

»Morgen«, war die etwas reservierte und wenig erfreute Antwort. Mehr kam da im ersten Moment nicht. Hemma wunderte sich ein wenig und probierte es noch einmal.

»Ist eh alles in Ordnung?«

»Bei mir schon.«

»Aha!«, meinte Hemma etwas überrascht. »Stimmt irgendetwas nicht?«

»Mit mir ist alles in Ordnung!«

Da dämmerte es Hemma, dass die Schneider Leni eingeschnappt sein könnte. Klar, und zwar wegen dem Dr. Meindl. Schließlich war es Hemma gewesen, die den Doktor zur Frau Beinhauser geholt hatte. Und das gegen Lenis Willen.

»Gehen S', Frau Leni, ich denke, wir sollten kurz miteinander reden. Könnten Sie auf mich warten, ich muss nur noch bezahlen.«

Die Leni nickte nur, ohne sich zu verabschieden. Aber immerhin, sie hatte genickt.

Draußen wartete sie dann, an ihren silbergrauen Audi Q3 gelehnt, ihre Einkaufssackerl hatte sie in der Zwischenzeit verstaut.

Hemma ging auf sie zu und versuchte es noch einmal mit aller Freundlichkeit: »Ich vermute, dass Sie wegen dem Dr. Meindl ein wenig sauer auf mich sind. Weil ich ihn zur Frau Beinhauser geholt habe.«

»Der Dr. Meindl hat ja keine Ahnung. Ich weiß nicht, was der alles in seinem Schädel hat. Aber von Medizin versteht der überhaupt nichts.«

»Ich kann das nicht beurteilen, aber er ist zum Heilen wenigstens berechtigt. Und Sie?«

»Ich bin allein deshalb berechtigt, weil ich eine Ahnung davon habe. Außerdem mache ich nichts Verbotenes. Ich schneide ja niemanden auf und verordne auch keine Chemotherapien.«

»Das weiß ich. Das habe ich auch dem Gruppeninspektor Güntschl schon gesagt. Der hat mir nämlich erzählt, dass es da einige Leute gibt, die gegen Sie vorgehen möchten. Ich habe ihm aber gesagt, dass Sie hauptsächlich Ihre Hände auflegen, Tees zu trinken geben und rezeptfreie Salben verreiben. Da kann Ihnen doch niemand was vorwerfen, habe ich zu ihm gesagt. Und so sieht er das jetzt auch.«

»Das ist sehr nett von Ihnen, dass Sie meine Arbeit verteidigen. Trotzdem hätten Sie den Dr. Meindl nicht holen müssen …«

»Doch! Der Hubert hat mir nämlich gesagt, dass da allerhand auf Sie zukommen könnte, wenn die Frau Beinhauser stirbt und man keinen Arzt gerufen hätte. Man hätte Sie wegen unterlassener Hilfeleistung verklagen können. Und dann hätten Sie ordentliche Schwierigkeiten gekriegt. Glauben Sie mir, das war nicht gegen Sie oder gegen Ihre Methoden gerichtet, es war vielmehr zu Ihrem Schutz. Jetzt sind Sie aus dem Schneider, Frau Leni.«

So schaffte es Hemma, die Schneider Leni einzuwickeln, am Ende war sie ihr sogar noch dankbar für ihre Tat.

»Sagen Sie, Frau Leni, was ist denn das eigentlich für ein Tee, den Sie der Frau Beinhauser immer geben?«

»Das ist ein ziemlich gutes Zeug, beruhigt, motiviert ein wenig die Glückshormone, wirkt schmerzlindernd. Und für einen guten Schlaf mit netten Träume sorgt es auch.«

»Nichts Gefährliches?«

»Nein. Wenn Sie wollen, können Sie ihn ja selber einmal ausprobieren. Da müssten Sie allerdings kurz mit mir mitfahren.«

Da willigte Hemma sofort ein. Sie stieg in Lenis neuen Audi, und nach zwei Minuten waren sie auch schon vor Lenis Haustür. Ein Weg, den man auch leicht zu Fuß hätte gehen können. Aber wenn man schon einen neuen Audi Q3 hat …

Leni bat Hemma ins Haus und gleich weiter in ihren Behandlungsraum. Dort holte sie aus einem Leinensackerl ein kleines Medizinfläschchen heraus. »Hier, Fräulein Hemma, machen Sie sich irgendeinen Tee, egal was für einen. Und dann geben Sie davon ein paar Tropfen hinein. Fünf, sechs, oder sieben. Mehr als zehn sollten es aber auf keinen Fall sein.«

»Okay. Und was passiert, wenn ich mehr hineingebe?«

»Dann kann es schon sein, dass Ihnen erst ein bisschen warm wird. Es könnte aber auch sein, dass es ein wenig Dings macht, na, Sie wissen schon. Und es könnte dann auch passieren, dass Sie müde werden und einschlafen. Also maximal zehn Tropfen, lieber ein paar weniger.«

»Was meinen Sie mit Dings machen?«

»Na ja, ich gebe das auch Frauen, wenn sie im Bett keine Lust mehr haben. Dann geb ich zwei, drei Tropfen mehr hinein, bei vielen wirkt das dann. Verstehen Sie?«

Klar, Hemma war zwar nur eine Pfarrersköchin, aber sie war nicht blöd. Am Ende verabschiedeten sie sich noch höflich. Hemma merkte es auch der Schneider Leni an, dass sie froh war, weil sich die Sache mit dem Dr. Meindl aufgeklärt hatte.

Doch beim Rausgehen fiel Hemma noch eine Sache ein, die sie schon länger beschäftigt hatte: »Übrigens, wissen Sie schon, was Sie mit dem vielen Geld machen werden, das Sie von der Lebensversicherung Ihrer Mutter bekommen haben? Das müssen ja an die zweihunderttausend Euro sein!«

»Das Geld kann ich schon gut brauchen, ist eh am Haus so viel zu reparieren. Aber so viel war es dann auch wieder nicht. Ursprünglich wären es schon zweihunderttausend gewesen. Aber meine Mutter hat noch verfügt, dass ein Viertel davon für einen guten Zweck gespendet wird.«

»Was? So viel?«

»Ehrlich gesagt, ich war auch entsetzt, als ich das gehört habe. Fünfzigtausend waren einfach weg, da musste ich schon ein paarmal schlucken.«

»Wahnsinn. Und wofür hat sie das gespendet? Zufällig für ein Krankenhaus in Kolumbien?«

»Nein, wie kommen Sie denn darauf? Sie hat das Geld für ein Waisenheim im Senegal gespendet. Eh eine gute Tat, aber trotzdem …«

Der Abend war dann für Hubert reserviert. Pünktlich um sieben war Hemma zur Stelle, wie immer marschierte sie erst in Huberts Küche und räumte die Lebensmittel aus. Erst dann, als Hubert ebenfalls in die Küche kam, gab es die obligaten Bussis auf die Wangen.

»Was gibt es heute?«

»Im Supermarkt hatten sie frische Blunzen. Ich mache uns ein Gröstl.«

»Super.«

Ebenso obligat öffnete Hubert eine Flasche Veltliner und schenkte zwei Gläser ein. Diese wurden noch in der Küche getrunken, während Hemma schnitt und rührte, und sie warteten, bis die Erdäpfel weich waren.

»Heute müssen wir beim Wein sehr aufpassen, Hubert. Ich hab mir von der Schneider Leni die Tropfen besorgt, die sie angeblich den verwirrten alten Weibern in den Tee gegeben hat. Ich würde die heute gerne einmal selber ausprobieren.«

»Ehrlich? Auf der einen Seite glaubst du, dass die Frauen umgebracht wurden. Auf der anderen Seite willst du jetzt die Tropfen selber testen, obwohl sie vielleicht sogar zum Tod dieser Frauen geführt haben? Ich weiß nicht, ob das so eine gute Idee ist.«

»Blödsinn. Die Schneider Leni hat sicher nicht vor, mich umzubringen. Und dich auch nicht. Aber ich will der Sache jetzt auf den Grund gehen.«

»Vielleicht ist es eh gut, wenn wir die Tropfen jetzt testen. Vielleicht wissen wir hinterher, dass sie harmlos sind. Und vielleicht bringt dich das dann auch ein wenig von deiner Mordtheorie ab.«

»Das sicher nicht. Ich gehe fest davon aus, dass beim Tod dieser Frauen nachgeholfen wurde. Und das solltest du jetzt auch tun.«

»Du weißt ja, was momentan los ist. Bei uns geht ein Pyromandl um. Und die Brände sind im Gegensatz zu deinen Mordgedanken eine Tatsache. Solange ich die nicht aufgedeckt habe, kann ich mich echt um nichts anderes kümmern.«

»Aber wenn wir dein Pyromandl gefasst haben, versprichst du mir dann, dass wir uns an die Morde machen?«

»Meinetwegen. Aber vergiss nicht, dass du schon mal gesagt hast, dass du mir bei den Bränden helfen wirst. Dann sind wir gemeinsam zum Adlinger Raimund gefahren, was aber schon überhaupt nichts gebracht hat. Und seither ist nichts mehr passiert.«

»Gut, das geb ich zu. Was ist denn eigentlich mit dem Vertreter? Jetzt war der schon wieder hier, wie es gebrannt hat. Das kann doch kein Zufall mehr sein!«

»Komisch ist es schon«, gab der Hubert zu. »Aber die Kriminaler haben überprüft, was er uns erzählt hat. Der grast jeden Monat ganz Niederösterreich ab. Und am Ersten beginnt er immer bei uns. Sein Pech, wenn es ausgerechnet dann immer bei uns brennt.«

»Oder sein Glück. Der schaut eh immer ganz begeistert … Ich weiß auch nicht, warum wir da so gar nicht weiterkommen. Dass jeder sich selber angezündet hat, das halte ich für unwahrscheinlich. Und dass es der Otto nicht war, das wissen wir nun auch definitiv. Der Roman hätte vielleicht einen Grund gehabt, sich beim Otto zu rächen. Aber bei den anderen? Wohl eher nicht.«

»Für mich ist der Fritz noch immer nicht ganz koscher. Ein Feuerwehrer, der ganz wild auf Brände ist, der in der Brandnacht nicht nach Hause, sondern in Richtung Embacher-Hof fährt, der zufällig in derselben Nacht noch abbrennt. Und dann auch noch die Tatsache, dass er wusste, dass es hier auch noch einen Zeitplan gibt …«

»Gut, dafür kannst du ihm keinen Vorwurf machen, da hättest du auch selber draufkommen können.«

»Ja, ist schon recht!«

Dieser Vorwurf Hemmas machte Hubert fast ein wenig grantig. »Und wenn es dieser depperte Vertreter auch nicht war, wer war es dann?«

»Ich glaube, ich muss doch wieder einmal im Himmel nachfragen«, meinte schließlich Hemma. Und Hubert schmunzelte, weil er das für einen Scherz hielt.

Als das Blunzengröstl verzehrt und das Geschirr im Geschirrspüler verstaut war, wollte Hubert eine weitere Flasche Veltliner öffnen.

»Warte«, meinte aber Hemma. »Wir wollen doch den Tee kosten.«

»Meinst du wirklich?«

»Was soll schon passieren. Wir geben in jede Tasse nur ein paar Tropfen rein, so wie die Schneider Leni es gesagt hat. Und dann warten wir, ob da was wirkt. Sechs oder sieben, hat sie gemeint. Zehn würden gerade noch gehen, aber keinesfalls mehr.«

»Dann geben wir gleich zehn hinein, sonst spüren wir womöglich gar nichts. Ich mach einmal den Tee«, sagte Hubert, schon halb auf dem Weg zur Küche.

»Die Tropfen stehen eh neben dem Herd«, rief ihm die Hemma noch nach. »Bring sie einfach mit!«

Doch den letzten Satz hatte Hubert nicht mehr gehört, denn inzwischen hatte er die Küchentür zugeschlagen. So passierte es, dass er Wasser aufsetzte, Früchteteebeutel in zwei Tassen hängte und mit kochendem Wasser aufgoss. Schließlich gab er noch je zehn Tropfen von Lenis Wundermittel in die Tassen, bevor er den Tee servierte. Das Fläschchen brachte er gleich ins Wohnzimmer mit, damit Hemma es wieder einstecken konnte.

Bevor der Tee gekostet wurde, entschuldigte er sich noch kurz, weil er zur Toilette musste. In der Zwischenzeit griff Hemma nichts ahnend zu dem Fläschchen und gab je zehn Tropfen in jede Teetasse. Anschließend verschraubte sie es und steckte es ein.

»Na, dann schauen wir einmal, was die Tropfen können«, meinte Hemma, als Hubert wieder zurückkam. Darauf begannen beide an den noch brennheißen Tassen zu nippen. So lange, bis die Tassen geleert waren und sie gespannt darauf warteten, was nun passierte.

Hemma war die Erste, die feststellte, dass ihr ziemlich warm wurde.

»Ich setz mich trotzdem jetzt ein wenig zu dir«, sagte Hubert, der davon ausging, dass nun wieder ein wenig gekuschelt wurde, so wie die beiden es immer machten. Aber dieses Mal war es irgendwie anders.

Während Hubert seinen Arm um Hemmas Schulter legte, begann sie, ihm durch die Haare zu fahren. Erst noch ganz zart, doch mit der Zeit immer wilder. Hubert drückte seine Hemma immer fester an sich, schließlich berührten sich ihre Lippen. Das war zwar nicht das erste Mal, aber es war irgendwie anders. Sie küssten sich, als wenn sie sich gegenseitig auffressen wollten. Es war eine Leidenschaft dahinter, wie es sie nicht einmal damals bei der Rauschgeschichte gegeben hatte.

Hubert zog bereits am Reißverschluss ihres Kleides, was Hemma nicht zu stören schien. Auch knöpfte er ihr gekonnt mit nur einer Hand den BH auf, was Hemma ein wenig wunderte. Sie hatte nicht gewusst, dass der Hubert da so geschickt war, nicht einmal sie selbst brachte das zustande.

Es dauerte keine drei Minuten mehr, bis Hubert Hemma das Kleid über den Kopf zog und sich im nächsten Augenblick selbst das Hemd vom Leib riss. Inzwischen verkrampften sich Hemmas Finger in seinen Brusthaaren, was ihm ziemlich wehtat, aber er ließ es ohne Widerstand über sich ergehen. Als Hemma schließlich nur mehr in ihrer Unterhose dasaß, griff Hubert schließlich auch nach dieser, um zu Hemmas Allerweiblichstem vorzudringen. Doch da war plötzlich Schluss, Hemma besann sich ihrer bisherigen Gewohnheiten. Zwar konnte Hubert ihre Halsadern schlagen sehen, trotzdem bat Hemma darum, dass nun Schluss sein sollte.

»Wir machen das bestimmt bald wieder einmal«, meinte sie schließlich. »Aber nicht wegen dem Veltliner und schon gar nicht wegen einem Tee.«

Anschließend lag Hemma noch mindestens eine halbe Stunde wortlos in Huberts Arm, ab und zu fielen ihr dabei sogar die Augen zu. Beide genossen es. Und erst als sie das Gefühl hatten, dass wieder Beruhigung eingetreten war, meinte schließlich Hemma: »So, jetzt könnte ich noch ein Glas Veltliner vertragen.«

Als sie dann am Weinglas nippten, schien die Welt wieder in Ordnung zu sein. Und der Abend wäre auch total harmonisch ausgeklungen, wenn Hemma nicht zu guter Letzt mit einer etwas eigenartigen Frage dahergekommen wäre.

»Sag, Hubert, wie hat sich das für dich angefühlt, als wir jetzt so wild geschmust haben?«

»Ja, super natürlich. Du kennst ja meine Gefühle für dich. Und wenn wir dann schmusen, was leider nur selten vorkommt, dann macht mich das natürlich glücklich.«

»Das versteh ich schon, aber so meine ich das nicht. Ich meine, ist es was Besonderes, wenn du mit mir schmust?«

»Na sicher, hab ich dir doch gerade erklärt.«

»Ich mein das aber noch anders. Wie soll ich es sagen? Ich meine, hast du das Gefühl, dass das rein körperlich – oder meinetwegen technisch – mit mir etwas Besonderes ist?«

»Ich weiß jetzt nicht, worauf du hinauswillst.«

»Mensch, Hubert, sei nicht so begriffsstutzig. Sagen wir so: Du hast doch in deinem Leben schon mit mehreren Frauen geschmust. Das war doch sicher nicht immer gleich. Das macht ja jede ein wenig anders. Hast du zum Beispiel schon einmal mit einer Frau geschmust, von der du dir gedacht hast, dass die das besonders gut kann?«

»Hemma, was soll das jetzt?«

»Komm, sag schon, hat es so etwas schon einmal gegeben? Das kannst du mir doch sagen.«

»Na ja, da war mal was, aber das ist schon ziemlich lange her.«

»Na, rede schon!«

»Also, das ist schon echt viele Jahre her. Und damals war sie auch noch nicht verheiratet. Aber ich habe einmal auf dem Jägerball mit der Gerlinde geschmust. Und da habe ich echt die Ganslhaut gekriegt.«

»Das glaub ich jetzt einfach nicht!«

Hubert musste mit großen Augen mitansehen, wie der Hemma plötzlich das Geimpfte aufging. »Was habt ihr bloß alle mit dieser scheiß Gerlinde. Die Superschmuserin! Du bist in Wirklichkeit genauso blöd wie alle anderen. Eigentlich gehst du mir im Moment total auf die Nerven. Ich denke, es ist besser, wenn du jetzt gehst.«

Hubert wusste überhaupt nicht, wie ihm geschah. »Also Hemma, du hast mich doch gerade dazu überredet, dass ich dir das erzähle. Und außerdem, ich wohne hier. Warum soll ich jetzt gehen?«

»Stimmt«, meinte Hemma, »ich gehe. Ich glaube übrigens, dass ich am nächsten Dienstag keine Zeit haben werde.«

Darauf packte sie ihre Sachen, schlug die Tür hinter sich zu und radelte mit stockfinsterer Miene in Richtung Pfarrhof.

ZWÖLF

In den nächsten Tagen herrschte zwischen Hemma und Hubert Funkstille. Auch Hubert wollte demonstrieren, dass man nicht alles mit ihm machen konnte. Tatsächlich war er sich keiner Schuld bewusst. Der Auszucker von Hemma war völlig unmotiviert gewesen. Wenn, dann lag es nun an Hemma, das ursprüngliche Verhältnis wiederherzustellen, fand er.

Hubert wusste aber nicht, dass Hemma ohnehin ein schlechtes Gewissen hatte. Es war ihr natürlich klar, dass ihre Reaktion völlig überzogen gewesen war, einerseits dem Hubert gegenüber, aber letztendlich auch gegenüber der Gerlinde, die ja einer der feinsten Menschen überhaupt war. Und was konnte sie schon dafür, dass sie so gut schmusen konnte? Hemma wusste selbst, dass ihre Eifersucht mit nichts zu rechtfertigen war. Es fiel ihr aber schwer, dies einzugestehen, vor allem sich selbst gegenüber.

Hinzu kam, dass die Maifeiertage vor der Tür standen. Die finden zwar häufig erst im Juni statt, aber sie heißen nun einmal so.

Christi Himmelfahrt, welches dieses Jahr tatsächlich in den Mai fiel, war bereits vorüber. Da gab es für Hemma keinen besonderen Mehraufwand, sie musste nur die kräftigsten ihrer Cowboys auswählen, die bei den vier Bittprozessionen das Kreuz vorantrugen.

Auch Pfingsten war nicht sonderlich aufwendig in der Vorbereitung, im Vergleich zu Ostern oder Weihnachten war Pfingsten eine Lappalie. Aber Fronleichnam mit der großen Prozession, das in diesem Jahr so Mitte Juni auf sie zukam, musste schon ordentlich geplant werden. Hier galt es sämtliche Vereine zu koordinieren, den Aufbau der vier Freilichtaltäre zu organisieren und schließlich auch die vier Männer auszuwählen, die dieses Jahr den Himmel tragen sollten, was immer ein bisschen mit Ruhm und Ehre verbunden war. Und weil sich

Hemma ohnehin ein wenig ablenken wollte, begann sie schon relativ früh mit der Planung des Festes.

Um noch einmal auf Pfingsten zurückzukommen – da gibt es übrigens auch keine Vorbereitungszeit, so wie den Advent und die Fastenzeit. Niemand muss sich kasteien oder besonders in sich gehen. Die praktizierenden Christen gehen aber trotzdem zur Beichte, weil sie das sowieso einmal im Monat tun.

Für die Narrische Nani war es eine Selbstverständlichkeit, vor Pfingsten beichten zu gehen. Sie besaß jedoch das Privileg, dass sie sich nicht am Beichtstuhl anstellen musste, sondern vom Pfarrer im Pfarrhof empfangen wurde.

Aus diesem Grund bat der Pepperl eines Morgens die Hemma, einen Guglhupf zu backen und für zwei Uhr nachmittags einen Kaffee vorzubereiten. Auch wenn die Nani selbst Hemmas Bruder etwas zu narrisch war, eine gute Christin wie sie wollte er auf jeden Fall mit allen Ehren empfangen.

Hemma und Pepperl teilten sich ein Wohnzimmer, das auch als Esszimmer fungierte und wo in einer Ecke ein Couchtischchen und zwei bequeme alte Lehnstühle standen, die zum Fernseher hin positioniert waren. Dort empfing der Pfarrer immer seine Gäste, vor allem bei Vieraugengesprächen, was meistens der Fall war.

Rechtzeitig stellte Hemma den Kaffee und den Guglhupf bereit. Pepperl sagte ihr noch, dass er selbst die Haustür öffnen würde, wenn es klingele. Und weil Hemma sah, dass noch ein paar von Pepperls Kleidern im Wohnzimmer herumlagen, räumte sie diese in den Schrank in seinem Schlafzimmer, welches gleich an das Wohnzimmer anschloss.

Bei dieser Gelegenheit musste Hemma feststellen, dass Pepperls Schlafzimmer nicht so perfekt aufgeräumt war, wie es sein sollte. Auch hatte sich in einigen Ecken Staub gesammelt, der ebenfalls entfernt werden musste. Darum holte sie aus dem Besenkammerl den Staubwedel und begann, in Pepperls Schlafzimmer für Ordnung zu sorgen.

Als es an der Haustür klingelte, reagierte sie gar nicht, der

Pepperl hatte ja eh gesagt, dass er selbst aufmachen würde. Da aber sämtliche Türen bis zum Vorzimmer offen standen, konnte sie jedes Wort hören, dass Pepperl mit der Narrischen Nani sprach.

»Herzlich willkommen, Schwester Nani, bitte kommen Sie. Die Hemma hat schon Kaffee und Guglhupf für Sie vorbereitet.«

»Ein herzliches Grüß Gott, Hochwürden. Aber das wäre doch gar nicht notwendig gewesen. Ich wollte Sie ja nur bitten, dass Sie mir die Beichte abnehmen.«

»Was soll denn eine heilige Frau wie Sie schon zu beichten haben.«

»Aber Hochwürden, wir sind doch alle arme Sünder.«

»Mehr oder weniger«, antwortete darauf der Pfarrer. »Sie bestimmt weniger. Und wie geht es Ihnen denn so?«

»Na ja, Sie wissen ja, wir hatten in der letzten Zeit ein paar fürchterliche Todesfälle, das hat mich sehr beschäftigt. Ich hab immer gedacht, wenn ich einmal in Pension bin, dann wird mein Leben ruhiger. Aber genau das Gegenteil ist der Fall. Und jetzt ist ja auch noch die Frau Beinhauser krank geworden, und ich fürchte, die wird es auch nicht mehr lang machen.«

Als die Narrische Nani diesen Satz sprach, betraten sie und der Pfarrer gerade das Wohnzimmer. Der Pfarrer bot ihr Platz an und schloss die Tür zur Küche, wo er die Hemma vermutete. Da seine Schlafzimmertür nur einen Spalt offen war, schenkte er dieser keine Beachtung.

Das wäre eigentlich der richtige Zeitpunkt für Hemma gewesen, das Schlafzimmer ihres Bruders zu verlassen, die Nani kurz zu begrüßen und dann die beiden in Ruhe zu lassen. Aber die Vorstellung, dass sie jetzt etwas über die mysteriösen Todesfälle erfahren könnte, machte sie neugierig. So setzte sie sich geräuschlos auf Pepperls Bett und lauschte, was sie natürlich niemals hätte tun dürfen.

Sie hörte, wie der Pepperl Kaffee einschenkte und der Nani vom Guglhupf anbot. Selbst das Scheppern des Löffels, mit dem die Nani den Zucker verrührte, konnte sie deutlich hören. Und sie vernahm natürlich, wie das Gespräch nun weiter ablief.

»Woran sind die beiden eigentlich gestorben?«, wollte der Pfarrer wissen.

»Herz.«

»Aha, Herzversagen. Aber dass sie so lange dahingedämmert sind, das ist schon ungewöhnlich, oder?«

»Ich glaube nicht. Die hatten halt Fieber.«

»Verstehe. Und gab es echt keine Hilfe mehr?«

»Nein, keine. Ich habe es ja schon Tage zuvor kommen sehen, dass der Herrgott sie zu sich holen würde. Und dann bin ich stundenlang am Krankenbett gesessen, damit sie nicht allein sind, wenn sie ins Himmelreich hinübergehen. Viele Menschen haben ja Angst davor, wissen Sie? Aber wenn ich dabei bin, dann haben sie keine Angst mehr, dann gehen sie mit vollem Einverständnis und versöhnt aus dieser Welt.«

»Sie sind eine gute Frau, Schwester Nani. Aber sagen Sie, was ich gehört habe, haben die Frauen ja die ganze Zeit so viel Schweinskram geredet. War das nicht ganz schrecklich für Sie?«

»Das ist ja der eigentliche Grund, warum ich jetzt beichten möchte.«

»Aber das ist doch nicht Ihre Schuld, wenn die so ein Zeugs daherreden.«

»Bitte, Hochwürden, ich muss es loswerden, nehmen Sie mir doch jetzt die Beichte ab.«

In diesem Moment hätte Hemma unbedingt Pepperls Schlafzimmer verlassen müssen. Aber es war bereits zu spät. Aus dem Raum führte nur eine Tür, und die ging ins Wohnzimmer. Wenn sie jetzt hinausgegangen wäre, wäre klar geworden, dass sie das ganze Gespräch mitangehört hatte. Was blieb ihr anderes übrig, als still sitzen zu bleiben und sich Nanis Beichte anzuhören.

Sie sah zwar nicht, wie Pepperl seine violette Stola umlegte, aber sie wusste, dass er es bereits getan hatte und in Beichtposition ging. Sie hörte, wie die Narrische Nani sich den Beichtschemel zurechtrückte und vor dem Pfarrer niederkniete.

»In nomine Patris et Filii et Spiritus Sancti.«

»Ad Deum, qui laetificat juventutem meam«, war ihre Antwort. Und weiter: »Ich beichte und bereue vor Gott dem Allmächtigen meine Sünden, die ich seit meiner letzten Beichte begangen habe.«

Anschließend herrschte einen Augenblick Stille. Offensichtlich fiel es ihr gar nicht so leicht, dem Pfarrer ihr schlechtes Gewissen anzuvertrauen.

»Hochwürden, Sie haben selbst gesagt, dass die Frauen in ihrem Fieber immer so unkeusches Zeugs geredet haben. Teilweise haben sie Begriffe verwendet und Situationen beschrieben, wie ich sie gar nicht kannte.«

»Aber ich habe Ihnen doch schon gesagt, dass das nicht Ihre Schuld ist. Im Gegenteil, es ist Ihnen hoch anzurechnen, dass Sie die Frauen weiter betreut haben, obwohl sie Sie mit ihren sündigen Sätzen gequält haben.«

»Aber das ist es ja.« Und wieder kam es zu einer kurzen Pause. »In Wirklichkeit haben sie mich nicht gequält. In Wirklichkeit ... hat es mich erregt. In Wirklichkeit habe ich ihnen gerne zugehört und dabei selber meine Gedanken gehabt. Oh Gott, Vater, verzeih mir, ich bin voller Schuld!«

Dem Pfarrer verschlug es ein wenig die Sprache. Und auch Hemma musste ein paarmal schlucken. Nach einer weiteren Pause erteilte der Pepperl der Narrischen Nani einfach die Absolution. Dass er nicht die richtigen Worte fand, um auf Nanis Sünde einzugehen, war ohnehin klar. Zur Buße gab er ihr noch einen Rosenkranz auf, aber den hätte sie ohnehin gebetet, denn Rosenkränze betete sie täglich.

Nachdem das Beichtritual abgeschlossen war, hörte Hemma, wie die beiden sich erhoben.

»An das Beichtgeheimnis muss ich Sie Gott sei Dank eh nicht erinnern, Hochwürden.«

»Sie haben vor Gott gebeichtet, nicht vor mir als Mensch.«

Dann verließen die beiden den Raum. Was Hemma endlich

die Möglichkeit bot, Pepperls Schlafzimmer zu verlassen und in die Küche zu huschen.

Den ganzen Tag über war Hemma noch ein wenig verstört von dem, was sie sich da hatte anhören müssen. Wobei das Wort »müssen« vielleicht nicht so ganz stimmte. Sie hätte ja auch nicht müssen, hätte sie Pepperls Schlafzimmer nur rechtzeitig verlassen. So war sie Ohrenzeugin von Nanis Beichte geworden, wobei sie sich vorgenommen hatte, dass sie das Beichtgeheimnis respektieren und niemandem davon erzählen würde. Nicht einmal dem Hubert.

Apropos Hubert. Nachdem sie nun schon ein paar Tage lang nichts mehr von ihm gehört und inzwischen genug Zeit gehabt hatte, über den letzten gemeinsamen Abend nachzudenken, kam sie zu dem Schluss, dass sie dem ganzen Streit ein Ende setzen sollte. Sie musste auch zugeben, dass er ihr fehlte. Darum überlegte sie hin und her, wie sie am besten wieder Kontakt mit ihm aufnehmen sollte. Schließlich entschied sie, ihm eine SMS zu schreiben, die da lautete: »Lieber Hubert, erwarte bitte keine Entschuldigung von mir. Sagen wir einfach Schwamm drüber. Hemma«.

Nun wartete sie gespannt, wie Hubert reagieren würde. Aber sie musste nicht lange warten. Denn schon nach einer Minute klingelte ihr Handy.

»Servus. Sag, kannst du auf den Posten herüberkommen? Ich muss dir was erzählen.«

»Okay, ich fahre gleich los.«

Das war aber wirklich Schwamm drüber. Auch Hubert versuchte erst gar nicht, irgendetwas zu erklären oder zu rechtfertigen. Offensichtlich wünschten sich beide, dass so bald wie möglich wieder Normalität einzog.

»Servus!«, bemerkte Hemma ganz beiläufig, als sie durch die Wachstube lief und, wie immer ohne zu klopfen, in Huberts Büro trat. Hier gab es nun aber schon ein etwas strahlenderes Lächeln und eine kräftige Umarmung. Hemmas Wangenbussis waren aufrichtig und kamen von Herzen.

»Lang nicht mehr gesehen, Hubert, wie geht es dir?«

»Jetzt wieder gut. Und dir?«

»Ebenfalls.« Doch dann kam Hemma, wieder einmal von Neugier getrieben, gleich auf den Punkt. »Was wolltest du mir denn erzählen?«

»Ah ja, stell dir vor, Hemma, der Beinhauser Bertl war bei mir. Ganz offiziell.«

»Und was wollte er?«

»Es ging um seine Mutter. Er hat gemeint, dass sie wohl nur noch wenige Tage zu leben hat.«

»Ja, schrecklich. Aber deswegen kommt er zu dir?«

»Nein, wegen etwas anderem. Er hat schon vor einiger Zeit für seine Mutter eine Lebensversicherung abgeschlossen. Da bietet eine seiner Versicherungen so ein Paket an, da bekommen die Hinterbliebenen zweihunderttausend Euro. Und stell dir vor, jetzt kam von der Versicherung ein eingeschriebener Brief an seine Mutter. Weil die aber nicht ansprechbar war, hat er als ihr Sohn den Brief entgegengenommen und geöffnet. Und weißt du, was da drinnen stand?

»Hat es etwas mit einer Spende zu tun?«

»Woher weißt du das?«

»Weil es bei der alten Schneiderin und bei der Maierhoferin genauso war. Die haben auch ein Viertel ihrer Lebensversicherung für einen guten Zweck gespendet.«

»Na servus. Und beim Bertl ist es jetzt genauso. Die Versicherung hat bestätigt, dass ihrem Wunsch gemäß im Falle ihres Ablebens fünfzigtausend Euro auf ein bestimmtes Konto überwiesen werden. Offenbar für ein Armenhaus in Tibet.«

»Bist du narrisch!«

»Na warte. Dem Schreiben beigelegt war der Antrag auf diese Abänderung ihrer Polizze. Samt Unterschrift von der Frau Beinhauser. Der Bertl meint nun, dass die Unterschrift schon echt aussieht. Allerdings wunderte er sich über das Datum auf dem Schreiben. Er sagt, dass seine Mutter bereits krank war, als sie das unterschrieben hat. Jetzt möchte er den Änderungsantrag anfechten.«

»Das versteh ich. Du, Hubert, die Sache wird immer schräger. Das geht doch alles nicht mit rechten Dingen zu. Da müssen wir unbedingt was machen. Hast du schon eine Idee?«

»Na ja, ich denke, wir müssen es professionell angehen. Am besten, ich rufe mal den Hans an, weißt eh, den Major Oswald von der Mordkommission. Am besten schicke ich ihm gleich eine kriminalpolizeiliche Wahrnehmung.«

»Ja, das wäre vielleicht am besten. Und dann lass doch auch gleich kontrollieren, ob die Unterschrift echt ist. Der Bertl soll dir eine ältere Unterschrift von seiner Mutter geben, damit sie die im Labor vergleichen können.«

»Gute Idee. Aber da ist noch was anderes, Hemma. Wir haben Monatsende. Demnächst ist wieder der Erste. Ich fürchte, dass wir bald wieder einen Brand haben werden. Und wir tappen alle miteinander total im Dunkeln. Die Kriminaler kommen nur noch ganz sporadisch, weil sie auch nicht wissen, was man machen könnte. Offensichtlich können die auch nur auf den nächsten Brand warten und hoffen, dass das Pyromandl einen Fehler macht.«

»Ich werd mir was einfallen lassen. Aber du musst als Erstes jetzt die Unterschriftprobe von der Frau Beinhauser besorgen.«

»Das kann ich jetzt gleich machen.«

»Ah, gute Idee. Weißt was, da komm ich gleich mit.«

Da das Haus der Beinhausers nicht allzu weit vom Polizeiposten entfernt lag, beschlossen die beiden, zu Fuß hinüberzugehen. Schließlich passte auch das Wetter für einen kleinen Spaziergang. Es herrschten inzwischen fast sommerliche Temperaturen, selbst die Kastanienbäume waren schon wieder verblüht.

Da man nun ein paar Schritte nebeneinander ging und ein Gespräch angebracht war, kamen Hemma und Hubert doch ein wenig auf besagten Abend zu sprechen, der leider so patschert geendet hat.

»Also ganz so ohne scheinen die Tropfen von der Schneider

Leni ja doch nicht zu sein«, begann Hemma das Gespräch. »Eigentlich sind uns die schon ziemlich eingefahren.«

»Das hab ich mir auch gedacht. Wenn die Leni ihren Patienten permanent diesen Tee kocht, dann kann ich mir schon vorstellen, dass die so darauf reagieren. Dabei hab ich wirklich exakt nur zehn Tropfen in jede Tasse gegeben.«

Da blickte Hemma den Hubert etwas vorwurfsvoll an.

»Was hast du getan?«

»Wie meinst du das?«

»Hast du die Tropfen zuvor schon in den Tee gegeben?«

»Ja, so wie du es gesagt hast. In jede Tasse zehn Tropfen.«

»Verdammt, warum hast du denn nicht gesagt, dass du die Tropfen schon reingegeben hast? Ich war natürlich der Meinung, dass ich die Tropfen reingeben soll, als du mir das Flascherl auf den Tisch gestellt hast.«

»Sag bloß, du hast die Tropfen noch einmal hineingegeben?«

Aber anstatt sich jetzt gegenseitig weitere Vorwürfe zu machen, begannen beide ein wenig zu schmunzeln.

»Dann wundert mich jetzt überhaupt nichts mehr«, meinte schließlich die Hemma.

»Außer, dass du trotzdem konsequent geblieben bist.«

Als sie zu Bertls Haus kamen, sahen sie, dass der Audi der Schneider Leni davorstand. Das traf sich gut, Hemma wollte ohnehin mehr über die Tropfen erfahren. Die beiden gingen durch das offene Gartentürl bis zur Haustür, wo Hubert das Klingeln übernahm, schließlich war er in offizieller Mission hier. Aber einmal klingeln reichte nicht, erst beim dritten Mal drehte jemand von innen am Schloss.

Es war der Bertl, der mit nassroten Augen die Haustür öffnete. Sein Ausdruck verriet sofort, was vorgefallen war.

»Bertl«, rief Hemma, »sag bloß ...«

»Ja, Hemma, vor einer Stunde ist es passiert, die Mama ist schließlich friedlich eingeschlafen.«

»Geh, Bertl, das tut mir aber leid. Mein Beileid.«

Und auch Hubert kondolierte dem Bertl und fragte, ob sie ein anderes Mal wiederkommen sollten.

»Nein, nein, kommt ruhig herein.«

Die Frau Beinhauser lag aufgebahrt auf ihrem Bett, die Leute von der Leichenbestattung waren offensichtlich noch nicht da. Um das Bett standen Luise, Bertls Frau, und daneben die Schneider Leni. Und natürlich, wie könnte es auch anders sein, war auch die Narrische Nani anwesend, die ja beim Sterben immer die Erste war. Durch einen Türspalt konnte man sehen, dass die beiden größeren Kinder im Wohnzimmer vor den Fernseher gesetzt worden waren. Daneben stand ein Gitterbett, in dem der Kleine schlief.

Hemma und Hubert begrüßten die Runde mit einem schweigenden Kopfnicken, nur Luise reichten sie die Hand und drückten ihr ebenfalls Beileid aus.

»Der Herr hat sie gegeben, der Herr hat sie genommen«, meinte schließlich die Nani, welche immer noch ganz nahe am Totenbett saß.

Und die Leni seufzte nur: »Da war nichts mehr zu machen. Das Herz hat es einfach nicht mehr geschafft.«

Gemeinsam standen sie etwa eine Viertelstunde lang in der schweigenden Runde am Totenbett. Bis Hubert den Bertl schließlich zu sich winkte und mit ihm ins Wohnzimmer hinüberging.

»Du, Bertl, jetzt hast du sicher keinen Kopf dazu. Aber ich bräuchte noch eine Unterschrift von deiner Mutter für das graphologische Gutachten. Weißt eh, wegen des Änderungsantrags bei der Lebensversicherung.«

»Wie sollen wir denn das jetzt machen?«

»Nein, ich meine, ich bräuchte irgendetwas, was deine Mutter einmal unterschrieben hat. Einen Brief oder einen Meldezettel oder so was.«

»Lass mich nachdenken. Der Reisepass von meiner Mutter ist noch nicht so alt. Den könntest du mitnehmen.«

»Mach mir doch einfach eine Kopie.«

Inzwischen hatte Hemma der Schneider Leni bedeutet,

sie solle mit ihr mitkommen. Die beiden gingen in die Küche hinüber, dort zog Hemma das Fläschchen mit den ominösen Tropfen aus der Jackentasche.

»Sagen Sie, Frau Leni, was ist denn da jetzt genau drin in diesen Tropfen?«

»Haben Sie sie schon ausprobiert? Dann haben Sie eh gemerkt, dass sie völlig harmlos sind, wenn man die Regeln einhält.«

»Ja eh«, schummelte Hemma. »Aber was ist denn nun genau da drinnen?«

»So genau weiß ich das nicht. Ein paar Kräuter halt.«

»Und wo haben Sie das her?«

»Es gibt da so eine Kräuterfrau im Waldviertel, die sich echt auskennt mit diesen Präparaten. Von der kauf ich sie.«

»Haben Sie von der eine Telefonnummer?«

»Nein, die kann man nicht anrufen, die hat gar kein Telefon. Die muss man schon besuchen.«

Die Hemma bedankte sich und verabschiedete sich auch gleich. Dann ging sie noch ins Wohnzimmer, wo Hubert gerade die Kopie vom Reisepass der Frau Beinhauser einsteckte.

»Du, Bertl, war eigentlich der Dr. Meindl noch einmal da?«, wollte Hemma schließlich noch wissen.

»Nein, weißt ja eh, wie die Luise da reagiert hätte. Außerdem ist er, soviel ich weiß, gerade wieder in den Bergen zum Wandern.«

»Okay, es ist nämlich Folgendes … Hubert, du hast dem Bertl sicher eh schon gesagt, dass die Polizei nach all diesen verdächtigen Todesfällen eine Blutprobe braucht.«

Diese Aussage kam jetzt auch für den Hubert etwas überraschend. Aber natürlich stieg er gleich darauf ein: »Ach ja, Bertl, das hätte ich ja fast vergessen. Klar, die Blutprobe.«

»Und wie sollen wir das machen?«, fragte Bertl ebenfalls etwas erstaunt. »Kommt da jetzt ein Polizeiarzt? Der Dr. Meindl ist ja wie gesagt verreist.«

Hubert und Hemma warfen sich noch einen fragenden Blick zu.

»Wir können ja den Dr. Brauner bitten«, meinte schließlich Hemma. Damit war ihr Besuch beendet.

Auf dem Weg zum Kommissariat, wo Hemma noch ihr Fahrrad stehen hatte, begann natürlich wieder eine Diskussion.

»Hättest du mich da nicht vorher einweihen können? Wer weiß, ob der Kurtl Brauner überhaupt da ist und ob er das machen wird. Und einen Pathologen aus der Gerichtsmedizin werde ich bestimmt nicht herholen können.«

»Lass mich doch erst mit dem Kurtl reden. Wenn das nichts wird, kannst du dir immer noch deine Sorgen machen.«

Kaum war Hemma wieder im Pfarrhof angekommen, rief sie sofort im Krankenhaus an und bat, mit Dr. Kurt Brauner verbunden zu werden. Man sagte ihr aber, dass der Doktor heute freihabe, und natürlich fragte Hemma daraufhin nach seiner Handynummer. Diese wurde ihr erst verweigert, denn offensichtlich kannte der Mann am anderen Ende der Leitung die Hemma nicht. Sonst hätte er wohl gleich die Nummer herausgerückt und sich erspart, sich erst ein paar Minuten lang dazu überreden zu lassen.

Sofort rief sie Dr. Brauner auf dem Handy an, der schon etwas überrascht war, als Hemma in der Leitung war. Der Small Talk dauerte nur kurz, dann kam Hemma gleich zur Sache.

»Du, Kurtl, der Hubert hat mir erzählt, dass ihr euch unlängst getroffen habt. Da habt ihr euch ja auch über die mysteriösen Todesfälle unterhalten, die wir hier in Niederfeld haben.«

»Stimmt. Die sind wirklich mysteriös. Aber ich habe dem Hubert eh gesagt, dass ich da nichts machen kann. Denn wenn man mir die Leute nicht ins Krankenhaus schickt, dann bin ich nicht dafür zuständig.«

»Ich weiß. Nur haben wir schon wieder einen Todesfall, der nach dem gleichen Schema abgelaufen ist. Die Frau Beinhauser, weißt eh, die Mutter vom Bertl.«

»Oje, das tut mir leid. Ich kannte die ganz gut. Aber was soll ich jetzt tun?«

»Die Polizei hat angeordnet, dass man ihr eine Blutprobe entnimmt. Aber der Dr. Meindl ist wieder einmal in den Bergen. Und da auch kein Gerichtsmediziner in der Nähe ist, haben wir gedacht, dass du das machen könntest.«

»Aber Hemma, da stimmt doch etwas nicht. Wer hat das angeordnet?«

»Na, die Polizei.«

»Also der Hubert?«

»Ja, wenn du so willst.«

»Und du hast es dem Hubert angeordnet. Stimmt's?«

»Jetzt mach es nicht so kompliziert, Kurtl. Bei diesen Todesfällen stimmt etwas nicht, das ist doch überdeutlich, dass da wer beim Sterben nachhilft. Ich könnte mir vorstellen, dass da irgendwelche Giftstoffe im Spiel sind. Die müsste man doch im Blut erkennen, oder?«

»Vielleicht. Aber wir im Krankenhaus können nur die Blutwerte kontrollieren. Für Giftstoffe brauchst du das Labor von der Gerichtsmedizin.«

»Wie auch immer. Auf alle Fälle brauchen wir jetzt erst einmal das Blut.«

»Wann ist sie denn gestorben?«

»Vor zwei Stunden circa.«

»Dann müssen wir uns aber beeilen. Sobald die Leichenstarre eintritt, fließt auch kein Blut mehr. Wo ist denn die Leiche jetzt?«

»Entweder noch zu Hause oder schon bei der Bestattung. Ich kann es gleich rausfinden.«

»Gut, ich fahr sofort los. Ich werd so in zwanzig Minuten da sein. Ruf mich an, sobald du es weißt. Du, eines noch. Der Hubert muss unbedingt dabei sein. Ich mach das Ganze nur offiziell.«

Kaum war das Gespräch beendet, sprang Hemma in ihren Kadett, um zu Bertls Haus zu rasen. Dort sah sie, dass ein Leichenwagen der Bestattung Hummenberger vor dem Haus stand. Gerade als Hemma ausstieg, trugen zwei Männer einen Sarg heraus und schoben ihn in ihren Transporter. Bertl stand vor der Haustür und beobachtete mit gesenktem Kopf den Abtransport der Leiche seiner Mutter.

Hemma wollte sich nicht lange aufhalten. Sie winkte Bertl nur aus der Entfernung zu und wandte sich gleich an die Bestatter, die sie natürlich gut kannte, hatte sie doch bei der Organisation der Begräbnisse immer wieder mit ihnen zu tun.

»Servus, meine Herren. Wo bringt ihr denn die Leiche jetzt hin?«

»Zu uns in die Bestattung.«

»Aber bitte, verschließt sie nicht gleich in einem Sarg. Wieso, das erklär ich euch später. Und sagt eurem Chef, dass ich in einer Viertelstunde bei euch bin.«

Und schon saß sie wieder in ihrem Kadett und raste hinüber zum Polizeikommissariat, um den Hubert abzuholen, damit dieser die bevorstehende Aktion zu einer Amtshandlung beförderte. Hubert stieg gleich zu ihr in den Kadett.

Vor dem Bestattungsunternehmen mussten sie keine zehn Minuten auf den Dr. Brauner warten. Der wusste wahrscheinlich am besten, dass er keine Zeit verlieren durfte, wenn er noch ein paar Blutstropfen aus der Leiche herausholen wollte.

Die Begrüßung fiel dementsprechend kurz aus.

»Ich kann nichts versprechen«, meinte der Doktor, als er nach seinem Ärztekoffer griff. »Wahrscheinlich ist das Blut schon ziemlich geronnen.«

Da Hemma ihren Besuch angekündigt hatte, wartete der Bestatter Hummenberger bereits in seinem Büro auf sie. Er war schon überrascht, dass auch Hubert und der Dr. Brauner mit dabei waren.

»Servus, Karl«, preschte Hemma vor. »Das hier ist eine Amtshandlung. Der Doktor muss sofort zu der Leiche von der Frau Beinhauser.«

Auch die Männer kannten sich natürlich alle. Und sie kannten alle auch die Hemma, über deren Engagement sie allesamt ein wenig schmunzeln mussten.

Nichtsdestotrotz begab sich die Gruppe ohne weitere Verzögerung ins Kühlhaus, wo die Leiche lag.

»Ich denke, ich werde am besten in eine Herzkammer stechen. Aus den Venen krieg ich jetzt sicher nichts mehr raus«, meinte der Doktor. Und er holte eine riesige Spritze mit einer extrem langen Kanüle aus seinem Koffer. »Macht ihr einmal die Brust frei.« Und schon schob er die Kanüle zwischen den Rippen in den Herzraum, wo er hoffte, noch etwas flüssiges Blut zu finden. Und tatsächlich konnte er noch ein paar Kubikzentimeter heraussaugen. Diese teilte er auf zwei Ampullen auf, eine davon behielt er, eine gab er dem Hubert.

»Das musst du jetzt in die Gerichtsmedizin bringen. So schnell wie möglich.«

»Heißt das, ich muss jetzt gleich nach Wien fahren?«

»Wenn du ein Ergebnis haben willst, dann schon.«

Hubert verzog etwas angefressen das Gesicht.

»Da muss ich mir aber erst vom Major Oswald die Genehmigung holen. Ich arbeite von jetzt an nur noch offiziell.«

Aber Hemma legte ihren Arm auf seine Schulter und meinte nur: »Mach das vom Auto aus. Außerdem musst du ja sowieso auch die Unterschriftenprobe für das graphologische Gutachten abgeben. Dann geht das alles in einem. Ich überlege mir in der Zwischenzeit etwas wegen deinem Pyromandl.«

DREIZEHN

Die nächsten Tage hieß es erst einmal warten. Warten auf die Ergebnisse der Labors und auf das graphologische Gutachten. Dabei war Warten etwas, was Hemma überhaupt nicht mochte. Es machte sie nur unrund und nervös.

Täglich rief sie gleich in der Früh bei Hubert an, um zu erfahren, ob es schon Neuigkeiten gab. Aber im kriminaltechnischen Labor schien man der Angelegenheit keine Priorität einzuräumen.

Auch der Hubert wirkte wieder etwas angespannter. Erst recht, als er eines Morgens mit einem Jausensackerl in der Hand vom Supermarkt zum Polizeikommissariat marschierte und den Wiener Handelsvertreter durchs Dorf fahren sah. Obwohl es überhaupt keinen Beweis gab, dass es zwischen der Anwesenheit des Mannes und den Bränden irgendeinen Zusammenhang gab, so wurde ihm doch klar, dass er mächtig unter Zeitdruck stand. Denn die Wahrscheinlichkeit, dass demnächst wieder ein Hof in Flammen stehen würde, war gewaltig.

Als er zurück in die Wachstube kam, sagten ihm seine Buben, dass der Dr. Brauner angerufen habe und um Rückruf bitte.

Doch Hubert setzte sich erst einmal an seinen Schreibtisch und packte die Wurstsemmel aus. Und während er diese Bissen für Bissen verzehrte, dachte er an nichts anderes als an sein Pyromandl, den Feuerteufel, der immer noch unentdeckt sein Unwesen treiben konnte. Den Dr. Brauner hatte er vorerst einmal vergessen.

Das Einzige, was ihm konkret einfiel, war, die Hemma anzurufen. Insgeheim ärgerte er sich nun auch ein wenig über sie, war sie doch bei Morden immer hyperaktiv und um den Brandleger kümmerte sie sich so gut wie gar nicht.

»Hemma, ich habe einfach keinen Plan. Was soll ich tun?

Demnächst werden wir wieder ein Feuer haben. Und dann werden wir genauso deppert dastehen wie zuvor.«

»Das tut mir leid, Hubert, ich hab da leider auch keine Idee.«

»Aber du hast mir schon zwei Mal versprochen, dass du dich mit der Sache beschäftigen wirst. Und es ist noch gar nichts passiert.«

»Das stimmt schon, Hubert, aber wenn ich keine Idee habe, was soll ich dann tun? Übrigens, weiß du schon etwas aus den Labors?«

Da fiel Hubert wieder ein, dass er ja den Kurtl Brauner zurückrufen sollte.

»Der Kurtl hat heute schon angerufen, aber da war ich gerade nicht da. Dann habe ich zurückgerufen, habe ihn aber nicht erreicht«, log der Hubert. »Was machst du denn gerade, kannst du nicht schnell herüberkommen? Dann rufen wir ihn gemeinsam noch einmal an.«

»Okay, ich bin zwar gerade beim Bügeln, aber in einer halben Stunde bin ich bei dir.«

Da Hubert nun etwas Zeit blieb, bis die Hemma kam, wollte er vorher noch schnell in Wien bei der Mordkommission anrufen. Je mehr Informationen er hatte, umso besser waren schließlich seine Karten bei der Hemma.

»Ja hallo, hier Gruppeninspektor Güntschl aus Niederfeld. Den Herrn Major Oswald bitte.«

Zum Glück konnte Hubert sofort durchgestellt werden.

»Servus, Hubert. Wie geht's?«

»Servus, Hans, keine Ahnung. Vielleicht geht es mir besser, wenn du mir etwas über die Ergebnisse aus dem Labor sagen kannst.«

»Ah, da sollte eigentlich schon was gekommen sein. Ich werde es dir raussuchen und im Laufe des Tages rufe ich dich dann zurück. Passt das?«

»Weißt du, Hans, wir gehen hier eigentlich von Morden aus!«

»Und wer ist wir, wenn ich fragen darf? Aber eigentlich

muss ich dich da gar nicht fragen. Ich gehe davon aus, dass die Hemma Thom wieder einmal dahintersteckt.«

»Gruber, weißt eh.«

»Ja, ich weiß schon. Na gut, ich werd mich gleich mit der Sache beschäftigen. Sag, wie geht es euch eigentlich mit euren Bränden?«

»Ehrlich gesagt, beschissen. Die beiden Kriminaler sind mit Verlaub nicht die allerhellsten. Schade, dass ich da nicht mit dir zusammenarbeiten kann.«

»Das ist leider nicht meine Disziplin. Aber habt ihr denn da gar keine Idee?«

»Absolut nicht. Ich weiß nur, dass es wahrscheinlich demnächst wieder brennen wird. Und wir sind völlig planlos.«

»Und wieso glaubst du das?«

»Weil es immer um den Monatsanfang herum brennt. Drei Mal war es am Ersten und einmal am Vierten. Und heute haben wir den Dreißigsten. Kannst dir vorstellen, dass ich da ein bisserl nervös bin.«

»Habt ihr denn überhaupt keine Verdächtigen?«

»Schon. So drei, vier Männer kommen uns schon verdächtig vor. Aber wir haben gar keine Beweise.«

»Aber wenn ihr die Tatzeit auf zwei, drei Nächte einschränken könnt, dann könntet ihr doch die Verdächtigen in dieser Zeit observieren. Deine Kriminaler, wie du so schön sagst, sollen euch die entsprechenden Leute anfordern.«

»Das ist keine schlechte Idee, Hans. Da dank ich dir.«

»Passt schon. Also, ich melde mich dann später, wenn ich was vom Labor weiß. Servus inzwischen.« Und schon legte er auf.

Wenige Minuten später kam die Hemma zur Tür herein. Bussi, Bussi, und schon war sie beim Thema.

»Und, gibt es sonst noch etwas Neues?«

»Mit dem Hans Oswald hab ich inzwischen auch telefoniert. Der wird wahrscheinlich heute noch was erfahren. Er sagt mir eh gleich Bescheid.«

»Sehr gut, endlich geht etwas weiter. So, und jetzt rufen wir den Kurtl an.«

Hemma erwartete sich sehr viel von dem Gespräch mit Dr. Brauner. Doch leider wurde sie da ziemlich enttäuscht. Sie konnten ihn zwar sofort erreichen, aber das Ergebnis des Krankenhauslabors brachte so gut wie gar nichts.

»Es tut mir leid«, meinte der Doktor. »Aus dem halb geronnenen Blut war nicht mehr viel rauszuholen. Alle Blutwerte, die wir noch lesen konnten, waren im grünen Bereich. Und was die toxikologische Analyse angeht, da sind wir sowieso überfordert. Da müsst ihr euch auf jeden Fall an die Gerichtsmedizin halten.«

»Gut, Kurtl«, sagte Hubert etwas enttäuscht, »wenn es so ist, dann ist es so. Danke auf jeden Fall.«

»Ja, tut mir leid. Wenn ihr wieder so einen Fall habt, dann ruft mich einfach ein bisschen früher.«

Vor allem Hemma zog nun ein langes Gesicht.

»Warten wir, was der Hans sagt«, versuchte Hubert sie zu trösten. »Aber jetzt müssen wir uns echt um die Brände kümmern. Morgen ist der Einunddreißigste.«

»Verdammt, was machen wir nur?«

»Der Hans meint, wir sollten unsere Verdächtigen überwachen lassen. Zumindest in der Nacht vom Ersten bis zum Vierten. So viel Aufwand wäre das nicht, das sollten wir schon hinkriegen.«

»Falls es einer von unseren Verdächtigen ist. Wen willst du denn jetzt überwachen lassen?«

»Na ja, den Fritz, denke ich. Den Haidbacher Roman vielleicht?«

»Geh, vergiss doch den. Der ist es bestimmt nicht. Die paar Watschen vom Otto kamen, nachdem es schon zwei Mal gebrannt hatte.«

»Den Vertreter auf jeden Fall, den hab ich heute schon wieder durchs Dorf fahren sehen.«

»Was, der ist schon wieder da? Aber der müsste doch deppert sein, wenn er einmal im Monat zu uns kommt, bloß um ein Haus anzuzünden.«

»Du bist nur destruktiv! Dann mach du halt einmal einen Vorschlag.«

»Einfacher wäre es, wenn wir wüssten, welcher Hof als Nächstes dran ist. Dann würden wir uns mit dem Überwachen leichter tun. Und wir müssten auch nicht die depperten Kriminaler herholen, das könntest du allein mit deinen Buben machen.«

»Super, das hilft uns genau gar nicht weiter. Wie willst du denn herausfinden, welcher Hof als Nächster dran ist?«

»Mensch, Hubert, du glaubst wohl, dass ich dir absichtlich nicht weiterhelfe. Ich weiß es eben auch nicht. Stell dir vor, die Hemma hat keine Idee. Aus. Was jetzt?«

»Ja, tut mir leid, ich bin halt ziemlich nervös, bitte ebenfalls um Verständnis.«

Doch gerade als das Gespräch zu eskalieren begann, klingelte das Telefon. Es war Hans, der schneller als versprochen zurückrief. Um alles aus erster Hand zu hören, drückte Hemma sofort beim Telefonapparat auf den Lautsprecherknopf.

»Also, Hubert, pass auf. Die im Labor haben schon ein bisserl was herausgefunden. Auf jeden Fall hatte die Frau Spuren von Scopolamin und Methaqualon im Blut. Warte einmal, da unten ist die Wirkung beschrieben. Aha, Halluzinationen, Benommenheit, langsame Sprache … Und dann war da noch ein ziemlich erhöhter Testosteronwert, verstehe …«

»Und was heißt das jetzt alles?«, wollte der Hubert nun genau wissen.

»Na ja, auf gut Deutsch, sie muss ein bisserl plemplem und ziemlich geil gewesen sein.«

Dieser Satz ließ sowohl Hubert als auch Hemma schmunzeln.

»Ja, so ungefähr könnte man es bezeichnen.«

»Aber es war nichts Dramatisches. Tödlich waren die Stoffe bestimmt nicht.«

»Verstehe. Und was sagen die Graphologen zu der Unterschrift?«

»Die meinen, dass die Unterschrift schon von eurer Toten stammen könnte. Aber irgendetwas anderes ist den Spezialisten dabei noch aufgefallen. Dazu bräuchten sie aber jetzt den

Originalbrief. Ich werde ihn mir von der Versicherungsgesellschaft besorgen und sag dir dann wieder Bescheid. Also dann, servus.«

Und schon legte der Major auf, ohne auf ein Gegen-Servus zu warten.

»So«, meinte Hubert. »Jetzt wissen wir ja ein bisserl was. Aber was machen wir jetzt mit dieser Information?«

»Es wäre jetzt wichtig zu wissen, wie diese Stoffe in den Körper hineingekommen sind.«

»Na, über den Tee von der Schneider Leni natürlich. Da müssen ja genau solche Wirkstoffe drinnen sein.«

»Schon, Hubert. Aber erinnere dich. Wir haben ja schon eine Überdosis davon genommen. Und vielleicht waren wir ein wenig anders, aber von plemplem konnte noch keine Rede sein.«

»Dann hat die Leni der Frau Beinhauser eine noch viel höhere Dosis gegeben.«

»Ich weiß nicht, Hubert, irgendwie muss das anders gelaufen sein. Jedenfalls sollten die Tropfen von der Leni jetzt auch im Labor untersucht werden. Ich habe sie eh dabei. Kannst du sie ins Labor bringen?«

»Nicht böse sein, Hemma, aber ich fahre deshalb nicht extra nach Wien. Erst wenn wir den Brandleger gefasst haben, das hat jetzt oberste Priorität.«

»Hubert, wir haben hier schon drei Mordfälle, das hat auch oberste Priorität.«

»Wie gesagt, Hemma, lass dir erst einmal etwas wegen dem Feuerteufel einfallen. Wenn wir den haben, steh ich ganz zu deiner Verfügung. Jetzt schicke ich die Tropfen einmal mit der Post an den Hans. In den nächsten Tagen wird uns keine alte Frau wegen diesen Tropfen sterben. Aber wie es aussieht, haben wir demnächst wieder einen Brand.«

Der Hubert meinte es offensichtlich ernst. Und die Hemma musste auch einsehen, dass seine Argumente logisch waren.

»Verstehe«, erwiderte sie etwas zerknirscht. »Dann konzentrieren wir uns erst einmal auf das Feuer. Wieso findest du es eigentlich so abwegig, dass wir nicht vorrangig darüber nachdenken, wer der Täter sein könnte, sondern darüber, welcher Hof als Nächster dran ist? Es könnte ja irgendein System dahinterstecken. Wie beim Datum auch ein System dahinterstecken muss, so kann es ja bei den Höfen auch sein.«

»Na ja«, raunzte nun der Hubert, »nachdem uns eh nichts Besseres einfällt, lass uns halt in Herrgottsnamen einmal drüber nachdenken.«

»Gut«, sagte Hemma, und Hubert sah zum ersten Mal auch in dieser Sache bei ihr so etwas wie ein wenig Ehrgeiz aufkommen. »Dann lass es uns angehen!«

Hubert stand auf und zog einen Aktenordner aus dem Regal hinter sich. »Also, wir hatten vier Brände. Anfang Februar, Anfang März, Anfang April und Anfang Mai. Und übermorgen ist der erste Juni.«

»Okay«, setzt Hemma fort. »Gebrannt hat es beim Adlinger Raimund und beim Martl Schorsch. Und dann noch beim Otto und beim Josef.«

»Schauen wir uns die Höfe einmal auf der Karte an, vielleicht geht er im Uhrzeigersinn vor oder so was.«

Die beiden gingen zur Landkarte, die ohnehin gleich an der Wand hing, und Hubert spielte die Idee einmal durch: »Also, der Raimund ist da oben, nördlich von uns. Der Schorsch ist auch im Norden, aber ein Stückerl östlicher. Der Otto ist da im Südwesten und der Josef ganz im Süden. Also ein System sehe ich da auf den ersten Blick nicht.«

»Ich auch nicht«, musste Hemma gestehen. »Was könnte es sonst noch sein? Jedenfalls waren es alle Viehbauern. Vielleicht geht er nach der Anzahl der Viecher vor. Oder waren das vielleicht alle Biobauern?«

»Also, Hemma, das Ganze wird mir jetzt zu absurd. Ich glaube, ich rufe jetzt die Kriminaler an, und wir beobachten mit ihren Leuten unsere Verdächtigen.«

»Ich weiß nicht. Warte noch bis morgen, Hubert, vielleicht fällt uns noch was ein.«

Etwas frustriert verabschiedete sich Hemma von einem

noch frustrierteren Hubert. Sie hatte aber das feste Gefühl, auf dem richtigen Weg zu sein.

In der Nacht tat sich Hemma schwer mit dem Einschlafen. Es muss da irgendeine Routine geben, dachte sie immer wieder, der Täter ging nach einem System vor, dessen war sie sich sicher. Am Ende, als pünktlich um sechs ihr Wecker rasselte, hatte sie es geschafft, vielleicht zwei, drei Stunden die Augen zu schließen. Viel zu wenig, um nicht ein langes Gesicht zu haben.

Auch an diesem Tag half es nichts, sie musste ihren Morgendienst verrichten, die Messe vorbereiten, die Orgel spielen und hinterher für Pepperl und sich das Frühstück zubereiten.

»Du hast dich heute zwei Mal verspielt, hast du ein Problem?«, fragte sie der Pepperl, während er ein Kipferl in den Kaffee tauchte.

»Nein, nein«, antwortete ihm Hemma etwas unkonzentriert. »Aber weißt du was, ich werde das Geschirr später wegräumen, ich geh noch einmal in die Kirche hinüber, ein bisserl üben.«

Und im nächsten Moment war sie auch schon weg.

Mit vielen kreisenden Gedanken im Kopf setzte sie sich hinter die Orgel und begann, die Tasten zu drücken. Sie spielte einfach so ein wenig vor sich hin, kein besonderes Stück, eher eine eigene Improvisation. Erst klangen ihre Töne durchaus beschwingt, doch allmählich wurde ihr Spiel immer ernster und vor allem immer tiefer. Die Basstöne gewannen nun deutlich die Oberhand. Und langsam trat ein Zustand ein, bei dem ihre linke Hand wie von selbst die Orgel spielte. Sie strich nur über die allertiefsten Tasten, während ihre Rechte wie im Schlaf hinunterhing. Bis sie schließlich aufhörte zu spielen, sich wie in Trance erhob und nach vorne zum Marienaltar ging, wo sie sich hinkniete und mit einem Rosenkranz ihre Sinne zur Gänze außer Betrieb setzte. »… und gebenedeit ist die Frucht deines Leibes, Jesus, der in uns den Glauben vermehre.«

Wieder dauerte es ein paar Minuten, ohne dass Hemma irgendeinen Kontakt zur Außenwelt hatte. Doch schließlich öffnete sie die Augen und sagte: »Der Baumgartner. Genau, der Baumgartner.«

Wie von einer Geiß getreten sprang sie nun auf, lief aus der Kirche und bestieg ihr Fahrrad, mit dem sie zum Polizeiposten raste.

»Morgen.«

»Morgen, Fräulein Hemma.«

Hubert saß wieder einmal mit einer Wurstsemmel in der Hand in seinem Arbeitssessel, die Beine hatte er auf den Schreibtisch hochgelagert.

»Servus, Hemma«, sagte er mit vollem Mund. »So wie du dreinschaust, hast du etwas, das kenne ich schon.«

»Genau, Hubert. Und was glaubst du, wer wieder einmal recht gehabt hat? Jawohl, die Hemma. Es gibt ein System, nach welchem dein Pyromandl vorgeht.«

»Komm, jetzt mach es nicht so spannend.«

»Also, ich weiß das noch von einer Taufe vor ein paar Jahren. Der Martl heißt ja gar nicht Martl. Martl ist nämlich nur der Hausname. Der Schorsch hat ja in den Hof hineingeheiratet.«

»Du meinst, er hat in den Hof hinzugeheiratet.«

»Wie bitte?«

»Eine Frau heiratet in einen Hof hinein. Bei einem Mann sagt man, dass er hinzuheiratet.«

Da setzte Hemma einen enorm fragenden Blick auf: »Sag, ist das jetzt wichtig?«

»Es ist nur richtig. Aber egal, erzähl weiter!«

»Also von mir aus, der Schorsch hat auf den Martl-Hof hinzugeheiratet. Stimmt's? Und die Leute sagen immer noch Martl. In Wirklichkeit heißt er aber Baumgartner. Dämmert es jetzt?«

»Ehrlich gesagt, noch nicht ganz. Worauf willst du hinaus?«

»Denk einmal nach. Adlinger. Baumgartner. Derflinger. Embacher. Hast du es? Der geht alphabethisch vor.«

»Geh, Hemma, bitte, glaubst du das im Ernst?«

»Hubert, es ist so. Frag mich jetzt nicht wieso, aber es ist so.«

Hubert kratzte sich ein wenig an seinem Schnurrbart. »Also wenn du recht hättest, dann müssten wir nur nachsehen, wer als Nächster im Alphabet kommt …«

»… und dann wissen wir, welchen Hof wir in der kommenden Nacht observieren müssen.«

»Wow! Also, Hemma, wenn das stimmt, dann darfst du dir echt was wünschen. Warte, ich ruf gleich einmal drüben in der Gemeinde an und lasse mir eine Liste schicken.«

Und schon griff er zum Telefon und wählte die Nummer des Gemeindeamts. »Hallo, Sieglinde, servus, da ist der Hubert. Du, ich bräuchte dringend eine Liste von sämtlichen Bauern in unserer Gemeinde … Was? Nein, nur die Viehbauern. Und kannst du sie alphabetisch ordnen … eben, wenn es eh nur ein Knopfdruck ist. Und ich bräuchte sie bitte gleich … Gut. Und noch etwas, kannst du das hundertprozentig für dich behalten? Es geht hier um eine Amtshandlung. Gut, danke, servus.«

Nun strahlte der Hubert und atmete ein paarmal tief durch. Sollte er mit seinen Ermittlungen nun doch Erfolg haben? Auch die Hemma machte einen sehr zufriedenen Eindruck, genauer gesagt, einen selbstzufriedenen.

Es dauerte nur wenige Minuten, bis eine Mail vom Gemeindeamt eintrudelte. Hubert öffnete sofort den Anhang, es war exakt die Liste, die er haben wollte.

»Schau, Hemma, wir haben immer noch achtzehn Viehbauern in unserer Gemeinde. Obwohl schon so viele aufgegeben haben. Das hätt ich nicht gedacht.«

»Da hätte dein Pyromandl ja noch ganz schön zu tun. So, gehen wir die Liste einmal von oben durch: Adlinger, Baumgartner, Derflinger, Dumfahrt, Embacher … Scheiße, wer ist denn der Dumfahrt?«, entfuhr es Hemma.

»Na ja, der Dumfahrt Helmut, den kennst du doch.«

»Na sicher kenn ich den Helmut. Aber wieso hat der noch nicht gebrannt?«

»Keine Ahnung, auf jeden Fall hat deine Theorie jetzt einen Haken. Zu blöd. Na ja, vergessen wir es, wäre auch zu schön gewesen.«

»Hubert, das vergessen wir jetzt nicht, meine Theorie stimmt. Es wird schon einen Grund geben, warum der Feuerteufel den Dumfahrt übersprungen hat, aber das ignorieren wir jetzt einfach einmal. Vielleicht ist er selber der Brandstifter, irgendeinen Grund wird es schon geben. Schau lieber, wer der Nächste auf der Liste ist.«

»Der Gerstinger Matthias.«

»Also, dann nichts wie hin.«

Zwei Minuten später saßen Hemma und Hubert im Wagen, und Hubert stieg etwas mehr aufs Gas, als im Ortsgebiet erlaubt war.

»Übrigens, Hemma, du weißt, wie wir das Gespräch anlegen.«

»Klar, du bist der Polizist und wirst das Gespräch führen. Und ich rede nur, wenn ich gefragt werde.«

Hubert begann jetzt schon resignierend mit den Achseln zu zucken.

»Ich weiß eh, dass es hoffnungslos ist. Aber versuch wenigstens, dich ein wenig zurückzuhalten.«

Der Hof vom Gerstinger lag in etwa zwei Kilometer östlich von Niederfeld. Mit dem Auto waren sie in kürzester Zeit dort.

Als die beiden ankamen, war es ziemlich ruhig auf dem Bauernhof. Es war Mittagszeit, und die Leute saßen wahrscheinlich gerade beim Essen. Hubert klopfte an die Tür zur Stube und wartete das »Herein!« ab. Tatsächlich saßen der Matthias, seine Frau, ein Knecht und zwei Kinder gerade am alten Bauerntisch um eine riesige Suppenschüssel, aus der heißer Dampf aufstieg.

»Da schau her, hoher Besuch«, sagte Matthias, der offensichtlich wirklich überrascht war. »Bin ich zu schnell gefahren?«

»Blödsinn«, meinte Hubert, »tut mir leid, wenn wir stören.

Aber wir müssten dich kurz sprechen, Matthias. Unter vier Augen, wenn es geht. Also, unter sechs«, korrigierte er sich, als er Hemmas Blick wahrnahm.

»Wenn ihr es nicht sehr eilig habt, dann esst doch noch einen Teller Mehlsuppe mit uns.«

»Nein, nein, wir haben gerade gegessen«, log Hubert. Denn auf Mehlsuppe hatte er wirklich keinen Appetit. Normalerweise wird diese ja nur in der Fastenzeit gegessen. Aber der Matthias hatte in der Gemeinde den Ruf, ein echter Knauser zu sein. Wahrscheinlich wäre ihm eh um die zwei Teller Mehlsuppe leid gewesen, die nun wirklich nichts gekostet hätten.

»Gut«, meinte der Matthias, »wie ihr wollt. Dann setzen wir uns hinüber ins Stüberl.«

Das Stüberl war deutlich kleiner als die Stube und mit allerhand Bauernkram ausgestattet. Matthias bat die beiden, doch Platz zu nehmen.

»Also, was gibt es?«

»Matthias«, hob Hubert an, »es gibt da so einen Verdacht, dass es bei uns bald wieder einmal brennen wird. Und es ist nicht ausgeschlossen, dass du der Nächste sein könntest.«

Da fiel dem Bauern die stoppelige Kinnlade fast bis zu den Knien hinunter.

»Ehrlich? Seid ihr da sicher?«

»Sicher sind wir natürlich nicht, aber es gibt da so einen Verdacht.«

»Verdammt noch mal, das wäre eine Katastrophe. Die anderen waren alle wenigstens gut versichert. Aber mir war eine Versicherung einfach zu teuer. Verdammt noch mal. Das wäre mein Ruin.«

In dem Moment sah Hubert, wie Hemma ein Blitz durchs Hirn fuhr. Sie riss die Augen bis zum Anschlag auf und den Mund noch weiter.

»Sag, Matthias«, meinte sie ganz aufgeregt. »Weißt du zufällig, ob der Dumfahrt versichert ist?«

»Der Dumfahrt? Geh, Blödsinn. Der denkt da genau wie ich. Nämlich, dass uns die Versicherungen eh nur ausnehmen.

Nein, der ist sicher nicht versichert. Wobei … schön langsam müsste man es sich sogar überlegen.«

Hubert merkte sofort, worauf Hemma hinauswollte. Die beiden sahen sich an, schließlich sagte Hubert zum Gerstinger: »Vielleicht haben wir uns eh geirrt. Vergiss es einfach. Nur eines noch: Wenn wir den Feuerteufel endlich fassen wollen, dann ist es wichtig, dass du niemandem erzählst, dass wir hier waren. Kann ich mich da drauf verlassen?«

Nachdem der Matthias genickt hatte, gab es noch einen kurzen Händedruck, und schon saßen die beiden wieder im Auto.

»Hast du die Liste von den Bauern mit?«, wollte Hemma sofort wissen.

»Nein, die liegt auf meinem Schreibtisch. Wir müssen noch einmal zurückfahren.«

»Willst du nicht einfach deine Buben anrufen?«

»Nix da, wir müssen da jetzt auf Nummer sicher gehen.«

Wieder fuhr Hubert mit einem Tempo durch das Dorf, wie es eigentlich nur Einsatzfahrzeuge mit Blaulicht dürften. Aber was kümmert einen Polizisten in diesem Fall die Straßenverkehrsordnung. Noch dazu, wenn er selbst der Chef war.

In Windeseile stürzten die beiden ins Büro, Hubert griff sofort nach der Liste und stutzte ein wenig: »Gredl. Wer ist denn das jetzt wieder?«

»Vorname?«, fragte Hemma.

»Gredl Manfred. Birkenfeld zwei. Bitte, wer ist denn das?«

»Das muss wieder einer sein, bei dem man nur den Hausnamen kennt.«

Daraufhin riss Hubert seine Bürotür auf und rief einen seiner Buben herein.

»Gerhard, finde heraus, wer der Gredl Manfred im Birkenfeld zwei ist. Aber beeil dich!«

»Na, das ist doch der Ranninger Richi. Der heißt Manfred Gredl.«

»Spinnt der?«, empörte sich Hubert. »Wie kann der Ranninger Richi jetzt Manfred Gredl heißen?«

»Na ja, soviel ich weiß, wurde er auf Manfred Richard getauft. Manfred ist also sein eigentlicher Vorname, aber Richi hat sich halt durchgesetzt. Und Ranninger nennen ihn die Leute, weil er in den Ranninger-Hof hineingeheiratet hat.«

»Du meinst hinzu!«, verbesserte ihn die Hemma.

»Wie bitte?«

»Können wir diesen Scheiß jetzt lassen?« Hubert war inzwischen schon total aufgebracht. »Komm, Hemma, wir müssen los!«

Wieder schossen sie wie eine Revolverkugel durch den Ort und über die Landstraße bis zum Hof, in den der Ranninger Richi hinzu- und nicht hineingeheiratet hatte.

Das Gespräch mit dem Richi verlief ähnlich wie zuvor mit dem Gerstinger. Auch dem Richi stand der Schock ins Gesicht geschrieben. Der einzige Unterschied war: Er hatte seinen Hof gut versichert. Die Wahrscheinlichkeit, dass er der Nächste war, war dementsprechend groß.

Auf dem Weg zurück in den Ort konnte Hubert nun endlich wieder ein wenig gemächlicher fahren. Natürlich nützten die beiden diese Zeit, einen ersten Schlachtplan auszuarbeiten.

»Ich vermute«, meinte Hubert, »dass der Täter immer so in den frühen Morgenstunden ans Werk geht. Ich sollte mit meinen Leuten vielleicht so gegen zwei Uhr früh Position beziehen.«

»Du meinst: wir und deine Leute!«

»Du willst doch da nicht wirklich dabei sein.«

»Und wie ich dabei sein werde. Darauf kannst du dich verlassen.«

»Ist wahrscheinlich eh sinnlos, mit dir drüber zu diskutieren. Aber du bleibst immer bei mir und tust, was ich dir anschaffe. Klar?«

»Klar wie Rindssuppe. Und wie machen wir es?«

»Ich denke, wir machen es so: Wir beide sitzen in einem Auto und beobachten den Hof aus einer gewissen Distanz. Und zwei meiner Buben verstecken sich irgendwo am Tatort.«

»Sollten wir es nicht so machen, dass wir den Täter schon

von Anfang an observieren? Gleich, wenn er das Haus verlässt?«

Da atmete Hubert ein paarmal tief durch.

»Du glaubst also zu wissen, wer der Täter ist?«

»Geh, Hubert, du etwa nicht? Wir hatten ja schon öfters den Verdacht, dass es ein Feuerwehrmann sein kann. Er ist einer. Noch dazu einer, der genau weiß, wer versichert ist. Wer bei ihm versichert ist!«

»Scheiße, es deutet wirklich alles drauf hin. Vorstellen kann ich mir trotzdem nicht, dass der Bertl so was macht. Du etwa?«

»Überhaupt nicht. Ich will es auch immer noch nicht glauben. Aber wie du gerade gesagt hast – es deutet alles auf ihn hin.«

VIERZEHN

Und so stand am ersten Juni so gegen zwei Uhr früh der Hubert mit seinem privaten Pkw vor der Pfarrhoftür. Klingeln sollte er nicht, möglicherweise wäre ja der Pfarrer sonst aufgewacht, und Hemma wollte keinesfalls, dass ihr Bruder von der nächtlichen Aktion etwas spitzbekam. Darum rief Hubert die Hemma am Handy an, sie solle jetzt runterkommen.

Da Hemma sowieso nicht hatte schlafen können, wartete sie bereits ungeduldig auf Huberts Anruf. Kaum dass er aufgelegt hatte, stieg sie schon ins Auto.

»Servus, Hubert. Was machen wir jetzt? Stellen wir uns gleich vor Bertls Haus?«

»Nein, erst fahren wir noch zum Ranninger Richi. Die Buben müssten eh schon dort sein. Ich möchte aber die Situation noch einmal kontrollieren.«

Am Ranninger-Hof herrschte absolute Ruhe. Nirgends im Haus brannte Licht. Und der Dienstwagen der Polizisten war offenbar in der Scheune abgestellt, sodass man nichts von ihrer Anwesenheit mitbekam. Hubert griff wieder nach seinem Handy: »Hallo, Gerhard, wo seid ihr?«

»In der Stuben.«

»Okay, wir kommen rein.«

Als Hubert und Hemma die Stuben betraten, machten sie erst noch einmal kurz das Licht an, um sich ein wenig zu orientieren. Die Gefahr, dass der Brandstifter das Licht sehen könnte, bestand nicht, dafür war es sicher noch zu früh.

»Grüß euch«, sagte Hubert eher unaufgeregt. »Passt alles?«

Neben den beiden Jungpolizisten waren auch der Richi und seine Frau anwesend. Ihre Kinder schliefen aber, sie sollten am besten von dem Ganzen überhaupt nichts mitbekommen.

»Also wenn wir recht haben«, so der Hubert, »dann wird unser Täter so gegen vier Uhr auftauchen. Es könnte aber auch sein, dass er erst nächste Nacht kommt. Oder übernächste oder überübernächste. Und wenn wir Pech haben, kommt er überhaupt nicht, dann haben wir uns halt geirrt.«

»Wovon wir aber nicht ausgehen«, ergänzte Hemma.

»Schauen wir mal!« So sicher wie die Hemma war sich Hubert offenbar noch nicht. »Aber wenn unsere Rechnung aufgeht, dann werden die Hemma und ich den Täter von Anfang an verfolgen. Wir benachrichtigen euch dann gleich per Handy. Wenn aber ihr zuerst was bemerkt, dann ruft ihr mich gleich an. Klar?«

»Klar!«

»Zugreifen tut ihr erst, wenn ich es euch sage. Sollte der Täter mit dem Auto flüchten wollen, dann sind wir da. Wir schneiden ihm den Weg ab. Ich hoffe aber, dass es zu keiner Verfolgung kommen wird, denn das kann ich überhaupt nicht brauchen.«

»Passt!«

»Und noch eines: Wenn der Täter flüchtet, dann gebt einen Warnschuss ab. Aber schießt mir nicht auf die Person selber, ich will hinterher keine Leiche haben. Immerhin gehen wir davon aus, dass der Brandstifter einer aus dem Dorf ist.«

Der Richi und seine Frau hörten sich das Ganze schweigend an. Man konnte sehen, dass ihnen ziemlich die Knie schlotterten. Vor allem Richis Frau machte einen elendig verstörten Eindruck.

»Magst du nicht lieber schlafen gehen?«, fragte die Hemma sie.

»Könntest du in meiner Situation jetzt schlafen?«

»Hast recht. Trink einfach ein Glas Veltliner, das beruhigt dich vielleicht ein bisschen.«

Als Hubert das Gefühl hatte, dass alle wussten, was zu tun war, gab er Hemma das Zeichen zum Aufbruch. Auf der Fahrt zurück ins Dorf herrschte absolute Stille im Auto, auch Hemma und Hubert waren ziemlich nervös.

Ein Stück vor Bertls Haus schaltete Hubert die Scheinwerfer aus und ließ den Wagen so lautlos wie möglich weiterrollen. Etwa hundert Meter davor hielt er an. Er fand eine Stelle, die von einem anderen parkenden Auto verdeckt war, so konnten sie nicht sofort bemerkt werden. Die Uhr am Armaturenbett zeigte zwei Uhr fünfzig an.

»Und jetzt?«

»Jetzt müssen wir Geduld haben, Hemma. Du kannst aber ruhig ein wenig schlafen, ich passe schon auf.«

»Und wenn du auch einschläfst?«

»Mach dir keine Sorgen, ich schaff das schon.«

Tatsächlich wurden Hemmas Augen immer schwerer, und ab und zu entfuhr ihr auch ein kleiner Schnarcher, mit dem sie sich allerdings immer wieder selbst aus dem seichten Schlaf riss. Eigentlich hatte sie das Gefühl, kein Auge geschlossen zu haben. Trotzdem musste sie sich erst neu orientieren, als Hubert den Motor anwarf.

»Was ist, Hubert?«

»Es geht los!«

Hemma hatte verschlafen, wie das Objekt ihrer Observation aus dem Haus gekommen war, in Jeans und mit einer schwarzen Lederjacke bekleidet und mit einer Strickmütze auf den Kopf. Erst als der Verdächtige ins Auto stieg und losfuhr, konnte Hubert seinen Wagen starten. Und erst als das überwachte Fahrzeug um die erste Ecke bog, fuhr auch Hubert los.

Hemma richtete sich auf und war im Nu putzmunter.

Hubert fuhr ohne Scheinwerfer und versuchte, immer so zweihundert Meter Abstand zu halten. Tatsächlich war der Wagen vor ihnen auf dem Weg in Richtung Ranninger-Hof.

»Sag einmal, ist das überhaupt das Auto vom Bertl?« Hemma fiel ein, dass der Bertl ja sonst einen viel größeren Wagen fuhr.

»Die haben zwei Autos. Wahrscheinlich nimmt er den kleinen, weil er damit wendiger ist, wenn er über Wald und Wiesen flüchten muss.«

Als sie noch ungefähr einen Kilometer vom Ranninger-Hof entfernt waren und eigentlich kein Zweifel mehr bestand, wo die Reise hinging, rief Hubert seine Leute an. »Seid ihr alle auf eurem Posten? Gleich geht es los!«

»Jawohl!«

Der Ranninger-Hof stand mehr oder minder am Ende eines Güterwegs, es gab also nur einen Zufahrtsweg, den man leicht versperren konnte. Auf einer Anhöhe, von der aus der Hof bereits gut im Blickfeld war, hielt Hubert an. Der Brandstifter hatte offenbar noch nicht bemerkt, dass er verfolgt wurde. Und das sollte auch so bleiben.

Hemma und Hubert konnten sehen, wie der Wagen so zweihundert Meter vor dem Gehöft stehen blieb. Nach einer kurzen Zeit stieg das mutmaßliche Pyromandl aus und sah sich noch einmal um. Die Strickmütze hatte er ganz tief ins Gesicht gezogen, sodass man ihn in der nächtlichen Dunkelheit nicht erkennen konnte. Anschließend ging er zu seinem Kofferraum, holte eine kleine Tasche hervor und machte sich nun auf den Weg zum Hof.

Hubert war mit seinen Leuten während der ganzen Zeit über sein Handy in Kontakt.

»Wartet noch kurz«, befahl er. Und dann, an Hemma gerichtet: »Du steigst jetzt aus.«

»Wie bitte?«

»Du steigst jetzt aus. Mach keine Spompanadeln und bleib hier hinter dem Baum.«

Hubert musste sich dafür einen superbösen Blick von Hemma gefallen lassen. Aber es war ihr klar, dass er es total ernst meinte. Also stieg sie aus. Gleich darauf ließ Hubert seinen Wagen nach vorne rollen, sodass er damit den Güterweg absperrte. Das Gefluche der Hemma kriegte er nicht mehr mit.

»Zugriff!«, schrie er nun ins Handy.

In dem Moment sprang die Haustür auf, die Polizisten richteten ihre Waffen auf den Täter und riefen: »Halt, stehen bleiben, Polizei!«

Doch die verdächtige Person dachte überhaupt nicht daran, stehen zu bleiben, sondern ließ die Tasche fallen und rannte so schnell es ging zurück zum Auto. Die Polizisten gaben noch einen Warnschuss ab, aber auch dieser half nichts. Der Täter lief einfach weiter.

Doch im nächsten Moment bemerkte er offensichtlich, dass ein weiterer Wagen hinter seinem stand. Dort hatte sich nun der Hubert positioniert, der ebenfalls seine Waffe zückte: »Bleib stehen, Bertl, mach keinen Unsinn!«

Doch die Flucht ging weiter, in Windeseile den Hügel hinauf, wo Hubert zuvor die Hemma aus dem Wagen geschmissen hatte.

»Na, rennt schon hinterher«, schrie Hubert. »Bewegt euch!«

Und schon verfolgten seine Buben den Täter, der allerdings bereits einen Vorsprung von fast hundert Metern hatte und sich deshalb schon in Sicherheit wähnte. Bis er an dem Baum vorbeilief, hinter dem Hemma stand. Gut versteckt. Und gut bewaffnet. Mit einem dicken Stock, den sie dem Flüchtenden im richtigen Moment mit voller Kraft gegen die Schienbeine schlug.

Es war ein schrecklicher Schrei, den sie nun zu hören bekam. Und dann stieß das sich am Boden windende Stückchen Elend ein jämmerliches Schmerzgewinsel aus, das noch lauter wurde, als Hemma sich auch noch mit aller Wucht darauf warf.

»Au! Lass mich doch los, du tust mir weh, du blöde Funsen!«

Das war nicht Bertls Stimme. Es war überhaupt keine Männerstimme. Da zog Hemma an der schwarzen Wollmütze und glaubte, ihren Augen nicht zu trauen: »Luise, das gibt's doch nicht!«

»Jetzt lass mich schon los, du tust mir weh!«

In dem Moment waren auch schon Huberts Leute da, welche unverzüglich eine Handschelle zogen, mit der Luises Arme nach hinten fixiert wurden. Gleich darauf kam Hubert in seinem Wagen dazu. Auch ihm wären fast die Augen aus dem Gesicht gefallen, als er erkannte, dass es die Luise war, die man hier überwältigt hatte.

»Ich glaub's nicht. Bringt sie erst einmal auf den Posten. Machen wir gleich ein erstes Verhör.«

Auf dem Weg zum Polizeiposten herrschte betretenes Schweigen. Hemma und Hubert waren richtiggehend geschockt ob der Tatsache, dass der Feuerteufel eine Frau war und noch dazu eine, die sie sehr gut kannten. Kein Pyromandl, sondern ein Pyroweiberl. Damit hatte niemand gerechnet. Das Einzige, was Hubert auf der Fahrt noch tat, war, einen der beiden Kriminaler anzurufen. Dieser reagierte ziemlich erbost, vor allem, weil er nicht von der Überwachungsaktion informiert worden war. Aber Hubert hatte gerade keine Lust, auf irgendwelche Vorwürfe zu reagieren.

»Kommt ihr jetzt nach Niederfeld oder nicht?«, war seine Frage, mit der er das Gespräch zu beenden trachtete.

»Na sicher! Wir sind spätestens in einer Dreiviertelstunde da.«

Am Posten wurde Luise gleich in Huberts Büro geführt. Hubert hatte einem seiner Buben bereits angeschafft, einen Kaffee zu kochen. Als dieser fertig und eingeschenkt war, positionierte sich einer der jungen Polizisten an der Tür, um nötigenfalls den Fluchtweg zu versperren. Erst jetzt ließ Hubert der Luise die Handschellen abnehmen und füllte ihr persönlich eine Tasse Kaffee ein.

»Luise, was treibst du denn? Wie kommst du denn auf diesen Wahnsinn?«

Doch Luise zuckte nur mit den Schultern. Zum Reden war ihr wohl noch nicht.

»Es ist besser, Luise, wenn du gleich ein bisschen was erzählst«, schaltete sich schließlich die Hemma ein. »Jetzt sind wir noch unter uns. Später, wenn die Kriminaler da sind, wird es vielleicht nicht mehr so gemütlich.«

Da atmete Luise zweimal tief durch. »Was möchtet ihr denn wissen?«

Hubert setzte sich ihr gegenüber und schaltete ein Diktiergerät ein.

»Vernehmung Luise Beinhauser, erster Juni, vier Uhr fünfundvierzig«, sprach er ins Gerät. »Als Erstes, Luise: Du wirst verdächtigt, vier Höfe in Brand gesteckt zu haben. Und eben wolltest du einen fünften Hof anzünden. Gibst du zu, dass du das getan hast?«

Luise nickte. »Es bleibt mir ja eh nichts anderes mehr übrig.«

»Das sehe ich auch so«, setzte Hubert fort. »Und wieso hast du das getan?«

Luise sprach langsam und sehr leise. Ihr starrer Blick verriet, dass sie ebenfalls ziemlich unter Schock stand.

»Ich wollte einfach dem Bertl helfen. Wir haben nur noch Schwierigkeiten mit dem Geld gehabt. Es ist sich hinten und vorne nicht mehr ausgegangen, die Schulden wurden immer mehr, und die Bank wollte uns schon unser Haus wegnehmen …«

»Und dann?«

»Dann hab ich mir gedacht, wenn ein paar Höfe brennen und die Leute sehen, dass die Bauern daraufhin viel Geld von der Versicherung kriegen, dann werden sich viel mehr versichern lassen. Und letztendlich war es dann auch so. Nach den ersten beiden Bränden ist das Geschäft beim Bertl deutlich besser geworden.«

»Und wieso hast du dann nach den ersten beiden Bränden nicht aufgehört?«, wollte Hemma wissen.

»Na ja, irgendwie hatte es mich dann plötzlich gepackt. Irgendwie hat mir das alles ziemlich getaugt, das Anzünden und der Brand hinterher. Auf einmal hab ich nimmer aufhören können.«

»Nach welchen Kriterien hast du denn die Höfe ausgewählt?«, wollte nun der Hubert wissen.

»Na ja, ich hab halt in den Ordner vom Bertl hineingeschaut und einen nach dem anderen abgefackelt.«

»Und der Bertl hatte seine Kunden alphabetisch geordnet«, meinte darauf die Hemma.

»Ach so? Das ist mir gar nicht aufgefallen.«

Inzwischen gab Hubert der Hemma ein Zeichen, dass sie sich bei der Befragung ein wenig zurückhalten sollte, schließlich lief ja ein Diktiergerät mit. Und es kam sicher nicht gut, wenn da dauernd Hemmas Stimme zu hören war, besonders vor Gericht würde das bestimmt keinen guten Eindruck machen. Darum war er es, der die Befragung fortführte. »Sag, Luise, wie kam es denn immer zu dem Datum, warum immer am Ersten, nur im April am Vierten?«

»Am Letzten im Monat fährt der Bertl immer zu einer Vertretertagung nach Wien. Nur Ende März war sein Chef krank, da haben sie ein paar Tage verschoben. Und dort geht er anschließend mit seinen Kollegen immer ein bisserl aus. Bei einem übernachtet er dann. Und zeitig in der Früh fährt er dann wieder zurück. So hat er nie gemerkt, dass ich weg war. Und die Kinder haben ja geschlafen. Um Gottes willen, die Kinder, die werden bald aufwachen. Ich muss dringend nach Hause.«

»Das geht jetzt leider nicht, du bist selbstverständlich verhaftet.«

»Aber was ist mit den Kindern, wenn niemand zu Hause ist? Der Bertl kommt doch nicht vor sieben.«

»Gibt es jemanden, den die Kinder gut kennen, jemanden, den wir jetzt anrufen könnten?«

Luise fiel da nur die Schneider Leni ein. Es war inzwischen halb sechs, als Hubert die Leni anrief und sie bat, gleich bei Luises Kindern vorbeizuschauen und dort zu bleiben, bis der Bertl heimkam. Mit der Schneider Leni war nun die erste Dorfbewohnerin über die Festnahme der Feuerteufelin informiert. Es würde somit nicht mehr lange dauern, bis das ganze Dorf Bescheid wusste.

Kurze Zeit später trafen die Kriminaler ein. Ihre Gesichter hatten eine Länge, dass es ein Wunder war, dass sie sich nicht aufs Kinn stiegen.

Gleich kamen wieder Vorwürfe, warum Hubert sie nicht vorab informiert hätte und warum er die Aktion allein durchgezogen habe.

»Weil ich mir ja nicht sicher war, ob wir recht haben. Wir hätten uns ja genauso gut irren können.«

»Mit wir meinst du wahrscheinlich wieder dich und das Fräulein Messnerin.«

Da konnte sich Hemma nicht mehr länger zurückhalten, ihr platzte einfach der Kragen: »Ja, damit meint der Hubert auch mich. Wir beide hatten schließlich auch die Ideen, die uns zum Ziel geführt haben. Während Sie monatelang nur blöd geschaut und Unschuldige eingesperrt haben und nicht einmal einen Tau davon hatten, wer tatsächlich der Täter sein könnte.«

Die Kriminaler schüttelten nur den Kopf. Auf diese Diskussion wollten sie sich gar nicht erst einlassen. Sie ahnten, dass es besser war, zu schweigen.

»So«, sagte schließlich der eine, an die Luise gerichtet, »wir bringen Sie nun ins Bezirksgefängnis, dort werden Sie einem ersten offiziellen Verhör unterzogen.«

Dies war natürlich ein Seitenhieb gegen Hubert und Hemma. Anschließend wandte er sich an den Hubert direkt: »Für dich … für euch ist der Fall somit abgeschlossen. Den Rest übernehmen wir.«

Nein, ein Dankeschön oder ein Bravo war von den beiden Kriminalern nicht zu hören. Zu sehr fühlten sie sich von dem Dorfpolizisten und der Pfarrersköchin bloßgestellt. Indem sie mit dem Zeigefinger gegen die Schläfe tippten, verabschiedeten sie sich und verließen Huberts Büro.

»Eines noch, Luise«, rief Hemma hinterher. Die Kriminaler hielten noch einmal an und drehten sich um. »Wieso hast du eigentlich immer nur Viehbauern angezündet, nie einen Winzer?«

»Na, die brennen einfach besser«, erklärte Luise etwas verwundert. Als wenn das nicht jeder wüsste.

FÜNFZEHN

Zwei Tage später begann das Pfingstwochenende. Jetzt, Anfang Juni, waren die Temperaturen in Niederfeld bereits sommerlich und doch noch gut erträglich. Aus den Baumblüten wurden nun kleine, grüne und noch sehr saure Früchte. An den Rebstöcken waren schon die kleinen Trauben erkennbar, Maikäfer waren kaum mehr zu sehen.

Zum Pfingstfest gab es, wie bereits erwähnt, für Hemma nicht übermäßig viel zu tun, die Kirche verlangte keinen besonderen Schmuck, es gab keine zusätzlichen Veranstaltungen und auch das Musikrepertoire während der Messe war kaum anders als sonst. Obwohl Pfingsten das drittwichtigste Kirchenfest des gesamten Jahres ist, wissen die meisten Gläubigen auch kaum, was es hier eigentlich zu feiern oder zu gedenken gibt. Na gut, Erscheinung des Herrn! Aber wer kann sich darunter wirklich etwas vorstellen?

Geschenke konnten sich zu Pfingsten auch nie durchsetzen, man hat es eigentlich gar nicht erst versucht. Das Einzige, was das Pfingstwochenende von einem anderen unterscheidet, ist halt, dass der Montag auch noch ein Feiertag ist. Punkt.

Am Samstagabend, nach dem Essen, begann der Pepperl ein wenig an seiner Festpredigt zu feilen. Wie jedes Jahr wollte er darüber reden, dass Pfingsten ein hochheiliges Fest ist, mit dem die Geschäftswelt nichts anzufangen weiß. Dabei vergaß er, dass gerade an den warmen Pfingstfeiertagen die Kellergasse immer gestopft voll war und die Winzer sehr wohl gute Geschäfte machten.

Hemma nutzte den wonnigen Abend, um noch einen kleinen Spaziergang zu machen. Eigentlich sollte es nur eine Dorfrunde werden, aber da sie wieder ins Sinnieren kam, merkte sie gar nicht, dass sie das Ortsschild bereits hinter sich gelassen hatte und auf einem kleinen Weg durch die Weingärten dahinspazierte.

Ihre Gedanken kreisten erst einmal um die Luise, sie konnte es immer noch nicht fassen, dass sie der gefürchtete Feuerteufel von Niederfeld war. Und sie musste natürlich auch viel an den Bertl denken, den armen Bertl, dem nun für ein paar Jahre die Frau abhandenkommen würde, sodass er seine Kinder allein aufziehen musste. Und was dann? Konnte die Luise überhaupt noch im Dorf bleiben, wenn sie aus dem Gefängnis entlassen wurde? Wie würden die Leute auf sie reagieren, könnte sie überhaupt noch jemandem ins Gesicht blicken?

Wahrscheinlich würde sie nur mehr in einem anderen Bundesland oder in der Anonymität der Großstadt leben können. Irgendwo in Wien würde sie sich vor den Niederfeldern vielleicht gut verstecken können. Aber was machte dann der Bertl? Würde er zu ihr ziehen, würde er überhaupt noch etwas mit ihr zu tun haben wollen, würde er sich nicht sowieso von ihr scheiden lassen? Hemma hatte sich vorgenommen, den armen Kerl demnächst einmal zu besuchen.

Doch dann fielen ihr wieder die toten Frauen ein, die mit Sicherheit nicht auf natürlichem Weg dahingeschieden waren. Hemma war felsenfest davon überzeugt, dass sie es hier mit einer Mordserie zu tun hatten. Und jetzt, wo der Hubert endlich die Brände abhaken konnte, musste er sich nun massiv um diese Morde kümmern, er hatte es ihr schließlich versprochen.

Die Vermutung lag natürlich nahe, dass entweder die Schneider Leni oder die Narrische Nani irgendwie am Tod der Frauen schuld waren. Beide waren immerhin mit all diesen Frauen in Kontakt gewesen, vom Beginn der Krankheit bis hin zum Tod. Aber was steckte dahinter, was war das Motiv?

Dabei fiel ihr ein, dass sie ja die Nani schon mehrmals mitten in der Nacht im Dorf gesehen hatte. Und dabei war sie immer in ein und dieselbe Richtung marschiert: Sie war von der Kirche gekommen und in Richtung Dorfheurigem gegangen. Von dort aus hatte sie sich dann bestimmt nach Hause begeben, denn das war der übliche Weg. Irgendwann aber musste sie doch auch einmal in die umgekehrte Richtung gegangen sein, wie wäre sie denn sonst dort hingekommen, wo sie gewesen war? Aber Hemma hatte sie immer nur in die eine Richtung gehen sehen. Irgendwie komisch!

Doch da erinnerte sie sich, wie ihr die Nani einmal erklärt hatte, sie steige gerne den schmalen, steilen und steinigen Jägersteig von ihrem Haus ins Dorf hinunter. Seit es den Güterweg gab, wurde dieser alte Steig so gut wie gar nicht mehr benutzt. Bergauf gehen sah man höchstens hin und wieder jene, die nicht zum Vergnügen wanderten, sondern sich aus Gründen der Fitness ein wenig verausgaben wollten. Abwärts fuhr ab und zu der eine oder andere Mountainbiker. Vielleicht war die Narrische Nani mittlerweile die Einzige, die den Jägersteig zu Fuß hinunterging. Den steinigen, wie sie betonte. So wie der Weg ins Himmelreich.

Hemma kam nun ein wenig ins Grübeln. Machte die Nani nur einen Spaziergang? Auf der einen Seite den Jägersteig hinunter, quer durchs Dorf und auf der anderen Seite den Güterweg wieder hinauf? Schon möglich, aber warum machte sie das mitten in der Nacht? Im Finstern war der Jägersteig sehr schwierig zu gehen, vor allem für eine Frau wie die Nani, die schließlich auch nicht mehr die Jüngste war. Nein, wahrscheinlich stieg sie den Jägersteig noch bei Tageslicht hinunter. Aber dann musste sie den Abend irgendwo im Dorf verbringen. Aber wo? Und vor allem, mit wem? Das begann die Hemma plötzlich ziemlich zu interessieren.

Am unteren Ende des Jägersteigs stand eine grüne Sonnenbank, von der aus man ein großes Stück des Wegs gut überblicken konnte. Hemma hatte natürlich überhaupt keine Ahnung, ob sie mit ihren Überlegungen richtiglag und ob die Nani ausgerechnet heute ihre Runde drehen würde. Trotzdem spazierte sie nun zur besagten Bank, setzte sich hin und tat nichts anderes, als ein wenig zu schauen und ein wenig zu warten.

Und tatsächlich, die Tüchtigen haben eben das Glück. Es dauerte keine dreißig Minuten, bis Hemma glaubte, leise Schritte zu vernehmen. Ohne einen Laut von sich zu geben, stand sie auf und verschanzte sich hinter einem Gebüsch. Und schon sah sie, wie die schwarze Frau den Steig herunterkam und ohne sich umzudrehen relativ zügig an ihr vorbeimarschierte.

Kaum war die Nani um die erste Ecke gebogen, setzte sich auch Hemma in Bewegung. In vorsichtigem Abstand sah sie, wie die Narrische in eine kleine Seitengasse einbog. Und als sie die hundert Meter weiterging, um selbst um die Ecke blicken zu können, sah sie, wie die Nani ein Gartentürl öffnete, zur Haustür ging, eine Klingel drückte und schließlich eintrat.

Hemma kannte dieses Haus, war sie doch schon oft genug selber drinnen gewesen. Sie wollte sich gar nicht vorstellen, was sich nun die nächsten Stunden hinter dieser Haustür abspielte, denn dazu fehlte ihr einfach die Phantasie. Die Nani mit dem?, dachte sie. Was ist das bloß für eine verrückte Welt. Das ist doch komplett absurd!

Den Rückweg zum Pfarrhof bekam sie kaum bewusst mit, weil ihre Ganglien ziemlich rotierten. Sie merkte nur, dass sie plötzlich da war. Und weil es noch relativ früh war und sie weder Lust hatte, zu lesen oder fernzusehen, setzte sie sich einfach ein wenig auf die Parkbank vor der Kirche und fügte in ihrem Hirn zusammen, was sie soeben gesehen hatte.

»Grüß Sie, Fräulein Hemma!«

Hemma hatte erst gar nicht bemerkt, dass jemand vor ihr stand, so sehr war sie in ihre Gedanken vertieft. Doch dann blickte sie auf und setzte ein freundliches Gesicht auf.

»Ja, Roman, servus. Was treibt dich denn hierher?«

»Ich komme grad vom Dorfheurigen. Und da hab ich Sie hier sitzen gesehen. Passt alles? Sie haben so ernst dreingeschaut.«

»Ja, ja, Roman, ist eh alles in Ordnung, ich musste nur ein bisserl nachdenken. Magst du dich hersetzen?«, fragte die Hemma, ganz ohne sich dabei auch nur irgendetwas zu denken. Und schon saß der Roman neben ihr, vielleicht ein wenig näher, als ihr recht war, aber nicht nahe genug, um gleich Protest einlegen zu müssen.

»Ist das nicht arg mit der Luise?«, begann der Roman, die

Hemma in ein Gespräch zu verwickeln. »Die Leute sagen, dass hauptsächlich Sie dafür verantwortlich sind, dass man sie erwischt hat.«

»Ja, ich war da sicher auch dabei. Aber glaub mir, Roman, es wäre mir viel lieber gewesen, wenn es jemand anderer gewesen wäre.«

»Ich zum Beispiel?«

»Wieso denn du?«

»Na, immerhin hatte ich das Gefühl, dass Sie mich verdächtigt haben, als Sie damals bei mir waren. Sie wissen eh, als ich Ihnen damals ein paar Geheimnisse anvertraut habe.«

»Ach so, damals? Siehst du, das habe ich ja alles schon wieder vergessen.«

»Ehrlich? Ich habe Ihnen mein Herz geöffnet, und Sie können sich gar nicht mehr dran erinnern?«

Hemma setzte einen etwas überraschten Blick auf, den Roman nutzte, um noch ein paar Zentimeter näher zu rücken.

»Also, das Herz hast du ja nicht gerade geöffnet. Du hast mir nur die Geschichte von dir und der Gerlinde erzählt.«

Und in diesem Moment legte er den Arm um Hemmas Schulter. Diese zuckte erschrocken zusammen, spürte aber auch, wie es ihr die Nackenhaare aufstellte, und das kam nicht nur davon, dass sie total geschockt war. Sie spürte, wie sie ein kleiner Blitz durchfuhr, ganz anders, als wenn der Hubert neben ihr saß und den Arm um sie legte.

»Sag, spinnst du, Roman, was machst du denn da?«

»Aber was ist denn schon dabei? Wenn zwei dasselbe wollen?«

»Aber wer sagt dir, dass ich das will?«

»Sonst würdest du jetzt aufstehen und weggehen.«

Und schon zog er Hemma zu sich heran. Sie zitterte am ganzen Körper. Doch als er ansetzte, seine Lippen auf ihre zu drücken, besann sich Hemma und riss sich los.

»Hör mal, Roman, vergiss es. Das Einzige, was ich dir anbieten kann, ist, dass wir jetzt noch ein weiteres Geheimnis haben. Aber probier so was bei mir nie wieder, hörst du?« Und ohne eine Antwort abzuwarten, erhob sich Hemma und ging auf den Pfarrhof zu.

»Warte, Hemma«, rief Roman und lief ihr die paar Meter hinterher. »Eines noch: Darf ich dann wenigstens jetzt Du zu dir sagen?«

Da lächelte sie. »Wenn dir das was gibt, meinetwegen. Aber wie gesagt, sei gewarnt!«

Und damit verschwand sie hinter der Pfarrhoftür.

Was für eine verrückte Welt, dachte sie erneut, als sie eine Flasche Veltliner öffnete und mit dem Glas in der Hand zum Fenster ging. Überall geht es kreuz und quer.

Sie stand mindestens eine Stunde am Fenster und schaute auf die Dorfstraße hinunter. Dabei kamen ihr wieder einmal die möglichsten und unmöglichsten Gedanken. Vor allem ihre Beziehung mit Hubert beschäftigte sie nun. Wie konnte es sein, dass sie mehr Gänsehaut bekam, wenn dieser schrullige kleine Roman sie berührte, als bei ihm? War das der Grund, warum sie sich dem Hubert so standhaft verweigerte, obwohl sie eigentlich auch körperliche Bedürfnisse hatte? Verbanden sie doch nur freundschaftliche Gefühle und keine Spur von Liebe?

Das hätte der Hubert ja überhaupt nicht verdient, dachte sie. Er, der liebste, treueste und verlässlichste Mensch in Hemmas Leben, der ihr inzwischen fast so nahe stand wie ihr eigener Bruder. Wie lange würde er sich wohl Hemmas körperliche Abstinenz noch gefallen lassen? Müsste sie nicht irgendwann eine Entscheidung treffen, entweder in die eine oder die andere Richtung?

Die Veltliner-Flasche war inzwischen halb leer. Dann, kurz vor Mitternacht, tauchte wieder die schwarze Frau auf, auf die Hemma instinktiv gewartet hatte und von der sie inzwischen wusste, wer sie war und woher sie kam. Überall geht es kreuz und quer, dachte sie noch einmal. Selbst die Narrische … Dann erst legte sie sich schlafen.

Am Dienstag nach Pfingsten saßen Hemma und ihr Bruder wieder nach der Morgenmesse beim Frühstück beisammen.

Sie wechselten nur wenige Worte, beide waren hauptsächlich mit der Zeitung beschäftigt. Bis plötzlich der Pfarrer ein erstauntes Gesicht zog und meinte: »Interessant, was da steht. Wusstest du, dass die Save-Mündung in Belgrad der einzige Ort in Europa ist, wo Nilpferde wild leben?«

»So ein Blödsinn!«, entgegnete Hemma. »Das ist wieder so ein Gschichtl von dir. Nilpferde heißen Nilpferde, weil sie am Nil leben.«

»Das denk ich mir auch. Wahrscheinlich haben die sich hier verdruckt. Es müsste heißen, dass es sich um Savepferde handelt, die da in Belgrad leben. Allerdings steht hier, dass die Tiere mit der Völkerwanderung direkt vom Nil nach Belgrad gezogen sind. Vielleicht sind es dann doch Nilpferde.«

»Dann sind es höchstens ehemalige Nilpferde. Wenn sie an der Save leben, dann sind es jetzt Savepferde oder meinetwegen Flusspferde. Das stimmt dann auf jeden Fall.«

Nachdem das Frühstücksgeschirr verstaut war, radelte Hemma hinüber in die Polizeistation. Jetzt gab es keine Ausreden mehr, Hubert hatte versprochen, sich nun voll und ganz den Morden zu widmen. Nachdem Hemma ihm die Feuerhexe mehr oder minder serviert hatte, sah sie keinen Grund mehr, warum er sich jetzt nicht voll in die Ermittlungen stürzen konnte.

»Morgen!«

»Morgen, Fräulein Hemma.«

Hubert telefonierte gerade und gab Hemma ein Zeichen, sie solle sich hinsetzen. Da sie sowieso gleich mitbekommen würde, dass er mit dem Major Hans Oswald redete, hatte er seinem Gesprächspartner bereits mitgeteilt, dass die Hemma gerade gekommen war. »Passt es dir eh, wenn ich auf laut stelle, damit die Hemma gleich alles aus erster Hand erfährt?« Und schon drückte er die Lautsprechertaste.

»Guten Morgen, Hemma. Irgendwann musst du in den Polizeidienst treten. Das ist ja eigentlich gar nicht vertretbar, dass du als Zivilistin in sämtliche Ermittlungsergebnisse involviert bist.« Doch das klang nicht böse, sondern eher ironisch.

»Servus, Hans. Aber meistens kommen die Ermittlungsergebnisse eh von mir. Die kannst du mir sowieso nicht vorenthalten.«

»Hast auch wieder recht. Also noch einmal, was ich dem Hubert gerade erzählt habe: Erst mal zu den Tropfen. Das Labor hat herausgefunden, dass da dieselben Substanzen drinnen sind, welche auch im Blut der Toten gefunden wurden. Also Scopolamin, Methaqualon und Saponine, keine Ahnung, was das ist. Jedenfalls passen die Substanzen auch zu den Symptomen, wie ihr sie beschrieben habt. Nur sind diese Substanzen in diesen Tropfen so verdünnt vorhanden, dass sie keine großartigen Auswirkungen haben dürften. Jedenfalls müsste man das Zeug literweise trinken, damit es tödlich wird. Man könnte sich höchstens einen lustigen Abend zu zweit machen, wenn man zu viel davon nimmt. Das meinen zumindest die aus dem Labor.«

»Verstehe«, meinte Hemma und warf Hubert einen vertrauensvollen Blick zu. »Das allein kann es also nicht gewesen sein. Und was sagen die Graphologen zu der Unterschrift?«

»Ja, da hat sich nicht viel geändert. Ich habe mir ja den Originalbrief besorgt. Und da haben unsere Leute festgestellt, dass es sich sehr wohl um die Unterschrift der Frau Beinhauser handelt. Vorerst ist ihnen nichts Absonderliches aufgefallen.«

»Zu blöd. Hast du dir auch die Briefe von den anderen Frauen geben lassen? Vielleicht findet man da einen Beleg, dass die Briefe von ein und derselben Person stammen. Selber Stil, zum Beispiel. Oder vielleicht wurden sie alle auf derselben Schreibmaschine geschrieben.«

»Wer schreibt denn heutzutage noch auf einer Schreibmaschine? Aber okay, vielleicht könnte das was bringen. Dann müsst ihr aber zu dem Versicherungsmakler gehen und mir die Polizzen besorgen. Zumindest muss ich wissen, bei welcher Versicherung die Frauen unterschrieben haben. Sonst noch etwas?«

»Wir werden auf jeden Fall dranbleiben, wenn es dir recht ist«, meinte schließlich wieder der Hubert.

»Gut, meinen Segen habt ihr. Also dann, servus.« Und schon legte der Major auf, wie immer ohne abzuwarten, ob noch irgendetwas kam.

Hemma sah Hubert mit einem Lächeln an, endlich war sie wieder in ihrem Element. Schließlich hatte sie einen Fall.

»Wie gehen wir es an?«, fragte sie nun aufgeregt, wie auf Nadeln. »Verdächtige haben wir ja genug.«

»Ja, aber ein Verdacht hilft uns nichts, wir müssen etwas beweisen. Die Schneider Leni hat zwar die Substanzen, die wir in der einen Leiche vorgefunden haben. Aber wie wir wissen, waren diese nicht tödlich. Die Narrische Nani hatte am meisten mit den Toten zu tun. Aber die Sache mit dem Versicherungsbetrug traue ich ihr nicht zu. Dafür ist sie auch nicht raffiniert genug.«

»Und was ist mit der Luise?«, meinte nun die Hemma.

»Ich weiß nicht recht. Die Luise hat die Brände gelegt, damit der Bertl mehr Versicherungen verkauft. Sie hat aber immer geschaut, dass keine Personen zu Schaden kommen. Dass sie daneben auch gemordet hat, damit beim Bertl das Geschäft besser geht, das glaub ich nicht. Und warum sollte sie die eigene Schwiegermutter umbringen und ihren Mann um einen Teil der Lebensversicherung betrügen? Aber irgendwie müssen wir die Sache angehen. Reden wir doch am Nachmittag einmal mit dem Bertl, vielleicht kann uns der zu den Betrugsfällen etwas sagen.«

Damit war Hemma einverstanden. Sie erhob sich und öffnete die Tür zur Wachstube. Doch in diesem Moment fiel ihr noch etwas ein. »Übrigens, weißt du, was der Pepperl mir heute wieder für eine Geschichte hineindrücken wollte? Er hat mir erzählt, dass die Save-Mündung in Belgrad der einzige Ort in Europa ist, wo Nilpferde wild leben.«

»So ein Blödsinn.«

»Das hab ich ihm auch gesagt, Nilpferde leben ja nur am Nil. Es müssen also Savepferde sein, die an der Save-Mündung in Belgrad leben.«

Da stand der Hubert auf und schloss noch einmal die offene Tür. »Hemma, du musst aufhören, deinem Bruder solche Geschichten zu glauben. In Belgrad gibt es weder Nilpferde noch Savepferde noch andere Flusspferde.«

»Meinst du?«

Aber da war es schon zu spät. Huberts Buben hatten bereits mitgekriegt, dass in Belgrad keine wilden Nilpferde, sondern wilde Savepferde wohnten.

Da es in Niederfeld wieder einen sonnigen und angenehm warmen Nachmittag hatte, machte sich Hubert zu Fuß auf den Weg. Zuerst ging er zum Pfarrhof, um die Hemma abzuholen, die schon ungeduldig auf ihn wartete. Dann gingen sie beide hinüber zum Haus vom Beinhauser Bertl, den Hubert zuvor angerufen hatte, um seinen und Hemmas Besuch anzukündigen.

Der Bertl sah wirklich beschissen aus, anders konnte man es kaum ausdrücken. Sein Gesicht war eingefallen, die Haut war grau, seine Augen hatten sich tief in die Höhlen zurückgezogen. Normalerweise sah man ihn um diese Zeit immer nur im Business-Outfit, also Hemd und Sakko. Jetzt saß er im Trainingsanzug zu Hause. Und Hemma hatte auch den Eindruck, dass er sich den Morgensand noch nicht aus den Augen gewaschen hatte.

»Grüß euch, kommt doch herein! Setzen wir uns ins Wohnzimmer.«

Man konnte Bertl keinen Vorwurf machen, dass er vergaß, den beiden irgendetwas anzubieten. Dazu war er viel zu sehr mit sich selbst beschäftigt und mit den Schicksalsschlägen, die ziemlich ungebremst auf ihn eindroschen.

»Mensch, Bertl«, begann Hemma, »da ist es noch gar nicht lange her, dass wir dein Baby getauft haben, da war die Welt noch in Ordnung. Und jetzt das. Erst die Mama. Und nun auch noch der Wahnsinn von der Luise.«

»Es ist einfach schrecklich«, sagte der Bertl mit etwas nassen Augen und gebrochener Stimme. »Vor ein paar Monaten habe ich gedacht, dass jetzt alles gut wird. Mich haben ja schon seit längerer Zeit Schulden gequält. Und auf einmal ist mein Geschäft wie von allein gegangen. Erst wollten alle Bauern ihre Höfe versichern lassen. Und die Lebensversicherungen haben sich dann auch verkauft wie die warmen Semmeln. Ich hätte ja nie im Traum gedacht, dass die Luise da anschiebt.«

»Bei den Feuerversicherungen und auch bei den Lebensversicherungen?«, wollte der Hubert nun wissen.

»Nein, bei den Lebensversicherungen natürlich nicht, wie kommst du denn auf die Idee?«

»Bertl, es ist jetzt ganz wichtig, dass du das, was wir dir anvertrauen, für dich behältst. Aber die Hemma hat den Verdacht, dass deine Mutter, die alte Maierhoferin und die Schneiderin ermordet wurden. Wir haben hochoffiziell den Auftrag, hier zu ermitteln.«

Da musste die Hemma innerlich etwas schmunzeln, als sie das hörte. Hochoffiziell, das war wohl etwas übertrieben, der Major hatte gemeint, dass er nichts dagegen hätte, wenn die beiden ein wenig nachforschten. Aber sie freute sich, schließlich zeigte diese Aussage, dass Hubert die Sache jetzt ernst nahm.

»Ermordet? Seid ihr da sicher?«

»Sicher ist gar nichts«, meinte nun die Hemma. »Aber es gibt da einige Parallelen, die schon sehr verdächtig sind. Das plötzliche Einsetzen der Krankheit. Die Symptome, weißt eh, balla-balla und nur blöd daherreden. Und schließlich die Sache mit der Lebensversicherung. Alle drei Frauen hatten eine Lebensversicherung. Und alle haben einen Teil davon für einen guten Zweck gespendet. Das ist doch verdächtig, oder?«

»Irgendwie schon!«

»Sag, Bertl«, fragte nun wieder der Hubert, »immer waren es fünfzigtausend Euro, die gespendet wurden. Wieso eigentlich?«

»Keine Ahnung. Das ist halt immer ein Viertel der Versicherungssumme. Die Frauen hatten ja alle dieselbe Lebensversicherung abgeschlossen. Weil ich da so ein Angebot habe …«

Das machte die Hemma etwas stutzig. »Heißt das auch, dass die Polizzen alle im selben Ordner liegen?«

»Ja, schon.«

»Das heißt, man muss bei dir immer nur in ein und demselben Ordner nachschauen und sieht, wer bei dir eine Lebensversicherung hat.«

»Genau. Zumindest, was diese Lebensversicherung betrifft. Es gibt ja auch noch andere, aber am häufigsten verkaufe ich diese.«

»Und wo befindet sich dieser Ordner?«

»Drüben im Büro, wollt ihr ihn sehen?«

Darauf erhoben sie sich und gingen in Bertls Büro hinüber. Bertl zog den Ordner aus dem Regal und gab ihn Hubert, der aufmerksam darin zu blättern anfing.

Inzwischen setzte Hemma das Gespräch fort. »Du, Bertl, wer hat denn eigentlich Zugang zu deinem Büro?«

»Na, hauptsächlich ich. Die Luise kommt höchstens zum Putzen und zum Aufräumen herein.«

»Kommen denn nie Fremde in dein Büro?«

»Schon. Ich führe ja hier meine Beratungsgespräche.«

»Aber allein ist nie jemand hier drinnen?«

»Nein. Oder nur ganz kurz. Wenn ich einmal einen Kaffee aus der Küche hole oder so.«

Hubert beschäftigte sich noch immer mit dem Ordner. Auch hier waren die Versicherten alphabetisch gereiht, doch das schien in diesem Fall keine Rolle zu spielen. Da ihm nichts Weiteres auffiel, bat er den Bertl noch, ihm von den Polizzen der drei Toten eine Kopie zu machen, und gab ihm den Ordner zurück. Schließlich fragte er ihn, ob sie sich noch einmal kurz ins Wohnzimmer setzen könnten, da wäre noch ein wichtiger Punkt.

So wechselten sie wieder den Raum und nahmen Platz. Und nun stockte Hubert ein wenig, bevor er Bertl die nächste Frage stellte: »Bertl, ich muss dich noch einmal auf die Luise ansprechen. Sie hat ja die Brände gelegt, damit du mehr Versicherungen verkaufst. Und das ohne dein Wissen, das ist uns allen klar.

Aber du hast auch mehr Lebensversicherungen verkauft. Und auch da hat offensichtlich jemand mitgeholfen. Bertl, hältst du es nicht doch für möglich, dass die Luise was damit zu tun hat?«

Da wurde Bertls ohnehin schon bleiches Gesicht nun kreideweiß.

»Hubert, das ist doch nicht dein Ernst? Nie und nimmer würde ich der Luise so etwas zutrauen.«

»Hättest du ihr denn die Brände zugetraut?«, wandte die Hemma nun ein.

»Natürlich auch nicht. Aber das ist doch ganz was anderes. Bitte, nur weil die Luise ein paar Höfe angezündet hat, ist sie doch keine Mörderin. Das könnt ihr doch nicht machen, dass ihr der Luise das auch noch anhängt.«

»Wir haben ihr die Brände nicht angehängt«, korrigierte ihn der Hubert. »Die hat sie sich selbst angehängt.«

»Ich weiß schon. Aber trotzdem, es ist doch eh alles schon schlimm genug, macht es doch bitte nicht noch schlimmer.«

Da legte der Bertl das Gesicht in die Hände, und man merkte, dass er nun richtig verzagt war. Hemma gab Hubert ein Zeichen, dass es besser wäre, jetzt wohl nicht mehr länger nachzubohren. Schließlich legte sie Bertl die Hand auf die Schulter und wechselte das Thema.

»Wie geht es denn der Luise, hast du sie schon besucht?«

»Ja, zwei Mal. Sie ist natürlich total fertig, es wird ihr offenbar jetzt erst bewusst, was sie da angerichtet hat.«

»Und wie geht es den Kindern?«

»Na, schlecht natürlich. Die warten auf ihre Mutter. Die Schneider Leni hilft mir Gott sei Dank, die kann ja sehr gut mit den Kindern. Habt ihr eigentlich eine Ahnung, was mit der Luise passieren wird? Wie viel Schmalz wird sie denn kriegen, Hubert?«

»Das kann ich nicht sagen, das hängt von den Umständen ab … Was weiß ich. Ein paar Jahre wird sie sicher in den Bau müssen. Aber viele kommen dann früher heraus, wegen guter Führung. Und im letzten Jahr kriegt sie vielleicht auch eine

Fußfessel, dann hat sie praktisch Hausarrest, aber ist wieder bei euch.«

»Ich kann mir das alles noch gar nicht vorstellen. Und wie wird das erst, wenn sie wieder draußen ist, was werden dann die Leute sagen? Am liebsten würde ich von hier weggehen, nach Wien, oder noch viel weiter.«

»Aber mit den Kindern, oder?«

»Sicher mit den Kindern. Und irgendwann auch wieder mit der Luise.«

Als Hemma und Hubert das Haus verließen und die Dorfstraße entlanggingen, sprachen sie kaum ein Wort. Sie waren selbst am Boden zerstört und konnten es kaum fassen, wie das Schicksal dem Bertl mitgespielt hat.

Doch plötzlich zuckten sie zusammen, ein Wagen raste an ihnen vorbei. Mit mindestens achtzig Sachen und das im Ortsgebiet.

»Das war der Otto!«, bemerkte der Hubert erstaunt. »So kenn ich den ja gar nicht.«

»Du, Hubert, da muss irgendwas passiert sein.«

SECHZEHN

Hemma und Hubert gingen weiter nachdenklich die Dorfstraße entlang. Sie redeten nur wenig, Hemma hatte den Blick mehr auf den Asphalt als sonst wohin gerichtet. Und so merkte sie erst, als sie plötzlich vor dem Polizeiposten standen, dass sie eigentlich längst vorher hätte abbiegen müssen. Hubert verabschiedete sich. Und weil wieder Dienstag war, fragte er sie, ob sie eh am Abend kommen würde.

»Schon«, meinte die Hemma. »Aber ich bin mit meiner Hausarbeit total hinten nach. Könntest eventuell du den Einkauf besorgen?«

»Klar, das geht schon. Aber wenn du eh so viel Arbeit hast, dann musst du am Abend nicht auch noch für uns kochen. Setzen wir uns doch einfach in den Dorfheurigen und lassen den Tag gemütlich ausklingen.«

Das fand Hemma eine ausgezeichnete Idee.

Doch gerade als die beiden sich trennen wollten, kam schon wieder der Otto angebraust, der mit seinem Auto durchs Dorf jagte, als wenn es keine Straßenverkehrsordnung gäbe. Auch Huberts Uniform, die er mit Sicherheit nicht übersehen konnte, hatte ihn nicht davon abgehalten. Und gleich dahinter raste mit demselben Affentempo der Porsche vom Dr. Meindl.

Hemma und Hubert sahen sich verwundert an.

»Was ist da los?«, fragte sie. »Ich rufe gleich einmal die Gerlinde an.«

Sofort griff sie nach ihrem Handy und wählte. Doch niemand nahm ihren Anruf entgegen.

»Da muss etwas passiert sein, Hubert. Ich muss sofort hinfahren.«

»Okay, steig in meinen Wagen, ich bring dich gleich hin.«

Auch Hubert hielt sich nicht an die Höchstgeschwindigkeit, aber bei einem Polizisten war das ja wurscht. Und schon nach kürzester Zeit waren die beiden beim Hof der Derflingers, der bereits halb wieder aufgebaut war. Zumindest sah er inzwischen wie eine herkömmliche Baustelle aus, von einer ehemaligen Brandstätte war nichts mehr zu sehen.

Hemma und Hubert sprangen aus dem Wagen. Vor dem Haus saß der kleine Peter, Gerlindes Sohn, auf der Gassenbank und machte ein ganz zerknirschtes Gesicht.

»Peter, was ist denn los?«, wollte Hemma sofort wissen.

»Die Mama ist krank. Es geht ihr ganz schlecht. So wie damals der Oma.«

»Um Gottes willen. Komm, Hubert, beeil dich.«

Sofort stürmten die beiden ins Haus und die Treppe hinauf. Wie vermutet lag die Gerlinde in ihrem Schlafzimmer. Daneben standen der Otto, Dr. Meindl und, wie konnte es anders sein, die Narrische Nani.

Ohne sich lange mit Grußworten abzumühen, sprang Hemma an Gerlindes Bett, griff nach ihrer Hand und schrie fast schon hysterisch: »Gerlinde, was machst du denn? Was ist denn los mit dir?«

Die Gerlinde blieb aber ganz ruhig. Sie öffnete leicht die Augen, setzte ein Lächeln auf und meinte nur: »Hemma, du alte Gletscherspalte …«

Hemma blieb ganz gelassen. Auch wenn die Gerlinde damit einen Nerv getroffen hatte, meinte sie nur: »Ja, passt schon, Gerlinde. Was ist denn los mit dir?«

»Der Hubert müsste dich … einmal richtig polieren«, murmelte sie, und dabei musste sie sich mächtig anstrengen.

»Entschuldige, Hemma«, klärte der Otto sie auf. »Aber so redet sie die ganze Zeit schon, wie wenn sie sechs Flaschen Veltliner gesoffen hätte.«

»Das wäre mir ja wurscht«, antwortete ihm die Hemma. »Aber schaut nur, wie sie daliegt, die muss doch sofort ins Krankenhaus.«

»Das hat doch keinen Sinn«, warf der Dr. Meindl ein. »Die können auch nichts anderes machen als wir hier. Lassen wir sie lieber im Kreis ihrer Familie. Und eine bessere und fürsorglichere Pflege wie von der Schwester Nani kann sie doch in dem hektischen Krankenhaus niemals kriegen.«

»Was meinst denn du, Otto?«, fragte die Hemma.

»Ich hab doch da keine Ahnung. Ich denke, der Doktor wird schon wissen, was er sagt. Außerdem kann dann auch öfters die Schneider Leni vorbeischauen. Weißt eh, die Gerlinde hält ja so auf die Leni. Vielleicht kann sie ihr Energie übertragen.«

Das kostete den Doktor ein mitleidiges Grinsen. Und Hemma schüttelte ratlos den Kopf. »Aber ihr seht doch, was mit den anderen Frauen passiert ist, die offensichtlich dieselbe Krankheit hatten. Die Gerlinde wird uns noch sterben.«

»Aber die Gerlinde ist doch viel jünger und stärker als die anderen«, wandte der Doktor ein. »Ich glaube schon, dass wir da eine gute Chance haben.«

Hubert hatte sich bisher sehr zurückgehalten. Er hatte immer noch Schwierigkeiten, dem Otto in die Augen zu sehen, seit er ihn wegen dem Brand verhaftet hatte oder, besser gesagt, verhaften musste. Er hob nur einmal kurz einen Zettel auf, der auf der Kommode neben dem Bett lag, und warf einen Blick drauf.

»Was haben Sie ihr denn bisher gegeben?«, wollte Hemma nun vom Doktor wissen.

»Eine Spritze, die das Fieber und den Blutdruck senkt. Warten wir einfach einmal ab, was in den nächsten Tagen passiert. Kopf hoch, es wird schon wieder. Schließlich hat sie ein starkes Herz.«

Während dieser Worte packte der Dr. Meindl seinen Ärztekoffer. »Schwester Nani, bitte schauen Sie gut auf die Frau Derflinger, Sie wissen ja, was zu tun ist.« Und damit verabschiedete er sich.

Hemma fand die Situation außerordentlich seltsam. Sie hatte fast den Eindruck, als würde es sich hier um ein abgekartetes Spiel handeln. Gerlinde nicht ins Spital zu bringen erschien ihr einfach verrückt.

»Warum hast du denn eigentlich den Doktor holen müssen?«, fragte nun die Hemma den Otto. »Hättest du ihn nicht einfach anrufen können?«

»Eigentlich wollte ich ja die Leni holen. Nur hatte die ihr Handy nicht eingeschaltet. Aber zu Hause war sie auch nicht. Dann bin ich halt gleich zum Doktor weitergedüst.«

»Und wer war in der Zwischenzeit bei der Gerlinde?«

»Na, die Schwester Nani.«

»Sie ganz allein, Schwester Nani? Hat sie zu Ihnen auch so schlimme Sachen gesagt? Das muss ja ganz schrecklich für Sie sein«, meinte Hemma mit vorgetäuschter mitleidvoller Mine. Ihr schadenfrohes Schmunzeln konnte sie gerade noch verbergen.

»Ach, wissen Sie, ich höre da gar nicht hin. Aber ich bin sicher, der Herr wird uns beistehen, dass die Pforten der Hölle sie nicht überwältigen.«

Zum Abschluss trat Hemma noch einmal ans Bett und drückte ganz fest Gerlindes Hand. »Wir werden alles tun, um dich wieder gesund zu kriegen, das verspreche ich dir.«

Sie merkte nun, dass Gerlinde etwas sagen wollte, aber sie war so schwach, dass sie nur ganz leise reden konnte. »Näher«, sagte sie, »näher.« Da beugte sich Hemma ganz weit über das Bett.

»Noch näher!«

Und Hemma beugte sich noch mehr nach vorne, immer weiter, bis ihr Ohr schon fast an Gerlindes Lippen klebte. In diesem Moment streckte Gerlinde ihre Zunge heraus und schob sie tief in Hemmas Gehörgang. Hemma zuckte zusammen. Was war denn das?

Sie blickte kurz auf und sah, dass Hubert sich mit dem Otto unterhielt und die Narrische Nani gerade in ihrer Tasche kramte. Niemand hatte es also gesehen. Und weil sie nicht glauben konnte, was da gerade geschah, legte sie noch einmal ihr Ohr auf Gerlindes Mund. Und sofort steckte wieder die Zunge drin. Dieses Mal wartete sie zwei, drei Sekunden ab, bevor sie wieder hochfuhr. Und sie merkte, dass sie am ganzen Körper eine Gänsehaut hatte.

Als Hemma und Hubert dem Otto die Hand reichen wollten, bot er an, sie noch zum Auto zu bringen. Dies war die Gelegenheit für Hemma, die nun ein bisschen irritiert war, noch einmal auf ihn einzureden.

»Otto, ich bin fest davon überzeugt, dass die Gerlinde im Spital besser aufgehoben wäre. Willst du es dir nicht doch noch einmal überlegen?«

»Ich glaube, sie will es so. Und sie ist ja wirklich in besten Händen.«

»Wenn du meinst!« Hemma merkte, dass sie aufgeben musste. Sie umarmte den Otto zum Abschied ganz fest, bis sie spürte, dass eine Träne von Ottos Wange auf die ihre fiel. Es hätte aber auch umgekehrt sein können.

Auch Hubert hielt lange Ottos Hand und meinte schließlich noch: »Es tut mir alles so leid, was passiert ist. Glaub mir, es war nicht meine Idee …«

»Ich weiß schon, du musstest tun, was dir die Kriminaler angeschafft haben. Natürlich habe ich erst eine große Wut auf dich gehabt. Aber glaub mir, ich hab jetzt andere Sorgen. Vielleicht geht ja alles noch gut aus. Dann trinken wir einmal ein Viertel Veltliner miteinander.«

Hemma und Hubert stiegen in ihren Wagen und fuhren los. Wieder herrschte betroffenes Schweigen.

Erst kurz vor ihrem Ziel meinte die geschockte Hemma: »Hubert, die bringen sie um. Wir müssen was dagegen tun. Viel Zeit haben wir nicht mehr.«

»Das Gefühl habe ich auch, Hemma. Hast du irgendeine Idee?«

»Noch nicht. Besprechen wir das heute Abend beim Heurigen.«

Pünktlich um halb acht am Abend klingelte Hubert an der Pfarrhoftür, und gleich darauf erschien auch schon die Hemma. Dicht nebeneinander, jedoch ohne einander zu berühren, schlenderten sie die Dorfstraße entlang bis zum Dorfheurigen, dessen Gaststube ganz leer war. Dafür war es gar nicht mehr leicht, im Garten einen Tisch zu bekommen, denn hier wimmelte es nur so von Gästen.

Die meisten davon waren den beiden bekannt, darum wurde erst einmal in die Runde gewinkt. Da an einigen Tischen viel mehr Gäste saßen als vorgesehen, mussten Hemma und Hubert sich ziemlich durchzwängen. Dabei blieb es ihnen auch nicht erspart, den einen oder anderen Gesprächsfetzen mitzubekommen.

»Also, ich hatte schon das Gefühl, das sie heruntergewinkt haben, aber sie waren schon verdammt weit weg …«

Und als sie an einem anderen Tisch vorbeikamen, hörten sie, wie ein paar junge Leute sich unterhielten.

»Das sind natürlich Savepferde in Belgrad. Nilpferde leben ja nur am Nil.«

»Und was sind dann Flusspferde?«

»Na, Flusspferde … damit meint man alle Nilpferde. Egal, an welchem Fluss die leben.«

»Verstehe!«

Die beiden jungen Polizisten hatten offensichtlich wieder einmal mehr mitgekriegt, als Hemma und Hubert recht war.

Als sie endlich einen kleinen freien Tisch ergattert hatten, griffen sie erst einmal nach der Speisekarte. Und als Rosl, die Wirtin, kam, bestellten sie zwei Viertel Veltliner. Zum Essen nahm Hemma Grammelknödel mit Sauerkraut, und Hubert entschied sich für eine knusprig gebratene Stelze.

»Sag, was war das eigentlich für ein Zettel, den du dir da im Schlafzimmer von der Gerlinde angesehen hast? Du hast dabei so nachdenklich dreingeschaut«, erinnerte sich die Hemma.

»Eh nichts Wichtiges. Nur eine Quartalsbestätigung für die Krankenkasse, dass die Gerlinde beim Arzt war.«

»Und was hat dich so nachdenklich gemacht?«

»Na ja, ich wusste nicht, dass man so was braucht, ich hab das noch nie gesehen.«

»Verstehe. Also, Hubert, was tun wir jetzt? Ich glaube nicht an das starke Herz von der Gerlinde. Wenn es so weitergeht, wird sie auch bald tot sein. Wir müssen ganz schnell was unternehmen. Aber was?«

»Weißt du, Hemma, ich habe da so einen Verdacht. Und je mehr ich drüber nachdenke, umso schlüssiger wird der für mich.«

»Und der wäre?«

»Wir hätten doch der Luise niemals zugetraut, dass sie Häuser in Brand stecken würde. Und sie hat es doch getan. Vielleicht ist es jetzt bei den Morden dasselbe? Schau: Die Luise hat schwere Verbrechen begangen, damit der Bertl mehr Feuerversicherungen verkauft. Nun verkauft er aber auch mehr Lebensversicherungen.«

»Geh bitte, Hubert, aber dafür mordet sie doch nicht.«

»Sie vielleicht nicht, aber vielleicht ihre Komplizin. Mit der Leni ist sie ganz eng befreundet. Die Luise konnte jederzeit Bertls Ordner einsehen. Und die Leni war mit allen Opfern permanent in Kontakt. Was, wenn die beiden das Ganze gemeinsam durchgezogen haben?«

»Aber das würde ja bedeuten, dass die Leni am Mord an ihrer eigenen Mutter beteiligt war. Und die Luise am Mord an ihrer Schwiegermutter.«

»Na und? Warum denn nicht? Viele haben schon ihre Mutter und ihre Schwiegermutter umgebracht. Die meisten Morde passieren innerhalb der Familie.«

»Also, ich weiß nicht, Hubert …«

»Denk doch nach. So gut war Luises Verhältnis zu ihrer Schwiegermutter nicht. Und die Leni hat über ihre Mutter sowieso nur geschimpft. So sind sie die beiden losgeworden, und dabei haben sie auch noch ordentlich Geld eingestreift. Ganz nebenbei hat der Bertl auch noch jede Menge Lebensversicherungen verkauft. Ist doch perfekt!«

»Na ja, irgendwie macht das schon Sinn. Nur: Dann hätte sich die Leni ja selbst um einen Teil der Lebensversicherung betrogen. Warum sollte sie das getan haben?«

»Hat sie ja nicht. Sie hat ja beide Teile kassiert. Erst die hundertfünfzigtausend offiziell. Und die fünfzigtausend hat sie dann extra eingestreift. Vielleicht haben sie einfach mal ausprobiert, ob es funktioniert. Und nachdem es dann geklappt hatte, wussten sie, dass sie so weitermachen konnten. Also ich würde einmal davon ausgehen, dass es so war. Jetzt müssten wir es nur noch beweisen.«

»Gut, gehen wir einmal davon aus. Aber selbst wenn du recht hast, dann wissen wir noch immer nicht, woran die Frauen gestorben sind. Die Tropfen waren es ja nicht. Wir müssen der Sache jetzt so richtig auf den Grund gehen. Weißt du was? Fahren wir doch morgen hinauf ins Waldviertel zu dieser Kräuterfrau. Vielleicht hat die der Leni noch irgendwas gegeben, wovon wir nichts wissen.«

»Ich kann leider in nächster Zeit nicht weg, wir sind gerade unterbesetzt. Da musst du allein hinfahren.«

Um die zwei Stunden saßen die beiden beim Heurigen, bis Hubert um die Rechnung bat und die zwei Essen und je drei Viertel Veltliner bezahlte.

Am nächsten Morgen, gleich nach den Pflichtübungen, griff Hemma zu ihrem Handy und rief die Schneider Leni an, um sie nach der genauen Adresse der Kräuterfrau zu fragen. Ohne zu zögern beschrieb ihr die Leni, wie man zu dem gesagten Haus kam. Dadurch war die Vermutung naheliegend, dass sie die wirklich tödliche Substanz nicht von der Frau bezog. Trotzdem hatte Hemma das Gefühl, dass sie diese Kräuterfrau einmal kennenlernen sollte.

»Aber erschrecken Sie nicht«, warnte die Leni sie noch, kurz bevor sie das Gespräch beendet hatten. »Die Frau sieht ein bisserl wie eine alte Hexe aus, obwohl sie eigentlich total nett ist.«

Da Hemma keine halben Sachen mochte, stieg sie noch am selben Tag gleich nach dem Mittagessen in ihren Kadett, um ins Waldviertel zu fahren. Da ihr alter Wagen noch kein Navi besaß, musste sie den Ort, den ihr die Schneider Leni nannte, erst auf der Karte suchen. Und sie sah, dass er ziemlich weit oben lag, schon fast an der tschechischen Grenze.

Sie war schon eineinhalb Stunden unterwegs gewesen, als sie das Schild des Ortes passierte, wo laut Lenis Beschreibung die Kräuterfrau hauste. Leni hatte erklärt, sie müsse durch den ganzen Ort fahren und zwei Kilometer danach dann links in einen Güterweg einbiegen, von dort seien es noch einmal zwei Kilometer. Und dann würde an einem Waldrand ein einsames kleines Häuschen stehen, dort sei sie richtig.

Und genauso war es auch. Hemma fand das Haus ohne Umwege. Und sie stellte fest, dass in diesem alten, verfallenen, aber doch romantischen Holzhäuschen eigentlich nur eine alte hässliche Kräuterhexe wohnen konnte, mit Warzen auf der Nase und einer Katze am Buckel.

Ganz so schlimm war es dann doch nicht. Die Frau, die Gott sei Dank anwesend war, sah tatsächlich alt und runzelig aus. Aber sie hatte ein schön geschnittenes und durchaus sympathisches Gesicht. Die tief liegenden Augen waren strahlenförmig von Falten umgeben, was sie wie zwei Sterne aussehen ließ. Die grauen Haare hatte sie zu einem Knoten gebunden. Ihr Auftritt war stolz, etwas streng, aber dennoch von einer natürlichen Freundlichkeit.

»Grüß dich, brauchst du etwas?« Kräuterhexen sind prinzipiell mit allen Menschen per Du. Aber Hemma konnte gut damit umgehen.

»Grüß dich auch. Ich tät gerne einmal kurz mit dir reden. Hättest du eine Minute Zeit für mich?«

»Komm herein.« Und während sie Hemma die Hand reichte, sagte sie noch: »Ich bin die Agnes.«

»Ich bin die Hemma. Und komme aus Niederfeld, aus dem Weinviertel. Dort bin ich die Messnerin und Organistin.«

»Ach so? Dann könnte es sein, dass ich sogar schon einmal von dir gehört habe. Hemma Thom, richtig?«

Bei diesem Satz fror Hemma wieder ein bisschen das Lächeln ein. Jetzt hatte sich dieser Blödsinn sogar schon bis ins Waldviertel herumgesprochen. Aber sie versuchte, sich deswegen nicht aus der Fassung bringen zu lassen.

»Eigentlich Hemma Gruber. Aber das spielt ja keine Rolle.«

»Gut, Hemma Gruber, was brauchst du?«

»Kann ich offen mit dir reden?«

»Sicher. Musst nur anfangen.«

»Und es müsste auch unter uns bleiben, wäre das okay?«

»Glaub mir, ich weiß so viel, was andere nicht wissen dürfen. Bei mir musst du dir keine Sorgen machen. Also?«

»Also, die Geschichte ist die: Bei uns in Niederfeld gab es in der letzten Zeit ein paar dubiose Todesfälle. Drei Frauen sind tot. Und eine liegt offenbar gerade im Sterben.«

»Das ist traurig. Und wie kann ich dir jetzt helfen?«

»Ich weiß nicht, ob du die Schwester Nani kennst, wir nennen sie im Dorf die Narrische Nani, weil sie so einen Gottesvogel hat.«

»Ja, ja, die war schon ein paarmal da. Aber gar so narrisch habe ich die gar nicht empfunden. Ich glaube, dass sie von Krankenpflege durchaus eine Ahnung hat. Und bei der Sterbebegleitung stellt sie sich offenbar auch nicht so ungeschickt an.«

»Mag eh sein. Jedenfalls hat die Narrische Nani all diese Frauen gepflegt. Und dabei hat sie den Frauen immer einen Tee mit Tropfen gegeben, die sie von der Schneider Leni hat. Und die hat diese Tropfen anscheinend von dir.«

»Mein Gott, die Scheider Leni«, und da musste die alte Agnes ein wenig schmunzeln. »Diese Pfuscherin. Die hat doch keine Ahnung von irgendetwas. Glaubst du, ich würde der was geben, womit sie was anrichten kann?«

»Du meinst also, dass die Tropfen harmlos sind?«

»Na ja, ein bisserl was ist da schon drin.«

»Sagst du mir auch, was da drin ist?«

»Also, ein bisserl rosa Bilsenkraut, Mondtau, Jungfernwurzeln. Und ein wenig mongolischer Ginseng, der ist ganz wichtig.«

»Und was kann das?«

»In erster Linie beruhigt es. Aber ich sag der Leni immer, dass sie nur fünf bis maximal zehn Tropfen in den Tee geben soll, wegen dem mongolischen Ginseng, der geht nämlich sonst ein wenig auf das Lustzentrum los, wenn du verstehst, was ich meine.«

»Ah, darum. Weil ...«

»Was, weil?«

»Na ja, ich und mein Gefährte haben das selber probiert. Und aus Versehen sind uns dann zwanzig Tropfen reingerutscht statt zehn.«

»Was, zwanzig Tropfen? Pro Tasse? Da hat es dich dann aber schon ein wenig gejuckt zwischen den Zehen.«

»Zwischen den Zehen?«

»Na, weißt eh. Zwischen den beiden großen!«

Hemma verstand.

»Aber können diese Tropfen, wenn man viel zu viel verabreicht, denn auch tödlich sein?«

»Blödsinn. Nie und nimmer. Außerdem würde ich sie dann niemals der Leni geben. Aber es gibt natürlich auch ein Konzentrat davon. Damit muss man dann schon aufpassen.«

»Und wann verabreicht man das?«

»Wenn es Leuten schon sauschlecht geht und ihnen eigentlich nicht mehr zu helfen ist. Sie sind dann schmerzfrei und haben ein ziemliches Glücksgefühl.«

»Wirkt das dann auch auf die Libido?«

»Schon. Das bewirkt ja hauptsächlich das Glücksgefühl. Die Leute wirken zwar wie belämmert, aber sie haben wunderbare Träume, wenn du verstehst, was ich meine.«

Hemma blieb noch eine weitere halbe Stunde bei der Kräuterfrau, die sie Minute für Minute sympathischer fand. Dabei erfuhr sie auch Geschichten, die hervorragend in ihre eigene Theorie passten. Schließlich hatte sie keinen Zweifel mehr, genau zu wissen, was in Niederfeld vor sich ging. Sie hatte nun eine Reihe von Fakten, es fehlten ihr nur noch die Zusammenhänge. Wer wirklich daran beteiligt war, wurde ihr nun auch schon klarer. Nur das Wie und das Warum, das musste sie jetzt noch herausfinden.

SIEBZEHN

Die nächsten drei, vier Tage vergingen. An Gerlindes Zustand änderte sich kaum etwas. Hemma besuchte sie mindestens zweimal pro Tag, wobei sie kaum einmal die Gelegenheit hatte, mit Gerlinde allein zu sein. Die Narrische Nani war so gut wie ständig im Zimmer. Und auch die Schneider Leni tauchte immer wieder auf, um Gerlinde ihre heilenden Hände aufzulegen, ihr Energie zu spenden und das Universum für Gerlindes Heilung zu aktivieren.

Hemma hätte Gerlinde nach wie vor lieber im Spital gesehen, aber da biss sie bei den anderen Frauen auf Granit. Auch Otto, der keine Zeit hatte, ständig am Krankenbett zu stehen, weil die Feldarbeit in vollem Gange war, wurde von den Frauen eingewickelt und war der Meinung, dass Gerlindes Zustand ohnehin stabil sei. Und wenn es einmal schlechter werde, könne man immer noch den Arzt rufen.

Für Hemma war diese Zeit außerordentlich anstrengend. Sie wusste ja, was mit den anderen Frauen passiert war, die dieselben Symptome gezeigt hatten. Aber leider fiel ihr keine Möglichkeit ein, wie sie der Gerlinde helfen könnte. Was ihre Mordtheorie betraf, da hatte sie zwar nun einen Verdacht. Aber es fehlten ihr einfach die Details, um etwas beweisen zu können.

Ihr Bruder Pepperl wurde ebenfalls schon ziemlich unrund. Hemma schaffte es kaum mehr, ihren Verpflichtungen nachzukommen, die Bügelwäsche stapelte sich, ihr Orgelspiel wurde immer stümperhafter. Und einmal hatte sie sogar ohne Angabe von vernünftigen Gründen die Chorprobe abgesagt, was ihren Bruder wirklich maßlos ärgerte.

Da Hemmas Schlaf immer schlechter wurde, stand sie nachts auch immer länger am Fenster. Und weil sie das gerne mit einem Glas Veltliner in der Hand tat, stieg auch ihr Weinkonsum ein wenig. In diesen Tagen hatte sie die Narrische

Nani sogar zweimal gegen Mitternacht am Pfarrhof vorbeigehen sehen. Wohl wissend, woher sie kam. Aber auch ahnend, dass die Nani beim Tod der Frauen irgendwie die Finger im Spiel hatte.

Hemma hatte den Eindruck, die Nani warte nur darauf, dass die Frauen starben. Es war ja nicht so, dass die Nani die Sterbenden aus reiner Nächstenliebe begleitete. Hemma war schon länger zu dem Schluss gekommen, dass sie ein nahezu erotisches Verhältnis zum Tod hatte. Der Nani schien es durch Mark und Bein zu gehen, wenn eine Seele dem Körper entfloh. Wie viel sie von ihrem Geschwafel selbst glaubte, wusste natürlich niemand. Vielleicht war es nur ein Vorwand, um dabei sein zu können, wenn sie behauptete, dass sie die Seelen mit ihrer Liebe und ihren Gebeten direkt in den Himmel führen könne. Aber sie klang dabei immer sehr überzeugend. Den Angehörigen war es meistens lieber, wenn die Narrische Nani beim Sterben anwesend war und der aufsteigenden Seele die Richtung wies.

Die Sache mit Gerlindes Zunge in ihrem Ohr ließ der Hemma ebenfalls keine Ruhe. Bisher hätte sie bei der Vorstellung, dass ihr eine Frau die Ohrmuschel ausleckte, nur Ekel empfunden. Dass sie so reagieren würde, wie sie reagiert hatte, das wäre ihr in ihren kühnsten Träumen nicht eingefallen. Wahrscheinlich wäre sie durchaus geneigt gewesen, diese Erfahrung noch einmal zu wiederholen. Wenn sie nur einmal mit der Gerlinde allein gewesen wäre. Aber das war sie nie.

Dem Hubert gegenüber entwickelte sie wegen dieser Sache sogar ein schlechtes Gewissen. Es war noch gar nicht so lange her, dass sie ihm die schwersten Vorwürfe gemacht hatte, weil er zugegeben hatte, dass ihm die Gerlinde auch einmal den Puls hochgetrieben hatte. Und nun ging es ihr selber so.

Irgendwie, wenn das hier alles vorbei war, dachte sie, musste sie die Geschichte mit dem Hubert endlich auf eine Gerade bringen. Ja, sie hatte bei ihm halt nicht das große erotische Verlangen. Als sie der Haidbacher Roman berührt hatte, hatten ihre Nackenhaare viel senkrechter gestanden. Aber umgekehrt war der Hubert einer der feinsten, zuverlässigsten und liebsten Menschen, die sie kannte. Er hätte es sich einfach verdient.

Apropos Hubert. Eigentlich, dachte Hemma, sollte sie ihn endlich in ihre Überlegungen einweihen, es wäre ein Vertrauensbruch, wenn sie das nicht tat. Obwohl es natürlich nur Gedanken und lose Fakten waren, die noch nicht ineinandergriffen.

Trotzdem beschloss sie, zum Posten hinüberzuradeln. Könnte ja sein, dass dem Hubert etwas dazu einfiel.

Hubert saß wieder einmal an seinem Schreibtisch und telefonierte. Hemma nahm unaufgefordert Platz und lauschte einfach dem Gespräch, das nicht wirklich wichtig zu sein schien.

Plötzlich klopfte es an der Tür, und einer von Huberts Buben steckte den Kopf durch den Spalt.

»Was ist denn los?«, fragte Hubert. »Du siehst doch, dass ich gerade telefoniere!«

»Der Herr Major ist auf der anderen Leitung.«

»Sekunde!«

Hubert brachte sein Telefonat zu einem raschen Ende, legte auf und wartete, bis das Telefon erneut klingelte. Hemma hatte das Gefühl, dass sie genau zum richtigen Zeitpunkt erschienen war.

»Servus, Hans, wie geht's?«

Natürlich drückte Hubert sofort die Lautsprechertaste. Hätte er es nicht getan, dann hätte sie halt die Hemma gedrückt.

»Eh alles paletti. Du, es gibt Neuigkeiten.«

»Sehr gut, die Hemma ist übrigens gerade da, ich habe auf Lautsprecher gestellt.«

»Gut, grüß dich, Hemma. Hast du im Polizeirevier bereits ein Zelt aufgeschlagen?«

»Hallo, Hans, noch nicht ganz. Bin gespannt, was du uns erzählen wirst.«

»Also passt auf: Ich habe mir ja jetzt alle Briefe von der Versicherung ausheben lassen. Alle vier Frauen haben ja einen

Antrag gestellt, dass ein Teil der Versicherungssumme für soziale Zwecke verwendet wird.«

»Wieso vier, drei waren es bisher«, korrigierte ihn die Hemma.

»Drei sind bisher gestorben. Aber da gibt es noch die Frau vom Derflinger. Wie geht es der denn überhaupt?«

»Nicht gut. Aber wir haben keine Ahnung, wie wir ihr helfen können. Sie müsste dringend ins Krankenhaus. Aber alle wehren sich dagegen.«

»Verdammt. Jedenfalls will die auch fünfzigtausend spenden. An ein Obdachlosenasyl in Sibirien.«

»Ja, spinnt die?«, fragte der Hubert.

»Das glaub ich nicht«, kam es aus dem Lautsprecher. »Wir haben herausgefunden, dass alle vier Briefe aus demselben Drucker stammen. Und die Unterschriften sind doch nicht original. Sie sind gescannt und ebenfalls ausgedruckt. Das heißt, wir haben es hier mit einem Betrüger zu tun. Und so, wie es aussieht, auch mit einem Mörder.«

»Ha! Endlich. Endlich glaubt ihr mir«, seufzte die Hemma. »Das hättet ihr schon früher tun sollen. Dann hätten wir den Mörder vielleicht schon. Und die Gerlinde hätte nicht erst todkrank werden müssen.«

»Dann schauen wir, dass wir retten können, was noch zu retten ist. Am besten ich schicke euch die beiden Kripobeamten, die auch schon bei den Bränden ermittelt haben.«

»Um Himmels willen«, rief die Hemma, »die doch nicht. Das sind ja totale Vollkoffer!«

»Ich glaub auch nicht, dass die die Richtigen sind«, bestätigte der Hubert. »Die sollten sich besser überhaupt nicht mehr in Niederfeld blicken lassen, einige haben einen ziemlichen Pick auf die.«

»Meint ihr? Dann muss ich mir was einfallen lassen … Ach übrigens, noch etwas haben wir herausgefunden. Das Armenhaus in Tibet, das Krankenhaus in Kolumbien, das Waisenheim im Senegal und jetzt auch das Obdachlosenheim in Sibirien, die haben alle dieselbe Kontonummer. Eigentlich müssen wir nur noch herausfinden, wem das Konto gehört, dann haben wir den Täter.«

»Und wie lange kann das dauern?«, wollte die Hemma nun wissen.

»Das Konto liegt außerhalb von Österreich. Wo, das müssen wir erst herausfinden. Also ein oder zwei Wochen könnte das schon dauern. Ihr wisst ja, Bankgeheimnis!«

»Aber das geht nicht.« Hemma begann nun wieder sichtlich nervös zu werden. »In zwei Wochen könnte die Gerlinde schon tot sein. Und nur der Mörder weiß, woran die Frauen wirklich erkrankt sind. Und was sie retten könnte.«

»Das stimmt wahrscheinlich. Habt ihr denn überhaupt keinen Verdacht?«

»Doch, wir haben da schon so eine Theorie«, meinte der Hubert.

»Die aber nicht stimmt«, funkte die Hemma dazwischen. »Ich bin mir aber inzwischen sicher, dass ich weiß, wer die Frauen umgebracht hat. Aber ich kann es einfach nicht beweisen. Und da beißt sich jetzt die Katze in den Schwanz. Solange wir nichts beweisen können, wird niemand die Tat zugeben. Schon gar nicht werden wir erfahren, was die Opfer tatsächlich umgebracht hat. Denn das wäre ja ein Geständnis. Wir müssen also anders draufkommen.«

»Wisst ihr was? Morgen komm ich selber vorbei. Macht inzwischen bitte nichts mehr, lasst einfach alles so, wie es ist. Morgen beginnen wir mit den offiziellen Ermittlungen. Also, servus.«

Und schon war der Major wieder weg.

»Sag, war das jetzt ein Scherz?«, wollte Hubert noch wissen. »Wie kannst du dem Hans sagen, dass du weißt, wer der Mörder ist?«

»Weil ich inzwischen ein bisschen mehr weiß als du. Und weil ich ein bisschen kombiniert habe. Also hör zu …«

Und schon legte Hemma los und erklärte dem Hubert detailgenau, was sich ihrer Meinung nach rund um die Morde abgespielt hatte. Nur das Wie fehlte ihr noch. Und das musste sie nun ganz schnell herausfinden, wenn sie Gerlindes Leben retten wollte.

Den nächsten Vormittag nutzte Hemma, um ihren Berg Bügelwäsche ein wenig abzuarbeiten. Den Fall wollte sie vorerst ruhen lassen, immerhin hatte es der Major so angeordnet. Und weil dieser ohnehin vorhatte, im Laufe des Tages aufzukreuzen, würden die offiziellen Ermittlungen bald beginnen.

Doch Hemma hatte gerade erst zwei Chorhemden ihrer Cowboys und eines von Pepperls Collarhemden gebügelt, da klingelte ihr Handy. Ein aufgeregter Otto war in der Leitung. »Hemma, du musst sofort kommen. Der Gerlinde geht es ganz schlecht. Und bring bitte auch gleich den Pfarrer mit. Ich fürchte, es geht mit ihr zu Ende.«

Hemma fiel das Herz in die Hose, als sie das hörte. Gerade, dass sie noch den Stecker des Bügeleisens abzog, mehr kam ihr nicht mehr in den Sinn. Sie sprang sofort auf, zog sich an und packte sämtliche Utensilien zusammen, die ihr Bruder für eine Letzte Ölung brauchte. Dann lief sie zur Volksschule hinüber, wo der Pepperl gerade eine Religionsstunde hielt. Da sie zuvor noch einen Blick auf seinen Stundenplan warf, wusste sie auch, welche Klasse sie stürmen musste, nämlich die erste. Dort stand der Pfarrer gerade vor einem Poster, das den Rauswurf aus dem Paradies zeigte. Samt Adam, Eva, einem Engel mit Schwert und der Schlange mit dem Apfel.

»Pepperl, wir müssen sofort los. Zu einer Ölung.«

Sofort legte der Pfarrer seinen Zeigestock weg, sagte den Kindern, dass die Stunde beendet sei, und in Windeseile verließ er den Klassenraum. An den grinsenden Gesichtern der Kinder hätte man sehen können, dass sie sich über die verlängerte Pause durchaus freuten.

»Zu wem fahren wir denn?«, fragte er, während er und Hemma durch den Gang der Volksschule rasten.

»Zur Derflinger Gerlinde. Beeil dich!«

»Um Gottes willen.«

Im Auto herrschte Hektik. Wie eine gesengte Sau fuhr die

Hemma durch das Dorf, außerhalb des Ortsgebietes kannte sie überhaupt keine Bremse mehr. Gleichzeitig rief sie den Hubert an, um ihn zu informieren. Dieser allerdings wollte auf dem Posten bleiben und auf den Major warten, der ja bald eintrudeln musste.

»Ich versteh das überhaupt nicht«, entsetzte sich der Pfarrer. »Sonst sind die Frauen immer mindestens vier Wochen krank gewesen, bevor sie gestorben ist. Wieso geht das da jetzt plötzlich so schnell? Noch dazu, wo die Gerlinde ja viel jünger ist und ein stärkeres Herz haben müsste.«

»Weil ihr Tod nicht vom Herz, sondern von ihrem Mörder bestimmt wird. Ich könnte mir vorstellen, dass er schon ahnt, dass wir ihm auf den Fersen sind. Vielleicht beschleunigt er die Sache deshalb.«

»Ich weiß nicht, Hemma, du siehst immer gleich überall Mörder.«

»Und ich habe mich nur selten geirrt.«

Als sie am Hof ankamen, legte der Pfarrer noch gleich beim Auto seine Stola an. Dann nahm er seine heiligen Siebensachen, die Hemma ihm eingepackt hatte, und schon eilten die beiden durch die Haustür, die Stiege hinauf und direkt ins Schlafzimmer.

Gerlinde war bereits vollkommen weggetreten, ihr Atem nur noch ganz seicht, von schmutzigen Sprüchen konnte längst keine Rede mehr sein. Natürlich war die Narrische Nani anwesend, die Gerlindes Hand hielt. Auf der anderen Seite des Bettes standen der Otto und die Kinder, alle mit Tränen in den Augen, je mehr, umso älter sie waren und umso mehr sie den Ernst der Lage verstanden hatten.

Als die Nani den Pfarrer sah, bekreuzigte sie sich und begrüßte ihn mit einem »Gelobt sei Jesus Christus«. Dies quittierte der Pepperl mit einem »In Ewigkeit, amen«. Dann machte er sich sofort ans Werk und begann seine Zeremonie.

Die Hemma hingegen ging auf den Otto zu und packte ihn ganz fest am Arm. »Seit wann ist sie denn so?«, flüsterte sie.

»In der Früh hat sie noch ein paar Fetzen gesprochen. Eh

lauter Blödsinn. Aber dann, im Laufe des Vormittags, ist es mit ihr immer schlechter geworden.«

»Wo ist denn der Doktor?«

»Der war vor zwei Stunden einmal da. Er hat ihr noch eine Spritze gegeben, dann hat er gemeint, dass es jetzt leider dem Ende zugeht. Und dass jetzt nur noch die Schwester Nani die Gerlinde begleiten könne.«

Das trieb nun Hemma die Zornesröte ins Gesicht.

»Und dann ist er einfach weggefahren und hat euch allein gelassen? Das darf doch nicht wahr sein! Warst du die ganze Zeit dabei, als der Doktor bei der Gerlinde war?«

»Ja, schon. Ununterbrochen. Ich habe ihn dann sogar noch zu seinem Auto gebracht.«

»Verstehe. Sag, wie oft war denn der Doktor überhaupt da, seit die Gerlinde krank ist?«

»Na, ich glaube an die drei Mal. Ganz am Anfang, dann einmal zwischendurch. Und eben heute. Sonst war ja tagsüber immer die Nani da. Und manchmal kam halt auch die Leni. Und am Abend und in der Nacht hab ich mich selbst um die Gerlinde gekümmert.«

»Und was hat der Doktor gemacht, wenn er da war?«

»Nicht viel. Er hat ihr immer eine Spritze gegeben und gesagt, dass kein Arzt jetzt mehr tun könnte. Nach zehn Minuten war er dann immer wieder weg.«

Hemma glaubte, die Welt nicht mehr zu verstehen. In der Zwischenzeit hatten der Pfarrer und die Nani begonnen, eine Litanei zu beten, wobei der Pfarrer die Rolle des Pfarrers übernahm und die Narrische Nani die Rolle der Pfarrgemeinde.

»Du Turm Davids.«

»Bitt für uns.«

»Du Arche des Bundes.«

»Bitt für uns.«

»Du goldenes Haus.«

»Bitt für uns.«

Für Hemma wurde diese Situation schließlich unerträglich.

Sie stürzte aus dem Zimmer und griff wutentbrannt zu ihrem Handy.

»Bezirkskrankenhaus.«

»Ja, geben Sie mir schnell den Dr. Brauner. Sagen Sie ihm, die Hemma wäre dran, und es ist ganz dringend.«

Und schon war sie verbunden.

»Kurtl, die Derflinger Gerlinde liegt im Sterben.«

»Was, die Gerlinde?« Der Doktor war ganz entrüstet.

»Ja, dasselbe wie bei den anderen drei mysteriösen Fällen, nur dass es jetzt bei der Gerlinde viel schneller geht.«

»Scheiße … ich habe nämlich den ganzen Warteraum voll mit Patienten. Wo ist denn überhaupt der Dr. Meindl?«

»Der hilft uns nicht mehr, vergiss den. Deine Patienten werden es überleben. Ich brauche dich jetzt, Kurtl, bitte, es geht um das Leben der Gerlinde. Aber auch, um die Morde aufzuklären.«

»Morde? Bist du sicher? Warte, ich bin in einer Viertelstunde da.«

Als Hemma wieder ins Schlafzimmer zurückkam, packte der Pfarrer gerade seine Utensilien ein.

»Mehr kann ich nicht tun«, sagte er. »Kannst du mich jetzt heimbringen, Hemma?«

»Nein, Pepperl, ich muss jetzt dableiben. Der Dr. Brauner wird auch gleich hier sein.« Und Hemma merkte, dass sie vom Otto einen überraschten, von der Narrischen Nani aber einen eher finsteren Blick erntete.

»Und wie soll ich jetzt heimkommen?«

»Ich möchte jetzt auch nicht wegfahren«, sagte der Otto und bat mit einem Blick um Verständnis. »Aber Sie können meinen Wagen nehmen. Wenn Sie mitkommen, gebe ich Ihnen den Schlüssel.«

So verabschiedete sich der Pfarrer. Zurück blieben die Hemma, die Kinder und die Nani. Diese schüttelte den Kopf und meinte: »Was soll denn das jetzt mit dem Dr. Brauner? Wollen Sie die Gerlinde noch länger quälen?«

Aber Hemma reagierte gar nicht drauf.

Kurze Zeit später kam Kurtl Brauner angerast. Für eine längere Begrüßung blieb keine Zeit, die gab es nur nebenbei. Sofort griff er nach seinem Stethoskop und nach dem Blutdruckmessgerät. Mit einer Lupe untersuchte er Gerlindes Pupille, die er allerdings erst freilegen musste. Der Griff auf die Stirn sagte ihm, dass Gerlinde extrem hohes Fieber hatte.

»Maria«, stöhnte der Arzt. »Das schaut nicht gut aus. Ich kann nur schauen, wie ich das Fieber herunterbringe. Und das Herz muss ich ihr auch beruhigen. Dreh sie auf die Seite, Hemma!«

Und während Hemma die Gerlinde drehte, ihr die Bettdecke weg und das Nachthemd nach oben zog, bereitete der Doktor eine Injektion vor, die er ihr in den Gesäßmuskel stieß.

»So, vielleicht gewinnen wir jetzt ein paar Stunden Zeit«, meinte er.

Was die Nani nur wieder mit einem Kopfschütteln quittierte.

»Aber was machen wir jetzt?«, fragte die Hemma. »Was hat sie? Hast du irgendeine Idee?«

»Nein. Tut mir leid. Ich kann jetzt gar nichts sagen. Ich müsste sie total checken. Aber das kann ich hier nicht, da müsste ich sie mit ins Krankenhaus nehmen. Aber bis die Rettung da ist … dann noch die anstrengende Fahrt … das würde sie nicht überleben. Am besten, ich nehme ihr jetzt ein wenig Blut ab und fahre damit in unser Labor. Wenn die schnell sind, haben wir in wenigen Stunden ein Ergebnis. Aber ob sie da noch lebt?«

»Wie lange gibst du ihr denn noch?«, wollte nun die Hemma wissen.

»Keine Ahnung. Vielleicht gehen sich eh noch drei Stunden aus. Aber vielleicht auch nur zwei«, antwortete ihr der Arzt, während er der Gerlinde bereits eine Nadel in die Armbeuge stach, um ihr Blut abzunehmen.

»Dann weiß ich, was zu tun ist«, sagte Hemma.

Daraufhin holte sie noch den Otto zur Seite und flüsterte ihm, sodass es niemand hören konnte, zu: »Otto, du darfst jetzt die Gerlinde keine Sekunde mehr aus den Augen lassen. Sie darf jetzt keinen Tee mehr kriegen, keine Salbe, gar nichts mehr. Pass auf, dass ihr die Nani nichts mehr gibt.«

Was Hemma nun vorhatte, hätte sie schon lange tun müssen. Sie stellte ihren Wagen direkt vor der Kirche ab, dann lief sie hinein und die Treppen hinauf bis zum Chor. Noch während sie sich auf die Orgelbank setzte, öffnete sie bereits die beiden Deckel der Tastaturen. Mit einer Bachsonate brachte sie sich erst in Stimmung. Mit dem Sanctus aus dem Mozart-Requiem begann sie allmählich in der Orgel zu versinken, bis sie mit einer Fuge von Mendelssohn Bartholdy völlig in ihrer Musik aufging. Und wie immer verstärkte sie allmählich die linke Hand, während sie ihre rechte Zug um Zug aus dem Spiel nahm. Schließlich waren es nur noch die ganz großen Pfeifen, die mit ihren Basstönen die Kirche zum Vibrieren brachten. Schon leicht in Trance erhob sie sich nun und ging die Stiege hinab. Durch das Mittelschiff marschierte sie wie von Gottes Hand geleitet bis zum Marienaltar, wo sie kniend einen Rosenkranz zu beten begann, an den sie sich später nie wieder erinnern sollte. »Der für uns Blut geschwitzt hat.«

Wieder verharrte sie für einige Zeit in absoluter Stille, völlig losgelöst von der Welt um sie herum. Bis sie endlich wieder die Augen öffnete und wie mit fremdem Munde ihre Eingebung artikulierte, die da lautete: »Gerlindes Hintern!«

ACHTZEHN

Kaum hatte Hemma wieder die Kontrolle über sich zurückbekommen, stürzte sie aus der Kirche hinaus und hinein in ihren Kadett.

Durch das Dorf fegend griff sie zu ihrem Handy und wählte als Erstes die Nummer von Dr. Brauner.

»Hemma, das Labor ist noch nicht so weit. Die brauchen noch. Hast du inzwischen etwas Neues?«

»Pass auf, Kurtl, du hast doch der Gerlinde eine Spritze gegeben. Und diese hat, nachdem du sie aus Gerlindes Hintern wieder herausgezogen hast, einen kleinen roten Punkt hinterlassen.«

»Ja, das ist so nach einer Spritze.«

»Gut. Aber: Du hast der Gerlinde eine Spritze gegeben, und der Dr. Meindl insgesamt drei. Macht vier. Es waren aber viel mehr solche Punkte auf Gerlindes Hintern. Insgesamt mindestens sieben oder acht.«

»Was meinst du damit?«

»Irgendwer hat ihr noch mindestens vier Jaukerl hineingerammt. Und das kann nur die Narrische Nani gewesen sein. Die weiß, wie das geht. Und außerdem war sie die Einzige, die mit der Gerlinde immer wieder allein war. Vielleicht hat sie die Spritzen noch nicht entsorgt, dann sehen wir, was sie ihr gespritzt hat.«

»Möglich, aber die meisten Spritzen sind neutral. Wir könnten aber vielleicht noch das Mittel bei ihr finden. Wahnsinn, glaubst du wirklich, die Nani …«

»Fahr los, du kannst jetzt nicht mehr auf das Ergebnis vom Labor warten.«

Als Nächstes rief die Hemma den Hubert an.

»Servus, Hemma, der Hans ist inzwischen da. Wir sitzen beim Mittagessen im Dorfheurigen. Hast auch Zeit …«

»Hubert, die Gerlinde ist am Sterben. Kommt sofort her.

Und bringt den Dr. Meindl mit. Am besten gleich in Handschellen.«

»Was?«

»Meinetwegen auch ohne. Aber kommt und nehmt ihn mit. Vielleicht könnt ihr aus ihm herausprügeln, was die Narrische Nani der Gerlinde gespritzt hat. Schlag ihm einfach die Zähne ein. Wir machen jetzt reinen Tisch.«

»Ich verstehe überhaupt nichts mehr!«

Aber die Hemma hatte bereits aufgelegt.

Als sie beim Hof ankam, kam auch gerade der Dr. Brauner um die Ecke gebogen. Gemeinsam stürzten sie die Stiege hinauf und hinein ins Schlafzimmer. Dort lag die Gerlinde ohne irgendein sichtliches Lebenszeichen. Sofort fühlte der Doktor ihren Puls, der noch spürbar war, wenn auch ganz schwach.

»Hast du eh den Raum nicht verlassen, Otto?«, rief die Hemma als Erstes. Und als dieser per Kopfzeichen verneinte, schickte sie erst einmal die Kinder hinaus und dann wandte sie sich an die Narrische Nani: »Los, Schwester, raus mit der Sprache, was haben Sie ihr gespritzt?«

»Wie bitte? Was erlauben Sie sich denn?«

Inzwischen schlug Kurtl Brauner Gerlindes Bettdecke auf und zog ihr Nachthemd nach oben, um sich von Hemmas Beobachtung noch einmal zu überzeugen. »Tatsächlich, mir wäre das nicht aufgefallen. Da sind mehrere Einstiche, noch dazu einige ganz frische. Du hattest recht, Hemma.«

»Na sicher!« Und im nächsten Moment sagte sie fordernd, wieder an die Nani gerichtet: »Was haben Sie ihr gegeben, reden Sie schon!«

»Nur den Tee mit den Tropfen.«

»Die vergessen wir jetzt, die waren nur ein Ablenkungsmanöver. Wo haben Sie Ihre Tasche?«

In dem Moment wanderte der Blick der Schwester auf eine schwarze Tasche, die in einem Spalt zwischen Bett und Nachtkästchen abgestellt war. Sofort griff Hemma danach und wollte sie öffnen. Doch da sprang die Narrische auf und versuchte mit aller Kraft, Hemma die Tasche zu entreißen.

»Komm, Otto, halt sie fest!«, rief nun der Kurtl. Und gemeinsam zwangen sie die Frau zurück auf ihren Sessel. Endlich konnte Hemma die Tasche öffnen. Und darinnen befand sich, was sie vermutet hatte: Eine leere Spritze, die sie sofort dem Doktor übergab. Aber damit konnte er nichts anfangen, es war nichts anderes als eine befüllbare Ampulle mit einer blutverschmierten Kanüle dran.

»Gib mir die Tasche, Hemma!«

Und schon begann der Doktor, selbst darin zu wühlen. Die Schwester protestierte wieder heftig, aber sie konnte nichts mehr dagegen machen, der Otto hielt sie fest.

Kurtl zog ein Medikament nach dem anderen hervor, Tuben, Pillen und verschiedene Fläschchen, nichts war dabei, was ihm besonders aufgefallen wäre.

»Beeil dich, Kurtl, ich glaube, sie macht es nicht mehr lange.«

»Ich tu ja eh …« Da hielt er plötzlich inne und nahm eines der Fläschchen in die Hand, das er zuvor schon abgestellt hatte. Alle konnten sehen, wie ihm plötzlich ein Gedanke kam, möglicherweise war es *die* Idee.

Sofort griff er nach seinem Ärztekoffer und holte ein kleines Gerät heraus. Anschließend stach er in Gerlindes Finger, um ihr einen Tropfen Blut zu entnehmen, diesen legte er auf das kleine Messgerät.

»Um Gottes willen, die ist ja total unterzuckert!«

Noch einmal sah er sich das Fläschchen an, das er aus Nanis Tasche gezogen hatte und das so gut wie leer war. »Ein Wunder, dass sie noch lebt.«

Während er eine Injektion vorbereitete, stieg Hemmas Ungeduld auf ein Maximum. »Sag schon, Kurtl.«

»Die Gerlinde hat Unmengen von Insulin im Körper. Ich muss ihr sofort eine Zuckerlösung geben. Und einen Insulinblocker hab ich auch dabei. Hoffen wir, dass sich das noch ausgeht.«

Nachdem der Doktor die Injektionen verabreicht hatte, kontrollierte er noch einmal das Herz. »Verdammt, es schlägt kaum mehr. Wir müssen pumpen.« Und sofort begann er mit einer Herzmassage, in der Hoffnung, dass sich die Zuckerlösung noch rechtzeitig im Körper verteilen konnte. Nach mehreren Minuten schienen aber seine eigenen Kräfte zu Ende zu gehen.

»Soll ich dich ablösen?«, fragte die Hemma.

»Ich werde weiterpumpen«, meinte schließlich der Otto. Und an die Schwester gerichtet, in einem Ton, den man vom Otto so nicht kannte: »Und Sie rühren sich nicht von der Stelle. Sonst brack ich Sie nieder.« Das saß.

Abwechselnd drückten Otto, der Kurtl und die Hemma auf Gerlindes Brustkorb. Mindestens eine Viertelstunde lang. Bis der Kurtl wieder sein Stethoskop aufsetzte, um Gerlindes Brust abzuhören. »Ruhe alle! Weiterpumpen!« Und wieder begannen sie mit der Herzmassage. Ein paar Minuten später begann der Kurtl sie wieder abzuhören. Und das ging so lange so dahin, bis der Doktor endlich einen leichten Grinser aufsetzte und schließlich meinte: »Sie stabilisiert sich! Ich glaube, wir haben es geschafft.«

Und im nächsten Moment fielen sich der Otto und die Hemma in die Arme. Ein Johlen ging durch die Runde, an dem sich auch der Kurtl beteiligte. Nur die Narrische Nani blieb still.

In den nächsten Minuten kontrollierte der Doktor permanent Gerlindes Herzschlag. »Es wird immer besser, wahrscheinlich wird sie bald aufwachen. Nur das Fieber macht mir noch ein wenig Sorgen. Ich werde ihr noch eine Spritze geben.«

Und während er die Gerlinde zu sich drehte und ihr die Injektion verpasste, geschah das Wunder. Die Gerlinde schlug die Augen auf. Und als Erstes sah sie den Dr. Brauner, der an ihrem Hinterteil hantierte. Schließlich öffnete sie langsam den Mund. Und mit aller Kraft, die sie aufbringen konnte, sprach sie ihre ersten Worte: »Kurtl, du geiler Bock. Magst du meinen Arsch?«

Das kostete den Doktor einen Lacher, und er meinte: »Diese Wirkung von Insulin kannte ich noch gar nicht.«

»Das kommt auch nicht vom Insulin«, berichtigte die

Hemma. »Sondern von Tropfen, wie die Schneider Leni sie verabreicht. Allerdings ein Konzentrat davon. Stimmt's, Schwester Nani?«

»Was meinen Sie mit Konzentrat?«

Im nächsten Moment ging die Tür auf, Hubert und der Major betraten das Schlafzimmer. Tatsächlich hatten sie auch gleich den Dr. Meindl mitgebracht, allerdings nicht in Handschellen. Noch war dem Hans ja nicht klar, was sich hier alles abgespielt hatte und wie der Dr. Meindl darin involviert war.

»Servus, Hans«, begrüßte die Hemma den Major freundlich. Und an alle anderen gerichtet: »Das ist der Major Oswald von der Mordkommission. Der gerade rechtzeitig kommt, um hier einen Mörder zu verhaften.« Dann richtete sie den Blick noch auf den Dr. Meindl und meinte: »Zum Glück haben sich ja alle Betroffenen in der Zwischenzeit eingefunden.«

Man sah, wie beim Dr. Meindl Nervosität aufstieg.

»Was heißt hier Mord?«, rief er. »Und warum sehen Sie mich dabei an – was hab ich denn damit zu tun?«

»Alles, Herr Dr. Meindl. Einfach alles. Sie haben drei Frauen umgebracht. Und bei einer vierten haben Sie es versucht. Zum Glück konnte sie der Dr. Brauner gerade noch retten.«

Im Schlafzimmer stieg die Spannung. Alle bis auf die immer noch ziemlich duselige Gerlinde warteten darauf, dass Hemma nun anfing, ihren Verdacht zu begründen.

»Also, Hemma«, meinte schließlich der Major. »Leg los, wir sind ganz Ohr.«

Nun war Hemma in ihrem Element. Wie jedes Mal genoss sie die Situation, in der sie allein alles wusste und die anderen so gut wie gar nichts. Um die Umstände noch ein wenig auszukosten, ließ sie sich Zeit mit ihrem Vortrag, die eine oder andere Minute wollte sie noch herausschinden.

»Sag mal, Hans, weiß man eigentlich schon, wer der Inhaber des Kontos ist, auf welches die Spenden der Frauen überwiesen wurden?«

»Noch nicht, aber das kann nicht mehr lange dauern. Das werden wir vielleicht sogar heute noch erfahren.«

»Sehr gut«, antwortete Hemma. »Dann werden wir noch den allerletzten Beweis haben. Aber wir haben so schon genug.«

Noch einmal holte sie tief Luft, dann hob sie endlich an: »Herr Dr. Meindl, Ihre Villa, ein dicker Porsche, Kunst und Antiquitäten, das kostet alles eine Menge Geld.«

»Na sicher«, bestätigte der Doktor.

»Mehr Geld, als Sie haben, Herr Dr. Meindl. Und mehr, als man als Landarzt verdienen kann. Sie haben herausgefunden, dass der Beinhauser Bertl in den letzten Jahren hier in der Gemeinde einige Lebensversicherungen abgeschlossen hat. Wie, das werden Sie uns später noch verraten.«

Die Augen sämtlicher Anwesenden waren nun auf den Doktor gerichtet. Nur der Blick der Narrischen Nani versank fast im Boden.

Hemma fuhr fort: »In letzter Zeit hatten Sie sehr oft Abendbesuch. Offenbar haben Sie eine Affäre. Und zwar mit der Schwester Nani. Ich habe sie oft nachts am Pfarrhof vorbei nach Hause gehen sehen. Und ich habe auch gesehen, dass sie zuvor Ihr Haus betreten hat und für mindestens zwei, drei Stunden bei Ihnen geblieben ist.«

Da brach die Schwester plötzlich in ein lautes Gejammer aus. »So eine Gemeinheit! Wie können Sie das behaupten, hier vor so vielen Leuten. Nein, so eine Schande, so eine Schande«, heulte sie.

»Glauben Sie mir, Schwester Nani, dieses Schande ist jetzt Ihr kleinstes Problem«, meinte Hemma und setzte ihre Erläuterungen fort. »Ob Sie, Dr. Meindl, in die Schwester ehrlich verliebt sind, das lassen wir jetzt einmal dahingestellt. Nichts für ungut, Schwester Nani, aber normalerweise sieht man den Dr. Meindl mit viel jüngeren Frauen.«

»Was wollen Sie eigentlich?«, schrie nun die Schwester wieder. »Ja, wir haben uns geliebt, ist das denn ein Verbrechen? Der Herrgott wird uns die Liebe verzeihen!«

An der Reaktion des Doktors konnte man hingegen deutlich sehen, dass ihm das Verhältnis mit der Schwester eher peinlich war. »Jetzt lass doch die Plärrerei«, fuhr er sie an. »Was glaubst du denn eigentlich, wer du bist?«

Dieser Satz löste nun endgültig einen Weinkrampf bei der Schwester aus. Hemma hätte sie am liebsten rausgeschmissen, aber das war in dem Fall nicht möglich.

»Also machen wir weiter«, sagte sie. »Sie haben also die Schwester bezirzt, weil Sie sie für Ihre Pläne benutzen wollten. Schwester Nani, halten Sie endlich die Klappe! Sie haben einen teuflischen Plan geschmiedet und die verliebte Schwester überredet, ihn für Sie auszuführen. Als Erstes benötigten Sie eine Unterschrift von den Frauen, die Sie umbringen wollten. Mit einer von Ihnen erfundenen Quartalsbestätigung für die Krankenkasse haben Sie den Frauen eine Unterschrift abgenötigt, die nur einen Zweck hatte, nämlich, dass Sie sie einscannen und unter ein Schreiben an die Versicherung setzen konnten, bei der die Frauen ihre Lebensversicherung abgeschlossen hatten. Wie Sie die Frauen krank bekommen haben, weiß ich nicht, aber auch das werden Sie uns verraten. Ich weiß aber, wie Sie die Frauen krank gehalten haben. Der Schneider Leni wollten Sie ja eigentlich das Handwerk legen. Lästige Konkurrenz. Sie haben ausgeforscht, woher die ihre Salben und Tropfen bezog. Irgendwann einmal sind Sie selbst ins Waldviertel zu der Kräuterfrau gefahren, eigentlich, um gleich all diesen Heilern miteinander das Handwerk zu legen. Das hat mir die Kräuterfrau selbst bestätigt. Sie haben dann aber gemerkt, dass die Frau da oben alles andere als blöd ist, und es entwickelte sich ein längeres Gespräch mit ihr. Dabei erfuhren Sie, dass die Schneider Leni nur eine vergleichsmäßig harmlose Variante von den Tropfen erhielt. Dass es aber ein Konzentrat davon gibt, das eine ziemliche Wirkung zeigt. Die Kräuterfrau geht an und für sich sehr sorgsam mit dem Präparat um. Aber Ihnen, als Arzt, hat sie vertraut, Ihnen hat sie es verkauft. Stimmt's?«

»Alles Blödsinn«, meinte der Doktor. Doch innerlich hatte er schon jeden Widerstand gegen Hemmas Feststellungen aufgegeben.

Sie merkte das und redete weiter. »Sie haben der Schwester

Nani eingeredet, dass Sie den Patienten, die sie fürsorglich betreute, regelmäßig Tee mit den Tropfen von der Leni geben sollte. Allerdings haben Sie die leichten Tropfen gegen das Konzentrat ausgetauscht, das man nur bei hoffnungslosen Fällen verabreicht, um das verbleibende Leben der Patienten ein wenig erträglicher zu machen. Die Frauen waren dadurch nur noch in einem Dämmerzustand. Meistens schliefen sie sogar. Dabei hatten sie dann ihre Sexträume, die sie auch nicht mehr losließen, wenn sie etwas wacher waren. Irgendwann einmal haben Sie dann der Schwester Nani gesagt, dass die Frauen unheilbar krank wären und dass es am besten sei, sie von diesem Elend zu befreien. Und weil es für Sie, Schwester Nani, das höchste der Gefühle ist, jemanden sterben zu sehen, haben Sie den Frauen die Überdosis Insulin gespritzt. Als ehemalige Krankenschwester taten Sie das im vollen Bewusstsein, Sie wussten, dass Sie die Frauen damit ins Jenseits beförderten.«

»Aber ich wollte doch nur ein gutes Werk tun!«, heulte nun die Nani. »Der Michael … der Dr. Meindl hat ja auch gesagt, dass ich damit was Gutes täte, und der Herrgott im Himmel wird es mir einmal danken.«

»Wirklich?« Die Hemma sah sie nur noch mitleidvoll an. »Wo in der Bibel steht denn, dass der Herrgott jemals einen Mord belohnen wird?« Und dann wandte sie sich wieder an den Dr. Meindl. »Schauen Sie, Doktor, es hat überhaupt keinen Sinn, das alles jetzt noch abzustreiten. Bald weiß die Polizei, wem das Konto gehört, auf welches von den Lebensversicherungen so viel Geld abgezweigt wurde. Der Geldfluss wird zu Ihnen führen, Sie kommen da nicht mehr raus. Besser wäre, wenn Sie uns die letzten offenen Fragen jetzt gleich noch beantworten.«

Der Doktor senkte nun den Kopf. Ein Zeichen dafür, dass er endgültig resigniert hatte. »Was wollen Sie denn noch wissen?«

»Wie sind Sie auf die Namen der Frauen gekommen, die beim Beinhauser Bertl eine Lebensversicherung abgeschlossen hatten?«

»Na ja, ich war einmal bei der Frau Beinhauser, als sie eine Grippe hatte. Und da habe ich im Vorzimmer einen Ordner liegen sehen, in den ich halt hineingeschaut habe. Da sah ich die Polizzen von den Lebensversicherungen, und dabei ist mir die Idee gekommen. Das heißt, der ganze Plan ist erst so nach und nach entstanden. Aber weil die Frau Beinhauser allein zu Hause war und im Bett lag, habe ich halt die Gelegenheit genutzt, um mir die Namen und die Angaben in den Polizzen abzuschreiben.«

»Und nach welchen Kriterien sind Sie dann später vorgegangen, als Ihr Plan stand und Sie auch die Schwester Nani dafür gewonnen hatten? Jetzt hören Sie doch endlich mal auf zu plärren, Schwester!«

»Ja, Nani, du nervst!«, schrie auch der Doktor sie an. Und dann erläuterte er: »Also ich habe halt immer drauf geachtet, dass nie zwei Frauen gleichzeitig krank wurden. Die Nani kann sich ja schließlich nicht zerreißen.«

»Und nach welchen Kriterien haben Sie die Frauen ausgewählt?«

»Das war Zufall. Wer zur richtigen Zeit zu mir in die Ordination kam, ist halt drangekommen.«

»Verstehe. Und wie haben Sie es dann gemacht?«

»Ich habe ihnen zwei Ampicillin-Tabletten gegeben und ihnen gesagt, dass sie die am nächsten Morgen nehmen sollten.«

»Alles klar«, mischte sich nun der Dr. Brauner in das Gespräch ein. »Damit haben Sie künstliches Fieber erzeugt.«

»Somit wäre der Fall wohl im Kasten, oder, Hans?«

»Ja, Hemma. Die Sache scheint klar zu sein. Herr Dr. Meindl, Frau Nani oder wie immer Sie heißen mögen, ich verhafte Sie wegen des Verdachts auf Mord in drei Fällen und einem Mordversuch.«

Und während sich der Doktor ruhig seine Verhaftung gefallen ließ, schrie und winselte die Schwester, wie es nur ging.

»Was, verhaften? Ich bin ein guter Mensch, ich habe immer nur dem Herrgott gedient …«

»Einen Wunsch hätte ich noch«, sagte schließlich der

Dr. Meindl. »Ich gestehe alles. Aber geben Sie mir bitte eine eigene Zelle.«

Nachdem der Hubert den Doktor und die Narrische Nani aufgefordert hatte, mitzukommen, wandte er sich noch einmal an die Hemma. »Wir werden die beiden jetzt ins Bezirksgericht überstellen. Dort wird sie der Hans noch einmal getrennt verhören. In etwa drei Stunden sind wir wieder zurück.«

»Dann könnten wir uns ja noch einmal allesamt beim Dorfheurigen treffen. Was meinst du, Hans, eine kleine Nachbesprechung bei einem Glas Veltliner?«

Dazu sagte der Major nicht Nein. Schließlich fasste der Hubert den Doktor an der Schulter, der Major griff die Nani am Arm, und so verließen sie Gerlindes Schlafzimmer. Vor dem Hof wartete bereits ein weiterer Streifenwagen, um Tumulte zu vermeiden, wollte man die beiden Verhafteten getrennt transportieren. Der Dr. Brauner packte inzwischen seinen Ärztekoffer zusammen und verabschiedete sich vom Otto. Jetzt hieß es ja nur noch zu warten, bis die Gerlinde das überschüssige Insulin und die Tropfen abgebaut hatte. »In zwei, drei Tagen wird sie wieder fit sein, wie wenn nichts gewesen wäre«, sagte er zum Otto, der mit Freudentränen den Arzt einmal fest an die Brust drückte. Der Otto wusste, was er ihm zu verdanken hatte.

Auch die Hemma verabschiedete sich nun vom Otto, es gab für sie hier nichts mehr zu tun. Sie wurde noch herzlicher gedrückt, der Otto meinte zu ihr, dass er tief in ihrer Schuld stünde und ihr ewig dankbar wäre.

»Halt mich auf dem Laufenden, wie es der Gerlinde geht«, bat ihn die Hemma. »Wenn sie wieder auf den Beinen ist, komm ich sie dann gleich besuchen.«

So verließen auch die Hemma und der Kurtl das Schlafzimmer und gingen noch gemeinsam hinaus zu ihren Autos.

»Sag, Kurtl, kannst du mir eigentlich erklären, was hier alles passiert ist? Bis ins letzte Detail durchblicke ich es nämlich selber noch nicht.«

»Na ja, der Dr. Meindl hat das ganz geschickt angestellt, würde ich sagen. Alle glaubten ja, dass die Tropfen was mit dem Tod der Frauen zu tun hätten. Aber in Wirklichkeit waren die nur ein Ablenkungsmanöver. Wenn du einem gesunden Menschen so viel Insulin spritzt, dann stirbt der, wenn man es nicht rechtzeitig merkt. Da muss er gar nicht vorher krank sein. Und hinterher ist Insulin kaum mehr nachzuweisen. Und so dachten alle, dass der Dämmerzustand der Frauen schließlich zum Tod geführt hätte. In Wirklichkeit hatte das eine mit dem anderen gar nichts zu tun.«

»Kurt, das war wirklich eine Glanzleistung von dir, Hut ab.«

»Ich war ja selbst total geschockt, als du mir erzählt hast, dass nun die Gerlinde sterbenskrank ist. Ich hatte irgendwie ja auch eine persönliche Beziehung zu ihr.«

»Klar, ihr wart ja zur selben Zeit meine Cowboys. Das verbindet natürlich fürs Leben.«

»Na ja, eigentlich war sogar ein wenig mehr zwischen uns. Die Gerlinde war ja auch meine erste Liebe. Da waren wir vielleicht zwölf oder so. Passiert ist natürlich eh nichts. Nur ein paarmal haben wir miteinander geschmust. Aber an das kann ich mich noch gut erinnern, denn da hat es ordentlich Granada gespielt.«

Gott sei Dank entlockte dieses Geständnis der Hemma nur ein kleines Lächeln. Eifersüchteleien waren nach all dem, was nun passiert war, wirklich nicht mehr angebracht.

Drei Stunden später, es war schon früher Abend, saß Hemma wieder einmal auf ihrem Fahrrad, um zum Dorfheurigen zu fahren. Sie suchte sich einen netten Platz im Garten, bestellte ein Viertel Veltliner und ließ die ganze Sache noch einmal Revue passieren. Dabei war sie so in ihre Gedanken vertieft, dass ihr die halbe Stunde, die sie auf Hubert und den Major wartete, wie im Flug zerrann.

Als die beiden dann auftauchten, war die Hemma bereits bei ihrem zweiten Glas Veltliner. Sie hatte gerade die Menge intus, wo der Wein ein gutes Gefühl zu potenzieren beginnt und man alle Sorgen vergessen kann.

Als Erstes wurde einmal kräftig angestoßen. Und dann kamen natürlich wie erwartet die lobenden Worte des Majors.

»Gratuliere euch. Vor allem wieder einmal dir, Hemma. Kein Mensch wäre auf die Idee gekommen, dass euer Gemeindearzt ein Serienmörder ist. Und die depperte Nani ...«

»Die Narrische«, korrigierte ihn der Hubert.

»Und die Narrische Nani ein Mordengel. Alle Achtung.«

»Wie siehst du denn die Rolle von der Nani? Ist die voll zurechnungsfähig?«, wollte die Hemma wissen.

»Auf der einen Seite war sie dem Doktor bestimmt total hörig. Auf der anderen Seite war sie ja Krankenschwester. Sie wusste also, dass eine Überdosis Insulin tödlich ist. Keine Ahnung, wie der Richter da entscheiden wird. Auf jeden Fall ist es so, dass der Doktor alles gestanden hat. Aber die Frau tut so, wie wenn sie keine Ahnung hätte, was sie da getan hat. Und das glaube ich ihr nicht so recht.«

»Apropos gestanden. Habt ihr den Meindl gefragt, warum er die Gerlinde so schnell umbringen wollte? Die anderen hat er ja immer so vier Wochen im Dämmerzustand lassen. Und die Gerlinde wollte er schon nach ein paar Tagen umbringen, da hatte er es plötzlich eilig.«

»Er hat mir erzählt, dass er erfahren hat, dass du bei der Kräuterfrau gewesen bist, von der er die Tropfen bezog. Da ist er nervös geworden. Er hat befürchtet, dass du ihm schon auf den Fersen bist, und wollte die Sache schnell abschließen.«

»Außerdem war er schon wieder knapp bei Kasse«, ergänzte Hubert. »Offenbar hat er wirklich deutlich über seine Verhältnisse gelebt.«

Die drei saßen noch eine gute Stunde gemütlich beisammen, bis der Major auf die Uhr blickte und bemerkte, dass es Zeit für ihn sei, aufzubrechen. Großzügig übernahm er die gesamte Rechnung. Und als er seine Brieftasche einsteckte, fiel ihm noch eine Geschichte ein: »Übrigens, als ich mittags hier auf dich gewartet habe, Hubert, wisst ihr, was mir die Wirtin da erzählt hat? Dass in einer Nacht das halbe Dorf in der Kellergasse gestanden ist und der ISS zugewinkt hat.«

»Ja, die Leute spinnen teilweise schon ziemlich«, rechtfertigte sich die Hemma.

»Aber ihr beide wart auch dabei, hat mir die Wirtin erzählt.«

»Schon«, meinte der Hubert. »Aber nur, weil wir uns einen Karl machen wollten.«

»Verstehe. Eine irre Geschichte. Der ISS zuwinken. Auf diese Idee musst du erst einmal kommen.«

Der Abschied war wieder ein herzlicher. Der Major bestätigte, dass er gerne wiederkäme, spätestens beim nächsten Mord. Für Hubert gab es noch einmal einen lobenden Schlag auf die Schulter. Hemma erhielt sogar links und rechts ein Busserl.

Die beiden blieben noch ein bisschen sitzen. Geredet wurde nicht mehr viel. Dafür legte Hemma ihren Arm um Huberts Schulter, was sie in der Öffentlichkeit noch nie getan hatte.

»Weißt du, Hubert, ich bin echt froh, dass ich dich habe.«

Das brachte den Postenkommandanten so richtig in Wallungen.

»Was glaubst du, wie froh ich erst bin.«

Zwei Tage später erhielt Hemma einen Anruf. Es war die Gerlinde, die so klang, als wenn sie nie krank gewesen wäre. Und weil sie sich offenbar bereits so gut erholt hatte, wollte man erst gar nicht lange am Telefon quatschen. Hemma sagte zu, gleich auf einen Kaffee vorbeizukommen.

Als sie beim Hof ankam, traf sie als Erstes auf den Otto, der schon wieder fleißig am Werken war.

»Wie geht es dir denn, Otto?«

»So gut, Hemma, das kannst du dir gar nicht vorstellen. Und das alles, weil du so viel für mich getan hast. Dass du mich aus dem Gefängnis geholt hast und dass du der Gerlinde das Leben gerettet hast, ich weiß gar nicht, wie ich dir danken soll.«

»Das passt schon. Die Gerlinde macht ja wieder einen sehr frischen Eindruck, jetzt könnt ihr wirklich Auferstehung feiern.«

»Ja, das machen wir eh. Ich habe der Gerlinde angeboten, mit ihr eine Flugreise zu machen. Sobald wir wissen, wie wir das mit den Kindern machen, fliegen wir los. Geld haben wir ja jetzt Gott sei Dank. Und die fünfzigtausend, die uns der Meindl, dieser Gangster, beim Tod von Gerlindes Mutter abnehmen wollte, werden auch in den nächsten Tagen überwiesen.«

»Super. Das ist übrigens eine gute Idee mit der Flugreise. Weißt du schon, wohin es gehen soll?«

»Noch nicht genau. Aber die Gerlinde wollte schon immer mal Großwild in freier Natur fotografieren. Vielleicht fliegen wir nach Belgrad.«

Da musste sich Hemma sehr bemühen, sich ein Schmunzeln zu verkneifen. »Geh, Otto, jetzt, wo ihr euch es leisten könnt, da solltet ihr schon nach Afrika fliegen.«

»Meinst du?«

Hemma nickte noch einmal voller Überzeugung. Dann erkundigte sie sich, wo denn die Gerlinde gerade sei.

»In der Küche. Ich glaube, sie hat für dich einen Guglhupf gebacken.«

Die Freude, dass Hemma und Gerlinde wieder in alter Frische bei einem Kaffee und einem Kuchen saßen, war bei beiden riesengroß. Natürlich hatten sie sich sehr viel zu erzählen. Gerlinde wollte ganz genau wissen, wie der Doktor und die Narrische vorgegangen waren. Umgekehrt erzählte sie dann der Hemma von ihrem Dämmerzustand. An einige Details, vor allem an ein paar äußerst ungewöhnliche Träume, konnte sie sich noch ein wenig erinnern.

Beim Verabschieden gab es eine minutenlange Umarmung. Und ohne dass sie sich losließen, wollte die Gerlinde noch einmal ausdrücken, wie dankbar sie der Hemma sei.

»Hemma, egal, was du jemals von mir möchtest, es gibt nichts, was ich nicht für dich tun würde.«

Hemma lächelte erst nur ein wenig. Doch plötzlich spürte sie, dass Gerlindes Arme sie nicht nur festhielten, sondern auch immer ein wenig ihren Rücken streichelten, was bei Hemma einen durchaus wohligen Zustand auslöste.

»Weißt du eigentlich noch, was du bei mir gemacht hast, als ich mich über dich gebeugt hatte?«

»Was denn?«

Da blickte Hemma der Gerlinde tief in die Augen. Sie umklammerte sie noch enger, eigentlich so, wie ein Mann eine Frau umklammert. Dann wagte sie es, der Gerlinde einen kleinen Kuss auf den Mund zu geben.

Gerlinde wich keinen Zentimeter zurück. Im Gegenteil, sie verharrte in ihrer Position, auch ihr Blick war schnurgerade auf Hemmas Augen gerichtet. Auch als Hemma einen zweiten kleinen Kuss wagte, fühlte sie alles andere als Widerstand.

Da nahm sie sich ein Herz und drückte ihre Lippen gegen die Gerlindes, deren Mund sich langsam zu öffnen begann.

Plötzlich spürte Hemma Gerlindes Zunge an ihren Lippen. Und im nächsten Moment küssten sie sich aus vollem Herzen, aus tiefster Seele und mit höchster Inbrunst. Hemma hatte dabei das Gefühl, gänzlich unter Strom zu stehen.

»Du bist vielleicht eine wilde Hummel.«

»Du aber auch.«

Und das war's dann auch schon wieder.

Werner Baumüller
VELTLINER-LEICH
Broschur, 192 Seiten
ISBN 978-3-7408-0163-2

Hat die Leichen-Loisi tatsächlich eine Leiche samt dazugehörigem Mörder gesehen – oder fängt sie an zu spinnen? Hemma, Schwester des Dorfpfarrers, Haushälterin und Messnerin in Personalunion, glaubt der alten Friedhofsgärtnerin und beginnt nachzuforschen. Dabei helfen ihr Spürsinn, Starrköpfigkeit – und Postenkommandant Hubert, der wirklich alles für sie tun würde. Und wenn gar nichts mehr hilft, hat sie immer noch die Himmelmutter.

»Der Leser bleibt stets in die Handlung eingebunden und fiebert von der ersten Seite bis zum großen Finale mit. Ein außerordentlich witziger Krimi – die perfekte Mischung aus Spannung und Humor.«
INNSIDE Passau

www.emons-verlag.de